Un visa vers l'amour

*

L'enfant de la seconde chance

ANNIE O'NEIL

# Un visa vers l'amour

*Traduction française de*
EVELINE CHARLÈS

BLANCHE

HARLEQUIN

*Collection :* Blanche

*Titre original :*
SANTIAGO'S CONVENIENT FIANCEE

*Ce roman a déjà été publié en 2017*



**HARPERCOLLINS FRANCE**
83-85, boulevard Vincent-Auriol, 75646 PARIS CEDEX 13
Service Lectrices — Tél. : 01 45 82 47 47 - www.harlequin.fr
ISBN 978-2-2804-7350-7 — ISSN 0223-5056

Composé et édité par HarperCollins France.
Imprimé en mars 2022 par CPI Black Print (Barcelone)
en utilisant 100% d'électricité renouvelable.
Dépôt légal : avril 2022.

FSC
www.fsc.org
MIXTE
Papier issu de sources responsables
FSC® C159065

Pour limiter l'empreinte environnementale de ses livres, HarperCollins France s'engage à n'utiliser que du papier fabriqué à partir de bois provenant de forêts gérées durablement et de manière responsable.

# 1.

Santi serra le poing assez fort pour que ce soit presque douloureux, puis il déplia les doigts et secoua vigoureusement la main.

Ce geste ravivait en lui de vieux souvenirs de l'Afghanistan, de la Syrie, de l'Afrique. Où que ce soit, les plaques d'identité militaires se ressemblaient toutes, une réanimation cardiovasculaire fonctionnait ou non… Et dans tous les cas, il avait besoin de garder ses distances avec le patient.

Mais peu importait la fatigue. Ce qui comptait pour l'instant, c'était cette poitrine qu'il fallait compresser, cet homme à sauver.

— Où est cette foutue ambulance ? hurla-t-il, au cas où quelqu'un aurait pu l'entendre.

Seul lui parvint l'écho de sa voix, renvoyé par les piliers en ciment du tunnel. Apre. Frustré.

De nouveau, il posa sa paume sur la poitrine de l'homme, ignorant les vêtements usés et la puanteur exhalée par un individu qui dort trop souvent dehors, oubliant aussi qu'il tentait de le ranimer depuis vingt minutes.

Après une trentaine de compressions, il reprit le bouche-à-bouche et effectua deux insufflations.

— Dépêche-toi, Miami, gronda-t-il. Donne une chance à ce type.

Puis il jeta de nouveau un coup d'œil à la plaque.

« Diego GONZALEZ ».

— Quelle est ton histoire, *amigo* ?

Se débarrassant de sa veste de motard, il la laissa tomber

par terre avant de reprendre les compressions. Quand les ambulanciers arriveraient, ils lui feraient une injection d'épinéphrine.

Depuis qu'il avait lui-même quitté les forces armées, ce n'était pas la première fois qu'il croisait la route d'un vétéran à la dérive. Il avait abandonné son poste de médecin chef dans l'armée quelques mois auparavant, mais il ne pouvait ignorer ces hommes qui ont consacré leur vie à la défense de leur patrie et qui découvrent en rentrant à la maison qu'elle n'a pas grand-chose à leur offrir.

*La maison.*

Le mot était lourdement connoté, aussi dangereux qu'une balle de sniper.

Secouant la tête, Santi continua de compter.

Vingt-neuf, trente.

Lorsqu'il se pencha pour les deux insufflations suivantes, il perçut le hurlement lointain d'une sirène.

Pas trop tôt !

Un, deux, trois…

— On arrive, déclara Saoirse en actionnant la sirène.

Elle adorait ce bruit, qui lui permettait de se frayer un chemin parmi les banlieusards qui roulaient capot contre capot.

— Bon sang, espèce de folle irlandaise, tu ne conduis pas un bolide de compétition, pour l'instant !

— Tu n'as pas envie de participer à une petite course, ce week-end, Joe ? plaisanta-t-elle.

— J'aimerais surtout terminer mon service en vie, merci beaucoup. Ensuite, tu m'amèneras directement à la *cantina*. En entier, de préférence ! Je plains ton prochain équipier, il lui faudra des nerfs en acier.

Elle éclata de rire tout en slalomant parmi les véhicules,

comme si elle chevauchait un cheval qu'elle connaissait depuis toujours.

Elle adorait la vitesse, et la chaleur tropicale lui convenait parfaitement, même si ça n'avait pas toujours été le cas.

Il y avait au moins une chose qui avait bien tourné, cette année. La vie lui avait joué un sale tour, mais elle lui avait aussi offert un visa pour les Etats-Unis. Normalement, elle aurait dû l'obtenir en tant que fiancée, mais le statut d'étudiante lui avait finalement permis de le décrocher... Sauf que ce changement d'orientation était douloureux et qu'elle n'avait pas envie d'y penser.

Secouant la tête, elle se concentra sur la route.

— Comment va être ton gâteau, Joe ? J'espère qu'il ne ressemblera pas à cet horrible machin aux couleurs de l'arc-en-ciel qu'il y avait pour ton anniversaire.

— Je te ferai remarquer que c'est *mon* pot d'adieu avant la retraite, maugréa Joe.

Il posa les mains sur le tableau de bord quand elle appuya sur la pédale de frein avant d'accélérer brusquement.

Une voiture décapotable les frôla en klaxonnant.

— Qu'est-ce qu'il lui prend, à celui-là ?

— Il ne s'attendait pas à croiser la route de Calamity Jane ! brailla Joe. Pour l'amour du ciel, Saoirse, je vais faire une crise cardiaque avant que nous n'arrivions à destination.

— J'espère que tu parviendras à prononcer correctement mon prénom avant la fin de notre dernier service ensemble ! *Sur-she.*

Elle insista lourdement sur les deux syllabes formant le prénom que ses parents lui avaient donné.

Peut-être pourrait-elle aussi changer cela. En se coupant les cheveux, elle avait déjà entamé le processus de libération.

Au moment où ils franchissaient le carrefour suivant, Joe fit une nouvelle tentative de prononciation, et elle éclata de rire.

— Contente-toi de Murphy. Et si c'est encore trop difficile, Murph m'ira aussi.

— Désolé, chérie, articula Joe entre ses dents serrées, j'appartiens à une génération qui n'appelle pas une dame par son nom de famille.

— Tu me considères comme une dame ? demanda-t-elle en lui jetant un coup d'œil de côté.

— Eh bien, grommela son équipier, quelque chose comme ça, en tout cas.

Rejetant la tête en arrière, elle rit de plus belle.

— Ne t'inquiète pas, Joe, je te ramènerai sain et sauf à ta réception. On n'aura qu'une seule crise cardiaque à traiter, aujourd'hui, et c'est… Sous ce pont. Tu es prêt à sortir de la route pour faire un peu de tout-terrain ?

— Par ici ! hurla Santi dès que la sirène se tut.

Il entendit les portières claquer et continua de compter. C'était une seconde nature chez lui, quels que soient les changements d'environnement…

En revanche, il ne s'attendait pas à voir apparaître la femme aux allures de cascadeuse qui glissa le long du talus comme si elle faisait du surf des neiges.

Rien à voir avec l'approche prudente d'un membre du Samu respectant le Code de la santé et de la sécurité ! D'abord, vinrent les bottes dans un nuage de poussière, puis deux jambes décidément féminines… Une taille fine, et…

Argh ! Il n'avait jamais vu une tenue réglementaire portée de façon aussi sexy !

— Vous faites ce massage cardiaque depuis combien de temps ? demanda-t-elle.

La voix mélodieuse contrastait avec l'air bravache de la jeune femme dont les yeux le défiaient clairement de prononcer des paroles qui ne seraient pas professionnelles.

Parfait. Il n'était pas là pour draguer.

— Vingt-quatre minutes. Pourquoi avez-vous mis autant de temps ?

— On dirait que vous savez ce que vous faites, répliqua-t-elle. Comment se fait-il que vous n'ayez pas réussi à le ranimer ? D'habitude, on ne poursuit pas les compressions aussi longtemps.

Apparemment, elle aimait la bagarre.

— Voilà une remarque judicieuse, pour une urgentiste.

— Ambulancière ! rectifia-t-elle sèchement.

Il ne répondit pas, et les prunelles bleues de la jeune femme brillèrent comme si elle remportait une victoire. Laissant son sac près d'elle, elle posa deux doigts sur la carotide de Diego sans quitter Santi des yeux.

— Vous êtes certain que cela a duré aussi longtemps, ou c'est juste une estimation ?

— Je n'ai aucun doute. Vous auriez abandonné, vous ?

Sans répondre, elle ouvrit la chemise de Diego.

— C'est un vétéran, précisa-t-il.

— Vous aussi ?

— Marines.

Il ne donnait jamais d'information supplémentaire.

Désignant l'homme inconscient du menton, il poursuivit :

— D'après sa plaque, il s'appelle Diego Gonzalez. Trente !

Il effectua deux insufflations pendant qu'elle plaçait au doigt de Diego un capteur à saturation relié à un moniteur cardiaque et fixait les électrodes.

Elle se tourna vivement, faisant voler une masse de cheveux blonds.

— Joe, tu arrives, avec le défibrillateur ? cria-t-elle avant de revenir à Santi. Est-ce que vous lui avez pulvérisé de la tinitrine sous la langue ou injecté de l'épinéphrine ? Ou autre chose ?

— Bien sûr, j'ai tout ça dans mon sac magique, ironisa-t-il.

— Du calme, cow-boy. C'était juste une question.

— Je roulais à moto, quand je l'ai vu tituber sur le côté de la route, expliqua-t-il sur un ton plus posé. Ensuite, il a dégringolé en bas du talus. Je suis un méd… Un infirmier en congé, corrigea-t-il rapidement — s'il était venu à Miami, c'était pour aller de l'avant, pas pour regarder ce qu'il avait laissé derrière lui. Je n'ai aucun matériel avec moi, c'est pourquoi je vous ai appelés. Ce type a des coupures et des contusions qu'il faut examiner, et je crois qu'il aurait bien besoin d'être hydraté.

— D'accord. On ferait bien de s'y mettre, alors.

Elle fouilla dans son sac pendant que son équipier descendait le talus beaucoup plus précautionneusement que… Comment s'appelait-elle ?

Il posa les yeux sur le badge de la jeune femme et eut un petit sourire.

Murphy. Une Irlandaise ! Il aurait dû y penser, vu son accent. Avec un peu de chance, elle avait apporté un peu de cette fameuse chance irlandaise.

— Ouvre les yeux, Diego !

Il observa la jeune femme qui sortait le matériel d'intubation endo-trachéale. Elle relia ensuite la sonde et la bouteille d'oxygène. Ce n'était visiblement pas la première fois qu'elle traitait un arrêt cardiaque.

— Joe ! Le défibrillateur est prêt, oui ou non ? Tu as préparé l'injection d'épinéphrine ?

— Laisse-moi le temps, jeune demoiselle ! grommela le coéquipier.

Il lui tendit les électrodes du défibrillateur, qu'elle plaça sur la poitrine tatouée du vétéran, après quoi il mit l'appareil en charge.

— Je vais te préparer une injection d'épinéprhrine.

— Merci, Joe. Tu es le meilleur mentor qu'une fille puisse espérer. Ecartez-vous, ajouta-t-elle à l'intention de Santi. Je ne pense pas que vous aimeriez recevoir une décharge.

Santi leva docilement les mains.

— On dégage !

En dépit de la chaleur tropicale, elle ne transpirait pas. Mais *¡ válgame Dios !*, elle rayonnait !

Il baissa les yeux vers l'écran du moniteur cardiaque.

Rien.

— Joe ? fit Murphy.

Sans un mot, son coéquipier lui tendit une seringue contenant un milligramme d'épinéphrine pendant que Santi reprenait les compressions.

— Tu veux que j'aille chercher la planche dorsale ? demanda Joe en jetant un coup d'œil au talus.

Le pauvre type semblait avoir bien besoin d'un café glacé. D'ordinaire, le mois de janvier n'était pas aussi caniculaire.

— On n'en a pas besoin pour l'instant, intervint Santi. Ce serait trop inconfortable pendant les compressions. Quand j'aurai terminé ma série, vous pourrez me remplacer, et j'irai le chercher.

— Hé ! s'écria la dénommée Murphy. Vous ne bougez pas d'où vous êtes. Je ne vais pas laisser un type que je ne connais ni d'Eve ni d'Adam fouiller dans notre ambulance.

— Il n'est pas infirmier ? protesta Joe, qui espérait visiblement ne pas avoir à gravir le talus. Où est-ce que vous travaillez, mon pote ?

— Pour l'instant, je suis entre deux postes.

Murphy plissa les yeux d'un air soupçonneux, mais elle n'avait pas besoin de savoir qu'il avait été engagé au Seaside Hospital.

— Vingt-neuf, trente ! annonça-t-il.

Levant les mains au-dessus de la poitrine de Diego, il plongea dans les yeux de la jeune femme qui chargeait le défibrillateur. Il n'y avait pas que le chaud soleil de Miami, qui le réchauffait. Pendant que l'appareil produisait son bruit familier, il ressentit comme une secousse électrique dans le plexus. La connexion indéfinissable qui amène un homme à traverser une salle bondée pour rejoindre une parfaite inconnue…

Cela faisait longtemps qu'il n'avait pas éprouvé une telle

attirance. Il ne s'attendait pas à ce que cela arrive sur le bord d'une route à l'occasion d'une réanimation cardio-vasculaire !

Sans la quitter du regard, il se mordit la lèvre.

Soudain, elle battit des paupières et laissa échapper une exclamation dépitée.

Ah ! Il n'était donc pas le seul. Elle le sentait, elle aussi. C'était une première fissure dans l'armure gaélique.

Réprimant un sourire de satisfaction, il s'efforça de rester impassible. Il n'était pas du genre dragueur, mais il était difficile d'ignorer cette électricité.

Après le choc, il se tourna vers l'écran, sur lequel s'affichait une ligne étroite et plate.

Pourtant, au moment où Murphy posait deux doigts sur la carotide de Diego, de faibles pics se formèrent, comme si elle était un ange guérisseur.

— Vous pourriez aller chercher cette planche dorsale, finalement, dit-elle. C'est le dernier jour de Joe avant la retraite, il ne faudrait pas que mon vieux camarade se froisse un muscle.

— Attention, fillette ! dit Joe. J'ai encore le temps de rédiger un rapport défavorable à ton sujet, et on te renverra là d'où tu viens.

Murphy sourit largement.

— Tu aurais le cœur de t'en prendre à une pauvre fille d'un mètre cinquante et des poussières à peine débarquée de son Irlande natale ? Et maintenant, est-ce que tu peux me préparer une autre dose d'épinéphrine ?

Santi suivait l'échange avec amusement.

— Hé ! fit-il en se relevant. Comment vous appelez-vous, à propos ?

Elle montra son badge du doigt sans sourire.

C'était tout ce qu'il obtiendrait.

Souriant, il gravit le talus en quelques enjambées.

Dès que Diego serait dans l'ambulance, cette fille disparaîtrait à jamais. Il était clair qu'elle figurerait parmi les plus brèves rencontres de sa vie, mais il la placerait dans la catégorie des quelques souvenirs heureux qu'il possédait.

Elle lui rappelait en tout cas qu'il était un homme au sang chaud et que certains instants valaient la peine d'être vécus.

Une table de pique-nique surchargée de victuailles trônait dans la cour intérieure, déjà envahie par les nombreux amis de Joe venus lui souhaiter bonne chance.

Saoirse sourit.

Elle avait eu de la chance de l'avoir pour mentor pendant son stage ! Avec ses quarante années de métier, il en savait un rayon.

— Tu es servie, *mija*.

Elle prit à deux mains le verre rempli jusqu'au bord de margarita glacé.

— Tu mérites bien ton prénom, Angel, dit-elle au barman avec reconnaissance.

La journée avait été interminable. Les fêtes du nouvel an semblaient avoir duré quinze jours. Un patient qui voulait entamer la nouvelle année par des performances sexuelles avait ingurgité trop de pilules bleues. Sa petite amie paraissait épuisée. On l'avait amené à l'hôpital enveloppé dans des guirlandes…

— Murph !

Levant le nez, elle vit son amie Amanda lui adresser de grands signes depuis l'entrée du patio.

Après avoir avalé une gorgée de margarita pour être sûre de ne pas en renverser, elle se fraya un chemin parmi les clients du Mad Ron.

— Qu'est-ce qui t'a retenue aussi longtemps ? demanda Amanda en la serrant dans ses bras.

— Je suis passée voir un patient à l'hôpital.

— Il doit être canon, si je comprends bien.

Pas autant que son sauveteur…

— Non, pas vraiment. Mais son arrêt cardiaque a duré longtemps, et je voulais savoir s'il se remettait. Je n'ai jamais vu personne survivre après vingt minutes de compressions.

— Tu as fait ça ? Vingt minutes ?

Saoirse s'efforça de chasser de son esprit l'image de deux avant-bras musclés. Elle avait un faible pour les avant-bras musclés, et cet inconnu avait gagné directement la première place sur sa liste de la semaine.

— Ne sois pas bête ! J'aurais tout de suite utilisé le défibrillateur.

— Tu es une petite ambulancière si consciencieuse…

Toutes deux trinquèrent en riant.

Amanda, qui était beaucoup plus grande que Saoirse, ne ratait jamais une occasion de lui rappeler sa petite taille. Elle était la seule personne autorisée à le faire.

Le cœur serré, Saoirse évoqua son fiancé — ou plutôt ex-fiancé — qui posait parfois sa tête sur la sienne.

Et dire qu'elle se sentait en sécurité ! Quel pauvre type !

Remarquant le regard perçant de son amie, elle arbora un large sourire.

— Allons, dis-moi la vraie raison de ton passage à l'hôpital, insista cette dernière.

Cette fille avait le don de lire en elle à livre ouvert !

Evitant le regard de son amie, Saoirse but une autre gorgée de liquide glacé.

— Seigneur…, murmura Amanda. A 3 heures. Grand, brun et absolument canon ! Il faudrait un mot plus fort, pour le décrire. Tu n'en as pas un en magasin, Saoirse ?

Immédiatement, l'homme mystérieux surgit dans l'esprit de Saoirse, et quelques termes prirent la pole position.

— Sexy ? suggéra-t-elle. Séduisant ? A tomber par terre ? Appétissant ?

— Appétissant, répéta Amanda avec une expression gourmande.

Se rappelait-elle qu'elle était mariée et parfaitement heureuse en ménage ?

— A 3 heures, tu dis ? Je ne le vois pas.

— Tu veux que je t'aide pour que tu jettes un œil ? Ce gars pourrait remplir un calendrier à lui tout seul, il faudrait même ajouter des mois pour le plaisir.

Saoirse mourait d'envie de jeter un coup d'œil en direction du superbe spécimen. Après tout, il n'y a rien de mal à regarder. C'est la rupture qui fait souffrir, et elle n'avait pas l'intention d'emprunter de nouveau ce chemin.

Sans attendre l'aide de son amie, elle avisa un banc et grimpa dessus.

— Je suis tout à fait capable de me débrouiller seule... Oh !

— Tu vois ce que je veux dire ?

Absolument ! Mais dès que ses yeux se posèrent sur l'objet de cette évaluation, elle éprouva le besoin urgent de sauter de son perchoir.

— Bon, oui, il n'est pas mal.

— Tu es folle ? Ce type déchire !

— Il déchire quoi, exactement ?

Elle voulut émettre un reniflement de dédain, qui se termina en quinte de toux.

D'accord. Elle n'aurait pas dû poser la question, parce qu'elle savait exactement ce qu'il déchirait. Son estomac, par exemple. Et aussi son cœur, qui faisait des bonds incroyables dans sa poitrine. Tout son système nerveux semblait affecté. Elle avait la chair de poule, sans compter ce nuage de chaleur qui l'enveloppait !

Amanda lui posa la main sur le front.

— Eh ! Tu es certaine de ne pas être allée à l'hôpital pour vérifier que tu n'étais pas cliniquement démente ? Comment va-t-on te trouver un petit ami canon à épouser d'ici deux mois si tu es incapable de reconnaître un spécimen masculin exceptionnel ?

Tout en parlant, Amanda pointa le doigt en direction du spécimen en question… Et entra en contact avec sa poitrine.

Elle ouvrit la bouche, muette de stupéfaction, tandis que le sauveteur de Diego s'inclinait devant elles.

— Mademoiselle Murphy. Quel bonheur de vous revoir !

# 2.

*Tu le connais ?*

C'était ce que disaient les yeux écarquillés d'Amanda mais, pour faire bonne mesure, celle-ci formula la question à voix haute.

— Non, répliqua sèchement Saoirse, souhaitant être engloutie au fond d'un abîme.

Après tout, le moment était venu pour Dame Nature de se montrer bienveillante à son égard en ouvrant une faille sous ses pieds. Elle ne s'était pas manifestée quand son fiancé l'avait plantée au pied de l'autel dans sa robe de mariée, telle une nigaude déguisée en meringue.

— Je m'appelle Santiago, dit le nouveau venu.

Santiaaaaago... Forcément, un type aussi canon ne pouvait que porter un prénom exceptionnel !

— Mais Santi suffira si vous trouvez mon nom trop long à prononcer, insista-t-il en lui tendant la main.

La suggestion excita curieusement Saoirse, suscitant des images à envoyer une nonne tout droit en enfer. Elle vida son verre d'un trait dans l'espoir que la boisson glacée rafraîchisse son cerveau en ébullition...

En vain. Ce modèle pour calendriers avait creusé une brèche dans la forteresse érigée autour de son cœur. Et d'une région située plus bas.

Mais pourquoi ne parvenait-elle pas à parler ?

Elle avait ignoré la main qu'il lui tendait ; en revanche, son amie s'empressa de la serrer, non sans vérifier discrètement qu'il ne portait pas d'alliance.

— Et vous êtes… ? demanda-t-il à son amie.

Elle entendit vaguement Amanda lui répondre.

— Je suis Amanda, et miss Muette ici présente, c'est Sur-Shuuuuu.

Amanda imita parfaitement la moue de Saoirse, tentant d'expliquer pour la millionième fois comment on prononçait son prénom gaélique.

Santiago adressa un grand sourire à Saoirse, visiblement amusé par son embarras.

— Pas trop fatiguée après vos aventures de l'après-midi ? demanda-t-il, lui rappelant le mal qu'ils avaient eu à remonter Diego en haut du talus pour l'installer dans l'ambulance.

Relevant le menton, elle soutint le regard malicieux.

— En tout cas, je crois pouvoir affirmer que Joe est plus que satisfait d'avoir terminé sa dernière journée.

— Vous vous êtes pas mal débrouillée, vous aussi.

*Flatteur.*

— Sans vous, cet homme serait mort, répliqua-t-elle.

Elle ne l'appréciait peut-être pas, mais elle devait admettre qu'il méritait ses félicitations. A l'heure qu'il était, Diego aurait été à la morgue si Santiago ne l'avait pas secouru. Peu d'hommes auraient sauté à bas de leur moto pour aider un inconnu oublié du reste du monde. Il y avait un cœur dans cette large poitrine moulée par un T-shirt noir.

L'espace d'une seconde, elle l'imagina vêtu d'une chemise blanche… Oups ! Avec sa peau bronzée, ça vaudrait assurément le détour.

— On y est arrivés, finalement, dit-il sans la quitter des yeux.

Il se mordillait la lèvre comme il l'avait fait un peu plus tôt dans la journée, lui donnant l'impression qu'il la déshabillait du regard.

Pour sa part, elle devait cesser de fixer sa bouche et se rappeler qu'elle n'était plus sur le marché depuis la rupture de ses fiançailles…

Mais au moment où elle se détournait, il lui adressa un clin d'œil. Apparemment, il n'était pas dupe.

— *Saoirse* signifie « liberté » en irlandais, intervint Amanda, qui se sentait visiblement exclue de cette joute silencieuse.

L'espace d'un bref instant, Santiago se tourna vers celle-ci, avant de revenir très vite à Saoirse.

Avait-elle réellement entrevu cet éclat doré dans ses prunelles sombres ? Non, ce devait être un effet des guirlandes lumineuses accrochées aux palmiers du patio. D'ailleurs, ça n'existait pas, à part peut-être chez les tigres et les lions.

— Pour vous, c'est Murphy, dit-elle très vite. Ou Murph, si vous trouvez que c'est trop long à prononcer.

Pour toute réponse, il haussa légèrement les sourcils et lui adressa un petit sourire.

Pourquoi ces échanges anodins semblaient-ils prendre une signification sexuelle ?

— J'ai soif, dit-elle à Amanda. Tu veux que je te prenne une boisson quelconque ?

Amanda leva son verre de margarita presque vide.

— La même chose.

Saoirse hésita un instant.

Il était clair que son amie était ravie de rester seule avec Santiago. Très heureuse en ménage, Amanda adorait jouer les entremetteuses, surtout s'il s'agissait de régler le petit problème de visa de Saoirse : sa formation d'infirmière en soins intensifs pédiatriques lui avait permis de changer d'orientation pour devenir ambulancière, mais son stage allait bientôt prendre fin, et à l'idée de retourner en Irlande, elle avait des sueurs froides. Elle n'avait pas très envie d'y penser, mais elle était bien obligée, car l'horloge de la vie ne fait pas de cadeaux.

Elle jeta à Santiago un regard compatissant.

Le malheureux ignorait à qui il avait affaire. Amanda

n'avait pas besoin de plus de cinq minutes en tête à tête avec un homme pour planifier le reste de sa vie.

M. Super Canon battit des paupières. Est-ce qu'il venait de lire en elle ?

— Je vais vous aider, suggéra-t-il. Cet endroit est bondé.

— Je peux me débrouiller, merci, répliqua-t-elle.

Elle avait beau être petite, elle n'était pas une pauvre femme sans défense ayant besoin d'un grand gaillard pour porter deux verres à sa place. D'un autre côté, si elle le laissait seul avec Amanda, il était clair qu'ils se retrouveraient tous les deux mariés par un prêtre sur une plage baignée de soleil. Entre deux maux, mieux valait choisir le moindre.

— Comme vous voulez, dit-elle.

— On y va tous les trois, déclara Amanda en les prenant chacun par un bras.

— Espérons que cela valait la peine d'attendre, dit Santi, un gobelet à la main. Un margarita confectionné par Ron en personne !

Saoirse sourit pour la première fois depuis que son amie les avait quittés sous un prétexte quelconque.

Il avait deviné qu'il s'agissait d'une stratégie, mais peu lui importait. Saoirse lui plaisait. Elle était peu impressionnable, drôle, intelligente… Elle avait tout d'une petite fée sexy. Il n'aurait jamais pensé qu'il aimait ce type de femme, mais…

De toute façon, une fois qu'il aurait bu son margarita, il passerait à autre chose comme il le faisait toujours.

Les yeux à demi-fermés, Saoirse but une gorgée et rejeta la tête en arrière, appréciant visiblement la sensation que lui procurait le cocktail citronné coulant dans sa gorge. Puis elle passa la langue sur le bord de son gobelet pour prélever un peu du sel dont il était enduit.

Malgré la musique de salsa, il était presque certain qu'elle avait laissé échapper un petit gémissement de plaisir, et il s'aperçut alors qu'il léchait ses propres lèvres…

Passant un pouce dans la ceinture de son jean, il toussota.

*Ojos de ángel.*

— On dirait que quelqu'un avait besoin d'un verre, remarqua-t-il.

— Je ne suis pas du genre à noyer mes soucis dans l'alcool, rétorqua-t-elle. Mais je perds un équipier fantastique, aujourd'hui.

— Joe ?

— Le seul et l'unique. Je suppose que vous êtes là pour lui ?

Il hocha imperceptiblement la tête.

— Joe a fait allusion à un pot d'adieu quand nous installions Diego dans l'ambulance.

Evidemment, Joe ne s'adressait pas à lui, mais l'information n'était pas tombée dans l'oreille d'un sourd. Et Saoirse n'avait pas besoin de savoir qu'il se préparait mentalement à une démarche qu'il retardait depuis longtemps.

La *bodega* de sa famille n'était pas loin de ce bar, et pour une raison inconnue, il s'était persuadé que la vue de Saoirse renforcerait sa détermination. Il avait besoin de quelque chose ou de quelqu'un qui raffermisse son intention de faire amende honorable auprès de ses frères. Il était déjà revenu à l'occasion de permissions, mais sans jamais sauter le pas. Il était temps qu'il se jette à l'eau.

— Quelle est votre histoire, alors ? demanda-t-il pour penser à autre chose. Vous êtes très loin de chez vous.

— Oui.

Ses yeux bleus soudain assombris par l'anxiété, elle balaya la salle du regard.

Cette fille ne lâchait pas facilement des informations sur elle-même. Chacune de ses courbes appelait la caresse, mais elle n'était pas du genre facile et, de son côté, il était tout à fait incapable de s'engager dans une relation sentimentale.

Dans ce cas, mieux valait tenir ses mains en laisse.

— Miami vous convient bien, dit-il.

Il regretta aussitôt cette remarque ridicule. Elle ne ressemblait en rien aux filles avec lesquelles il avait grandi, des fêtardes qui passaient leurs nuits en boîte.

— Qu'est-ce qui vous fait dire ça ? demanda-t-elle finalement. Vous trouvez que je ressemble à une touriste du nord qui descend dans le sud pendant l'hiver ?

— Loin de moi l'idée de vous comparer à une retraitée, répondit-il en riant. Simplement, quel que soit le temps que vous y avez passé, Miami a déteint sur vous. De la bonne façon, bien entendu, précisa-t-il avec un sourire.

De nouveau, elle scruta la foule, tentant vainement de repérer son amie, et il en profita pour l'observer de la tête aux pieds.

Elle avait des cheveux blonds presque blanchis par le soleil. Elle était mi-fée mi-sirène, s'il en croyait la ligne blanche dessinée par son bikini sur ses épaules hâlées piquetées de taches de rousseur. Son débardeur moulant soulignait la minceur de sa taille, mais c'était tout ce qu'il pouvait voir, car ses courbes étaient masquées par une robe-salopette informe. Le genre de vêtement que seule une fille qui ne cherche pas de petit ami peut porter. Malgré tout, la jupe courte révélait une paire de jambes musclées. Elle portait des tongs. Rien d'étonnant à cela, on était à Miami. Les ongles de ses orteils étaient peints en noir. Intéressant…

— Arrêtez de me mater, s'il vous plaît, murmura-t-elle. Et je n'aime pas tous ces compliments américains.

Il éclata de rire.

— Parce que c'était un compliment américain ? Que dirait un Irlandais ?

Elle parut réfléchir pendant quelques secondes.

— Probablement rien d'aussi gentil, en tout cas. Sans doute une remarque sur la météo, du genre « la pluie n'a pas abîmé vos bottes ? ».

Leurs regards se croisèrent et, de nouveau il éprouva le

choc de cette connexion. Mais Saoirse se détourna si vite qu'il se demanda s'il n'était pas victime de son imagination. A son expression subitement attristée, il devina pourtant qu'elle ne gardait pas que de bons souvenirs de son pays d'origine.

Il fit un effort pour trouver une réponse appropriée.

— A propos de météo, on dit ici qu'on n'est un vrai autochtone que lorsqu'on a survécu à un ouragan. Etes-vous ici depuis assez longtemps pour en avoir subi un ?

La nullité de ces propos l'accablait, mais c'était tout ce qu'il avait trouvé pour retenir l'attention de la demoiselle.

— Je suis arrivée au beau milieu d'une tempête, et mon avion a dû être détourné, répliqua-t-elle.

— Mais vous vous en êtes sortie, apparemment.

— Quelque chose comme ça.

L'espace de quelques secondes, un nuage voila le bleu pur de ses yeux.

Il avait sans doute fait une gaffe, mais laquelle ? Quoi qu'il en soit, le ton de Saoirse le lui faisait clairement comprendre.

Elle leva son verre comme pour signifier que la discussion était close, puis elle disparut dans la foule.

Il envisagea un instant de commander une autre boisson alcoolisée, mais il y renonça. Il préférait ne pas être soûl lorsqu'il reverrait ses frères dans…

Il jeta un coup d'œil à sa montre comme pour évaluer le nombre d'années qui s'étaient écoulées depuis la dernière fois qu'il leur avait parlé, preuve s'il en était que son esprit était quelque peu troublé par sa rencontre avec la Rose irlandaise de Miami Beach.

Très bien. Il était temps qu'il fasse ce qu'il avait à faire.

Il posa son verre à moitié plein sur le bar.

Une fois dans la rue, il mit son casque demi-jet, celui qui lui permettait de sentir le vent sur son visage et de respirer l'air de la mer lorsqu'il roulait en direction des Keys, la route qu'il empruntait chaque fois qu'il avait besoin de réfléchir.

Il leva les yeux vers le ciel, dans l'espoir d'y trouver une réponse à la question qu'il ne formulait pas.

Depuis son retour aux Etats-Unis, quatre mois auparavant, il n'avait pas encore trouvé le courage de contacter sa famille. Pourquoi lui était-il si difficile de renouer avec les siens ?

Il enfourcha sa moto et mit le moteur en marche.

Il parcourait la côte sur cette machine, acceptant ici ou là des remplacements en tant qu'ambulancier. Grâce à son expérience sur les zones de conflit, il pourrait se faire engager en tant qu'urgentiste dans n'importe quel hôpital, mais cette sorte de déclassement lui convenait. Il voulait arriver le premier sur les lieux où l'on avait besoin de lui. Une façon de racheter ce qu'il n'avait pas fait correctement au moment où il l'aurait fallu…

Quelle sorte d'homme abandonne son petit frère quand celui-ci a besoin de lui ? Il avait aussi trahi ses frères aînés qui faisaient de leur mieux pour gérer une situation difficile. Etait-ce parce qu'il était trop jeune pour assumer ses responsabilités ou parce qu'il était lâche ?

Il était temps de vérifier si dix années passées à être un marine avaient fait de lui un homme.

Il atteignit bientôt la Petite Heliconia, le quartier où il était né et avait grandi. Lorsqu'il parvint au coin de rue familier, il s'arrêta et posa un pied à terre. Derrière lui, un conducteur impatient klaxonna et, l'espace d'un instant, il envisagea de descendre de sa moto pour lui donner une petite leçon de politesse.

Mais ce n'était pas le moment.

Respirant un bon coup, il s'engagea dans la rue.

Les lumières de l'allée étaient allumées, mais il ne vit personne. Il dépassa la maison qu'il connaissait comme sa poche, puis il coupa le contact et ôta son casque, laissant les bruits de la nuit l'envelopper.

Le coassement des rainettes, le chant des grillons, le flux et le reflux des vagues… Mais les battements de son cœur étaient plus bruyants encore.

Depuis son retour, c'était la vingtième fois qu'il passait, mais la première fois qu'il s'arrêtait.

— Eh, Dante ! N'oublie pas de mettre le soda orange sur la liste, cette fois, *pero !* On n'en a plus.

Santiago se raidit, tandis que la voix son frère aîné le transportait au lieu et à l'endroit où tout avait basculé.

Il ne se rappelait même pas pourquoi ils étaient tous à la boutique ce jour-là. Cela n'avait d'ailleurs rien d'inhabituel, mais l'ordre de se jeter par terre l'était. En moins d'une minute, la « famille parfaite » avait été irrévocablement détruite.

— Je n'y suis pour rien, Rafe !

— Cessez de vous disputer, les garçons, et remettez-vous au travail. Je ne veux pas rester ici toute la nuit !

— Ne t'inquiète pas, Carmelita ! Tu seras rentrée chez toi assez tôt pour regarder ton feuilleton à l'eau de rose.

— *No seas tonto*, répliqua Carmelita en surgissant sur le seuil. Je suis aussi moderne que vous autres, je sais comment enregistrer mes films préférés.

Tout en parlant, elle se mit à secouer un tapis, ce qui eut pour effet de soulever un nuage de poussière.

Grâce à elle, ils avaient survécu aux jours les plus sombres de leur vie. Ils n'avaient peut-être pas le même sang, mais elle était toute la famille qu'il leur était resté après ce jour fatal.

— Donne-moi ça, Carmelita, je peux m'en charger.

Santi se pétrifia en voyant son petit frère surgir près de leur tante adoptive.

Prenant le menton d'Alejandro dans sa main potelée, celle-ci le pressa affectueusement, avant de lui tapoter la joue comme s'il était un gamin.

— Tu es un bon garçon, Alejandro, mais je ne suis pas encore une vieille femme. Tu as assez travaillé à l'hôpital.

La gorge serrée, Santi combattit l'émotion qui menaçait de le submerger.

Son petit frère était un homme maintenant, il avait sensiblement la même taille que lui, un mètre quatre-vingts et des poussières. Il avait été un beau petit garçon, et on pouvait en dire autant de l'homme qu'il était devenu. Mais il n'y était pour rien, puisqu'il était parti quand Alejandro avait le plus besoin de lui… Et, apparemment, celui-ci s'en était plutôt bien sorti sans son aide.

Santi jura sourdement.

Non, il n'y arrivait pas. En tout cas, pas ce soir.

Son cerveau se mit en mode automatique, et il tourna la clé de contact. Un instant plus tard, il s'éloignait de cette maison et s'enfonçait dans la nuit.

# 3.

— Arrête d'envoyer des coups de pied dans mon bureau, s'il te plaît, dit Amanda en souriant.

Saoirse reposa par terre son pied botté sur le point d'entrer en contact avec le comptoir d'accueil des urgences.

— J'en ai assez d'attendre, ragea-t-elle. Où il est, ce type ?

Amanda se pencha vers elle.

— Parce que c'est un mec ? Est-ce que tu sais s'il est célibataire ? Je n'arrive pas à croire que tu n'aies pas parlé avec ce Santiago pendant la soirée de Joe. On n'a pas l'occasion de voir souvent des spécimens aussi canons. Tu aurais dû lui sauter dessus !

— Je préfère régler mes petits problèmes en dehors des heures de travail, merci bien, répliqua Saoirse en foudroyant son amie du regard.

— Je dis juste que les sans-papiers n'ont pas le choix, et que tu avais une sacrée occasion... Jusqu'à ce que tu t'enfuies.

— Je ne me suis pas enfuie !

D'ailleurs, que faire d'autre quand tout ce qu'elle avait à offrir, c'était elle-même : quelqu'un dont son ex-fiancé n'avait pas voulu le jour de leur mariage ?

— Et je ne suis pas sans papiers !

— C'est ça ! Va le dire aux policiers chargés des expulsions, répondit Amanda en lui mettant sous le nez un calendrier. Trois mois, Murph. C'est le temps qu'il te reste pour trouver un mari avant la fin de ta formation.

— Je t'ai déjà dit que je n'étais pas sur le marché. Tout ce que je veux, c'est une carte verte.

— Ben voyons ! Si tu dois te marier pour rester aux USA, autant que l'élu soit agréable à regarder. Je pense qu'on ne manque pas de candidats, ici, au Seaside.

— Ça suffit, Amanda ! J'ai suffisamment de soucis pour ne pas en plus me mettre en quête du type super-canon qui voudra bien épouser la pauvre petite immigrante abandonnée par son fiancé.

Amanda fronça les sourcils.

— De quels soucis parles-tu ?

— Euh… Par exemple, j'aimerais bien que mon nouvel équipier se pointe, pour que nous puissions secourir quelques personnes !

— Amanda, fit une voix masculine, vous savez quelque chose à propos du traumatisme crânien dans le box 3 ?

— Oui, docteur Valentino. On vient juste d'amener cette patiente.

Saoirse fixa distraitement le médecin qui se tenait près d'elle.

Il avait clairement le type latino. Grand, les cheveux sombres… Pas aussi noirs que ceux de Santi, cependant, et la coupe était très classe. Pourtant, il n'était pas son genre. Trop propre sur lui, pas assez rebelle.

Elle ne put s'empêcher d'évoquer le corps mince et musclé du motard, et la masse épaisse de cheveux couleur d'ébène qui bouclait gentiment dans son cou.

Chassant ce souvenir de son esprit, elle jeta un nouveau coup d'œil de côté au médecin. Il avait les mêmes épaules larges que son mec… Enfin, il n'était pas vraiment *son* mec, mais elle se comprenait.

Les portes battantes s'ouvrirent devant une sorte de clone du médecin. Lorsqu'il s'approcha, elle remarqua certaines différences entre eux, mais ils étaient sûrement parents, avec leur peau dorée, ces pommettes à faire damner une sainte et ces yeux de braise.

— Amanda, vous laissez la racaille pénétrer dans vos

urgences ! s'écria le premier. Viens là, Rafe, j'ai besoin de tes lumières.

— Deux Valentino valent mieux qu'un, riposta Amanda avec un grand sourire.

Tandis que les deux hommes discutaient, penchés sur le dossier de la patiente, elle désigna son propre annulaire pour faire comprendre à Saoirse que les deux frères n'avaient pas d'alliance.

Pour l'amour du ciel !

Saoirse adressa une grimace à Amanda, qui arborait une mine innocente.

Son amie pouvait se montrer un peu lourde quand il s'agissait de lui trouver un mari. Il y avait d'autres options, mais il fallait bien reconnaître que le mariage était la meilleure. En tout cas, Amanda faisait tout ce qu'elle pouvait, contrairement à elle. Elle n'aurait pas été étonnée d'apprendre que son amie s'arrangeait pour réunir les plus beaux spécimens masculins de l'hôpital autour de son comptoir.

Quoi qu'il en soit, ces deux-là ne lui accordaient pas la moindre attention, ce qui était légèrement vexant. Plus que légèrement, pour être honnête.

Une idée la frappa, lui serrant la gorge.

Tous les deux étaient beaux, et intelligents à en croire les propos qu'ils échangeaient. Ils étaient faits pour peupler la planète. Pour être pères…

La seule chose qu'elle ne pouvait pas offrir à un homme.

Se sentant étouffer, elle tira sur le col de son uniforme.

Comme si sa rencontre avec Santiago n'était pas assez cruelle, le sort lui servait non pas une, mais deux variations de l'homme qui l'avait empêchée de dormir toute la nuit…

A cet instant, elle écarquilla les yeux à la vue de l'objet de ses pensées qui franchissait justement les portes des urgences.

Dès qu'il l'aperçut, un large sourire éclaira son visage. Puis ses yeux se posèrent sur les deux médecins, et il effectua un demi-tour brutal pour se diriger vers la zone réservée aux ambulances.

Elle se lança à sa poursuite tout en entendant vaguement Amanda lui crier quelque chose à propos de papiers à remplir.

Ça attendrait ! Pour l'instant, elle devait juste s'assurer de ne pas perdre son job, en attendant de trouver un mari.

Elle dépassa son ambulance et rattrapa Santi.

— Hé ! cria-t-elle. C'est quoi, votre problème ?

— Je pourrais vous poser la même question, répliqua-t-il en lui faisant face, les mains sur les hanches.

— De quoi parlez-vous ?

— Pourquoi étaient-ils avec vous ?

— Les deux clones ?

Santi la fixa avec une intensité troublante.

— Vous ne les connaissez pas ?

Elle soutint un instant son regard avant de remarquer un détail qu'elle n'avait pas noté un instant auparavant : Santi portait le même uniforme qu'elle !

— Vous êtes là pour travailler dans l'ambulance 23 ?

— Oui ? Comment le savez-vous ?

— Vous plaisantez, j'espère !

Il secoua la tête.

— Je ne comprends rien à ce que vous racontez…

Soudain, il parut frappé par une révélation :

— On ne m'a pas donné de nom, juste le numéro du véhicule. Si je comprends bien, vous êtes mon équipière ?

— Ne prenez pas cet air satisfait !

Plus tard, elle aurait deux mots à dire à Amanda, qu'elle soupçonnait fortement d'avoir tout organisé. Cette fois, celle-ci était allée trop loin. Elle savait pourtant tout de l'année pénible qu'elle venait de passer. Elles allaient avoir une petite explication !

Elle laissa échapper un soupir.

Très bien. Mieux valait en finir, de toute façon.

Sortant les clés de sa poche, elle les fit tinter.

Il tenta de s'en emparer, mais elle s'écarta prestement.

— C'est moi qui conduis, trancha-t-elle.

— Comme je suis le plus âgé, ce devrait être moi.

— Dans vos rêves ! Vous avez le droit de me conseiller en cas de nécessité, mais je peux vous dire tout de suite que vous n'en aurez pas l'occasion.

Il hocha ta tête.

— Allons-y, reprit-elle. Vous êtes en retard, et j'ai besoin de vous montrer le matériel dont nous disposons avant de nous rendre quelque part.

— Très bien, m'dame, dit-il en esquissant un salut militaire.

— Sachez aussi que je ne suis pas du genre à me tourner les pouces.

— Moi non plus. On poursuit cette conversation, ou on se met au travail ?

Tournant les talons, elle grimpa dans l'ambulance.

Au bout d'un quart d'heure, Santi rompit le silence qui s'était installé.

— On dirait que vous n'êtes pas une adepte des limitations de vitesse.

— Je suis certaine que cette remarque est une façon de me complimenter sur ma conduite. Comme vous pouvez vous en apercevoir, la circulation n'est pas vraiment fluide à Miami. Vous regrettez sûrement d'être arrivé en retard, et vous vous réjouissez que, grâce à moi, nous arrivions à temps là où l'on nous attend.

— C'est exactement ce que je voulais dire.

Il s'agrippa au tableau de bord pendant que Saoirse prenait un tournant sans ralentir.

— Vous vous entraînez à la course ? railla-t-il.

— Vous ne croyez pas si bien dire. J'en ai fait trois samedi, et je ne permets pas aux gens comme vous de m'écarter du cercle des vainqueurs.

— Ce n'est pas une blague ?

Saoirse ne quitta pas la route du regard.

— Je ne plaisante jamais à ce sujet, répliqua-t-elle.

— Respect ! dit-il, après avoir émis un long sifflement.

Ainsi, elle était une mordue de la vitesse ! Très sexy ! Il se la représentait facilement vêtue d'une combinaison ignifugée, en train d'appuyer sur l'accélérateur...

Réprimant un wagon de pensées torrides, il se concentra sur les doigts de Saoirse enroulés autour du volant.

Il la sentait de meilleure humeur.

— J'adorerais vous voir en action.

Elle lui jeta un regard de côté.

— Que voulez-vous dire ?

— J'aimerais vous voir conduire un bolide de course. A quoi croyez-vous que je pensais ?

Elle rougit subitement.

— A rien. Rien du tout.

Pour cacher son sourire, il se tourna vers la vitre et regarda les palmiers et les vitrines de fast-food défiler à toute allure.

Apparemment, il avait le don de révéler le côté rugueux de cette jeune femme. Combien de temps faudrait-il pour qu'elle lui montre un aspect plus doux de sa personnalité ?

Lui-même n'était pas un homme facile, cela dit... Il ne savait même pas combien de temps il parviendrait à rester en place. Il venait d'arriver à Miami, et il avait déjà la bougeotte ! Il était revenu pour faire face à ses responsabilités, mais le savoir ne rendait pas les choses plus faciles.

Près de lui, Saoirse secoua la tête, apparemment aussi préoccupée qu'il l'était. Ils avaient clairement tous les deux des problèmes qu'ils n'étaient pas prêts à partager.

Ce qui lui convenait parfaitement. Travailler avec Murph constituait l'antidote dont il avait besoin pour dénouer l'enchevêtrement des événements calamiteux survenus dans sa vie personnelle.

— Ces deux gars, dit Saoirse en lui jetant un coup d'œil

de côté. Les médecins qui se trouvaient près du comptoir… Ce sont des parents à vous ?

Santi réprima l'envie furieuse de nier le moindre lien de parenté avec ses deux frères, et l'atmosphère s'appesantit de nouveau considérablement dans la cabine.

Il était venu pour renouer des liens brisés. Un mensonge, même anodin, pouvait encore empirer les choses s'il sortait de l'espace confiné de cette ambulance.

— Qu'est-ce qui vous fait dire ça ?

— J'ai beau être une mauviette, fit-elle en singeant la voix sucrée des minettes de Miami Beach, j'ai des yeux pour voir. Et en additionnant tout ce que j'ai vu, je commence à penser que vous n'êtes pas fils unique. Où est le problème ? Ils ont l'air d'être des chirurgiens plutôt doués, et vous-même, vous en savez nettement plus qu'un ambulancier. Alors, pourquoi ce déclassement ?

— Ce ne serait pas l'hôpital qui se moque de la charité ? D'après ce que j'ai constaté, vous n'êtes pas non plus une ambulancière ordinaire.

— J'étais infirmière en soins intensifs pédiatriques, avoua-t-elle.

— Et vous vous voyez comme « déclassée » ?

— Pas le moins du monde ! protesta-t-elle.

Les doigts un peu trop crispés sur le volant, elle continua.

— J'ai seulement pensé en arrivant ici que je serais plus utile au volant d'une ambulance.

— Moi de même.

— Mais cela n'explique pas que vous ne les ayez pas salués. Je veux dire… Ce sont vos frères, oui ou non ?

— Où voulez-vous en venir ?

— Vous m'avez très bien comprise. J'ai vu votre expression. Vous aviez hâte de vous enfuir. Qu'est-ce que vous leur avez fait ? Vous leur avez volé leur argent de poche, ou vous en avez laissé tomber un sur la tête quand il était bébé ?

Il abattit son poing fermé sur le tableau de bord.

— Rappelez-moi de ne jamais jouer aux fléchettes avec vous, *chica*, dit-il entre ses dents.

— Du calme… Je voulais juste savoir avec quel genre d'individu je vais devoir travailler.

Elle paraissait un peu soucieuse, et il ne pouvait l'en blâmer. Il n'avait pas l'habitude de démolir le matériel, mais elle avait frappé en plein dans le mille. Après que leurs parents avaient été tués, il avait rendu la vie de ses frères encore plus difficile. Depuis quinze ans, il supportait le poids d'une culpabilité qui le consumait de l'intérieur.

— C'est un sujet douloureux, lâcha-t-il.

— Sans blague, marmonna Saoirse.

Elle ralentit avant de s'engager dans un parking proche de la plage. Après avoir coupé le contact, elle défit sa ceinture de sécurité et se tourna vers lui.

— Bien. Nous sommes dans *mon* ambulance…

— Eh ! Je suis le plus âgé, et j'ai cru comprendre que vous étiez encore en formation.

— C'est un détail, répliqua-t-elle.

— Pas là d'où je viens.

— Là d'où *je* viens, si un équipier plus âgé se comporte comme un fou, on court au désastre. Je ne sais pas pour vous, mais moi, j'ai besoin de ce job. C'est la seule chose qui m'empêche de devenir folle, et vous ne m'aidez pas à garder mon calme. Alors, lâchez le morceau !

— Vous savez, Murphy, vous pourriez facilement faire carrière dans le chantage. Ou dans la torture, pourquoi pas ? Vous n'avez jamais envisagé de…

Elle l'interrompit d'un geste, lui faisant clairement comprendre que s'il ne parlait pas, il était viré.

— Très bien, dit-il. Ce sont mes frères.

Saoirse laissa échapper une exclamation de triomphe.

— J'en étais sûre ! Et que font vos parents ? Ils sont médecins ou mannequins ?

— Ils sont morts.

Saoirse se sentit rougir d'horreur.

C'était grâce à ses parents qu'elle ne s'était pas jetée du haut d'une falaise le jour de son mariage raté. Elle ne pouvait même pas imaginer ne pas les avoir au téléphone. Avec une liaison vidéo, c'était encore mieux.

— Je suis désolée, Santi. Je n'en avais pas la moindre idée.

— Vous ne pouviez pas savoir, dit-il d'une voix de robot.

Elle ne pouvait pas le lui reprocher. Elle-même ne parvenait pas à prononcer le prénom de son fiancé sans avoir les larmes aux yeux, alors qu'il était bien vivant. Et l'expression de Santi indiquait clairement qu'elle ne devait pas lui témoigner la moindre compassion.

Elle ravala donc sa pitié.

— Récemment ?

Il la regarda dans les yeux, comme s'il faisait son rapport à un officier supérieur à qui il devait annoncer que la moitié de ses hommes avaient été tués et les autres faits prisonniers.

— Il y a vingt ans, mes parents ont été tués dans notre *bodega* familiale. Un cambriolage qui a mal tourné, comme cela arrive souvent quand les malfrats sont armés.

L'absence d'émotion dans la voix de Santi était difficile à supporter. Maintenant qu'elle avait réussi à le faire parler, elle se taisait. Elle hocha la tête pour l'encourager à continuer.

— Mon petit frère, Alejandro, a été touché par une balle. Je veillais sur lui pendant que mes deux frères aînés, ceux que vous avez vus à l'hôpital, faisaient leurs études de médecine.

Elle revit l'ardeur qu'il avait mise à ranimer ce vétéran, la veille. Il ne s'agissait pas seulement pour lui de sauver la vie d'un inconnu. C'était quelque chose de plus personnel. Quelque chose d'enfoui profondément dans son cœur.

Il se tut un instant avant de reprendre.

— Dès que j'ai eu dix-huit ans, je me suis engagé dans les Marines. J'ai rempilé cinq fois, et à présent, je suis de retour. Vous êtes contente, maintenant ?

— Euh… Je ne veux pas faire la difficile, mais ça ne

m'explique pas que vous vous soyez enfui des urgences à la seconde où vous les avez aperçus.

— On ne s'est pas vus depuis un moment. Après quinze ans d'absence, j'ai pensé qu'il serait malvenu de débarquer comme une fleur. Et maintenant, *vamonos !* Je ne sais pas si vous êtes au courant, mais ma patronne est du genre à sortir son fouet.

A la façon dont Santi serrait les dents, elle devina que c'était tout ce qu'il dirait. Elle était déjà surprise d'avoir obtenu autant d'informations. Dommage qu'elle n'ait pas été aussi douée pour arracher la vérité à son fiancé quand elle lui avait dit qu'elle ne pouvait pas avoir d'enfants…

Il avait prétendu que ce n'était pas un problème. Comment avait-elle été assez stupide pour le croire ? Ce genre de révélation aurait brisé n'importe quel accord.

Mais bien sûr, un Irlandais prend ses jambes à son cou si on lui demande de faire des confidences. C'était sans doute la raison pour laquelle celui-là s'était enfui de l'église sans explication au moment de dire : « Je le veux ». Pourtant, elle avait été loyale, envers lui…

— La terre à Sare-shee !

Pourquoi personne ne parvenait-il à prononcer son prénom correctement ?

Foudroyant Santi du regard, elle prit le micro.

— Ici l'ambulance 23, à Mar Vista. On vous écoute.

— Nous avons un enfant de trois mois fiévreux, qui présente des problèmes respiratoires.

L'adresse suivit, formulée d'une voix saccadée.

— Compris.

Adressant un rapide hochement de tête à Santi, elle tourna la clé de contact et actionna la sirène.

# 4.

Santi désigna du doigt une femme qui courait vers eux avec dans les bras un enfant enveloppé d'une couverture.

— Regardez, les voilà !

Un instant plus tard, Saoirse se garait au niveau de la mère affolée.

— Je sors le matériel, dit-elle. Occupez-vous du bébé.

Sur ces mots, elle bondit hors du véhicule pour ouvrir les portières arrière.

— Pourquoi moi ? Je croyais que vous étiez en formation ? Toute expérience est bonne à prendre.

— Pas aujourd'hui.

Il y avait dans sa voix une tension bien différente de la brusquerie professionnelle qu'elle affichait auparavant. Décidément, il soupçonnait un secret bien caché. Mais il tâcherait d'en savoir davantage plus tard.

S'emparant du stéthoscope qu'il portait autour du cou, il quitta son siège.

La mère lui tendit son enfant.

— Je vous en prie, aidez-moi ! Mon bébé n'arrive plus à respirer !

Le nouveau-né était très pâle, mais ses joues étaient zébrées de rayures rouges. Malgré les claquements de portières causées par Saoirse et les bavardages des badauds, il percevait les râles douloureux émis par le bébé. Il manquait clairement d'oxygène.

— Comment s'appelle-t-il ? demanda-t-il en prenant l'enfant dans ses bras.

Dans des cas comme celui-ci, calmer la famille était très important.

— Carlos, comme son *papi*. Et moi, Maria-Rose.

Les joues du petit garçon étaient chaudes et il ne pleurait pas. Une fois qu'il lui aurait ôté sa grenouillère, il espérait ne pas voir d'éruption cutanée.

— C'est un bon prénom, pour un garçon solide. Est-ce que Carlos a expulsé des glaires, Maria-Rose ? demanda-t-il en guidant la mère vers l'ambulance.

Les enfants n'étaient pas son fort, mais il avait souvent soigné la population locale pendant ses missions. Le côté humanitaire de son métier de militaire lui avait toujours plu, en tout cas davantage que de traiter les victimes des combats…

La mère secoua la tête.

— Cette nuit, il était léthargique, il geignait plus qu'il ne criait. Et sa langue est bleue, vous avez vu ?

Refoulant ses souvenirs, il ouvrit délicatement la bouche du bébé avec ses doigts.

La langue et l'intérieur des lèvres étaient bleuâtres.

— Je vois. On va donner de l'oxygène à votre fils.

Il interrogea rapidement Maria-Rose sur le passé médical de son fils. Les vaccinations avaient été faites, l'accouchement s'était bien passé, et il n'y avait eu aucun symptôme d'une maladie quelconque.

— J'ai juste remarqué hier qu'il n'allait pas bien, dit-elle en se tordant les mains nerveusement.

— Lorsqu'il s'agit d'un bébé, le temps est un élément important, vous avez bien fait d'appeler les urgences…

Il appliqua le pavillon du stéthoscope sur la poitrine du petit garçon. Les râles qu'il perçut indiquaient clairement une pneumonie.

— Avez vous fait des voyages depuis sa naissance ? demanda-t-il.

La mère fit signe que non.

— Très bien. Et avez-vous voyagé quand vous étiez enceinte ?

D'après ce qu'il savait, plusieurs femmes enceintes avaient été infectées à leur insu par le virus Zika.

— Sûrement pas ! protesta Maria-Rose. Nous économisons pour donner une bonne éducation à Carlos.

Tout comme ses propres parents, pensa-t-il. Ils s'étaient sacrifiés pour que leurs enfants aient tout ce qu'il fallait.

Il passa la main sur le crâne de l'enfant et nota qu'il était de taille normale, ce qui écartait l'éventualité que la mère ait été contaminée par une piqûre de moustique pendant sa grossesse.

— Parfait. Pas de problème pour alimenter le bébé ?

— Santi ! appela Saoirse depuis l'ambulance. De quoi avez-vous besoin ?

— Il me faut de l'oxygène et de l'amoxicilline.

— Vous avez vérifié qu'il n'y a pas d'allergies ?

— Oui. Aucune, d'après la mère.

Une fois dans l'ambulance, il prit le masque pédiatrique qu'elle lui tendait et le plaça délicatement sur le visage du bébé après lui avoir ôté sa grenouillère.

— Vous pouvez ajouter une poche d'antibiotiques à la perfusion, s'il vous plaît ? Jusqu'à ce qu'on ait les résultats des cultures, à l'hôpital, nous ne savons pas exactement à quoi nous avons affaire, mais je suis presque sûr qu'il s'agit d'une pneumonie.

— Vous avez vu ça ? murmura Saoirse.

Santi plissa les yeux et hocha la tête au bout d'un instant. Une zone inflammatoire…

— Vous avez des lames de microscope ?

— Vous pensez à une septicémie ? demanda-t-elle en lui tendant la lame.

— Peut-être, ou le virus Zika. Mais je ne pense pas que les éruptions cutanées dues au Zika se manifestent de cette façon.

Tout en parlant, il pressa la lame contre la peau du bébé.
— La zone pâlit, c'est bon signe.
— Cela ne signifie pas que ce n'est pas une septicémie, dit Saoirse tout bas pour ne pas être entendue par la mère.
— Exact. Commençons la perfusion et partons.
— J'aimerais juste tâter sa fontanelle, avant.
Conscient que l'hydratation était cruciale pour un enfant malade, il posa le cathéter pendant qu'elle examinait la tête du bébé.
Son respect pour sa coéquipière grandissait. Apparemment, son expérience en tant qu'infirmière spécialisée dans les soins pédiatriques la plaçait très au-dessus de son statut d'ambulancière. La plupart de ses collègues n'auraient pas fait preuve d'une telle aisance ni témoigné d'une telle compétence.
— Qu'en pensez-vous ? demanda-t-il au bout d'un instant.

Saoirse leva les yeux vers Santi, espérant que son visage n'exprimait que du professionnalisme.
— Je ne sens pas de tension ni de gonflement. Avec un peu de chance, ce n'est pas une méningite... Très bien, reprit-elle en se tournant vers Maria-Rose, vous allez grimper à l'intérieur. Nous vous emmenons, vous et votre petit bonhomme, au Seaside Hospital où les médecins procéderont à quelques analyses. D'accord ?
En claquant les portières, elle voyait son nouvel équipier comme le reste du monde devait le voir : canon, certes, mais c'était surtout un ambulancier qualifié, entièrement focalisé sur la santé du petit être étendu sur le brancard.
Ce n'était pas si mal, finalement. Ils allaient pouvoir s'entendre, parce que ce n'était pas du cinéma, il se préoccupait vraiment de cet enfant.
Elle se glissa derrière le volant et actionna la sirène, soulagée.

— Bravo, Murph ! Tu es celle qui a survécu une semaine à la compagnie de Santiago Valentino !

Saoirse baissa les yeux vers sa petite tasse.

— Cette tasse ne va pas te mordre, remarqua Santi.

— Qu'est-ce que c'est, exactement ?

— Un café cubain. C'est ce qui ressemble le plus au paradis après une dure journée de travail, *mija*. Et, sans mentir, tu as fait ta part aujourd'hui.

Elle feignit de saluer une foule en délire.

— C'était d'un boulot d'équipe, Valentino. Tout est dans le travail d'équipe.

Et elle le pensait vraiment. Ils ne travaillaient ensemble que depuis une semaine, mais c'était déjà un vrai plaisir. Elle pourrait facilement tomber amoureuse de Santiago Valentino…

Il y avait eu tellement de changements dans sa vie, cette année ! Elle avait appris qu'elle ne pouvait pas avoir d'enfants, elle était devenue célibataire, et elle avait pris l'avion avec un visa d'étudiante au lieu d'épouse.

Elle fixa avec méfiance sa tasse de café.

Déjà qu'elle avait eu suffisamment de mal à passer du thé au café ! Elle allait devoir appeler sa mère pour qu'elle lui envoie une nouvelle boîte de sachets.

Un frisson glacé la parcourut.

Même si le thé arrivait dans une semaine, elle serait partie dans deux mois. La journée du poisson d'avril ! Quelle farce ! Ce jour-là, elle serait sommée de repartir pour l'Irlande, à moins qu'elle ne trouve par miracle un homme qui veuille bien l'épouser.

— Tiens, dit Santi en lui tendant une bouteille d'eau. Nettoie ton palais, et ensuite, goûte-moi ce *cafecito.*

— J'espère que ça ne va pas me tenir éveillée toute la nuit, au moins ?

Un sourire malicieux aux lèvres, il haussa légèrement les sourcils.

— *¿ Por qué ?* Est-ce que *mamacita* Murphy aurait un rencard ce soir ?

— Arrête de faire ça !

— Quoi ?

— Ton… Ce numéro de séducteur latino.

— Tu n'apprécies pas ma conversation si sexy ?

— C'est inutile avec moi, mentit-elle en évitant de croiser son regard.

— Qui est l'heureux élu, ce soir, Murph ? demanda Santi en lui plantant un doigt inquisiteur dans le bras.

Pourquoi voulait-il savoir avec qui elle sortait ? Est-ce qu'il ne la bombardait pas déjà toute la journée de questions sur ses connaissances en urgences médicales ?

— Tu es vraiment un pur produit de la culture latine, railla-t-elle.

— Elle est bien bonne, venant de la petite farfadette irlandaise ! Tu sais qu'on les appelle les leprechauns ?

Elle s'adossa à la banquette de bois et plissa les yeux.

Tout, en Santiago, trahissait ses origines. Lorsqu'il s'exprimait en anglais, il avait l'accent américain. Mais chaque fois qu'il parlait espagnol aux patients qui ne comprenaient pas l'anglais, Dieu qu'il était sexy ! Cette belle bouche sensuelle, ces cheveux d'un noir d'encre, et ce corps…

Par bonheur, ils n'étaient que collègues.

Elle le fixa un instant avant de détourner les yeux.

— D'où étaient tes parents ? demanda-t-elle brusquement.

— D'Heliconia. C'est une petite île par là…

Il pointa la mer au-delà de l'hôpital.

— Ils t'ont amené ici quand tu étais petit ?

— Ils sont arrivés avant notre naissance.

Le regard de Santi était morne, comme privé de toute vie.

— Toi et tes frères ? demanda Saoirse.

Il hocha la tête sans la regarder, avant de boire son café d'un trait.

Pendant toute la semaine, il n'avait pas parlé d'eux et, apparemment, il ne comptait pas le faire maintenant.

— Bien, dit-il en reposant sa tasse. Je crois que nous en avons assez entendu à mon sujet pour une vie entière. Si on rentrait dans l'hôpital, pour voir s'il y a du travail pour nous ? Un transfert, par exemple. Peut-être pour Buena Vista. Les cliniques privées ont toujours de meilleures cafétérias.

Elle savait quand elle devait cesser de poser des questions. Elle avait elle-même suffisamment de secrets pour ne pas trop creuser la vie des autres. Elle vida d'un trait son café et en ressentit aussitôt les effets.

— Jésus, Marie, Joseph ! Qu'est-ce que tu essaies de me faire ? s'exclama-t-elle en posant sa tasse à son tour. Tu veux qu'il me pousse des cheveux sur la poitrine ?

Rejetant la tête en arrière, Santi éclata de rire.

— *Dulzura*, dit-il d'une voix suave, crois-moi, il n'y a pas une seule chose que je veuille changer en toi.

Soudain, elle eut envie de danser la gigue comme si elle venait de gagner au Loto. L'hilarité de son compagnon lui procurait une bouffée inattendue de plaisir. Que ce soit accidentel ou non, elle appréciait d'être celle qui parvenait à le dérider.

Depuis que son fiancé l'avait abandonnée au pied de l'autel, elle avait l'impression que toute féminité l'avait quittée. Et, soudain, elle se sentait de nouveau femme ! Cela valait la peine d'attendre…

Détournant les yeux, elle passa les doigts dans ses courts cheveux blonds.

— Allons-y, espèce de lambin. Allons faire ce transfert.

— Tape-m'en cinq, Murphy !

— En quel honneur ? demanda Saoirse, en train de remettre un drap propre sur le brancard.

— Pour commencer, on a secouru ce fêtard de boîte de

nuit, répliqua Santi en comptant sur ses doigts. Evidemment, tu as dû le récupérer dans le caniveau, et tu sens vraiment mauvais…

Il se pinça le nez et continua :

— Deux sauvetages sur la plage, un bras cassé que j'ai magnifiquement immobilisé grâce à une attelle, trois transferts, et une blessure à la tête superbement suturée par tes soins. C'est ce que j'appelle une journée réussie !

Saoirse lui décocha un coup de poing amical, et il sourit en la voyant faire semblant de s'être cassé le poignet.

C'était peut-être le moment d'obtenir quelques informations…

— J'imagine que tu n'as pas appris ton métier d'ambulancière du jour au lendemain, reprit-il. Tu ne m'as pas dit que tu étais spécialisée dans les soins pédiatriques, avant ?

— Je travaillais aux soins intensifs en néonatologie, admit-elle, visiblement à regret.

Lui prenant le rouleau d'essuie-tout des mains, elle lui tourna le dos et prit la direction de la pièce où le matériel était entreposé.

Il regarda sa silhouette svelte s'éloigner et entendit une porte claquer après sa disparition à l'angle du couloir.

S'il ne se trompait pas, elle devait aussi avoir grommelé quelques jurons bien sentis.

Apparemment, il n'était pas le seul à dissimuler des points sensibles. Mais, parvenu à la trentaine, qui n'a pas ses petits secrets ? Il connaissait l'âge de Saoirse parce que, la veille, elle s'était plainte de devoir montrer sa carte d'identité chaque fois qu'elle voulait boire un verre. A trente ans, avait-elle dit, elle gardait un visage de bébé.

Il réprima un soupir.

Il avait lui-même trente-trois ans, et les dernières années avaient encore alourdi le fardeau qu'il supportait depuis l'âge de treize ans. Quand d'autres adolescents ne se préoccupaient que de leur acné et de leurs devoirs de classe, il avait perdu ses parents et failli perdre un de ses frères…

Travailler dans des zones de guerre vous rappelait que des drames peuvent se produire n'importe où. Il comprenait aujourd'hui que sa famille n'avait pas été particulièrement ciblée. Si on les avait agressés, ce n'était pas parce qu'ils étaient trop riches, trop heureux, ou parce qu'ils vivaient le rêve américain. Ils avaient juste été des victimes malchanceuses, lors d'une initiation au sein d'un gang… Un dommage collatéral, en quelque sorte. Pour eux, cela s'était soldé par la destruction de leur famille, mais il reconnaissait à présent que ça aurait pu arriver à n'importe qui.

— Hé ! lança-t-il quand Saoirse réapparut. Qu'est-ce que tu dirais d'aller boire un verre chez Ron ?

Elle l'observa un instant, comme pour évaluer ce qui se cachait derrière cette invitation.

— Pourquoi pas ? dit-elle enfin. Il faut juste que je passe voir Amanda une minute, précisa-t-elle en désignant du menton le bâtiment principal de l'hôpital.

Elle tenait à la main un sac à dos qu'elle maniait avec précautions, comme s'il était en verre.

— Bien sûr. Je t'accompagne. Tu veux qu'on aille chez Ron avec ma moto ? Je te passe un casque.

D'autres filles auraient refusé de peur de se décoiffer. Saoirse parut ravie.

— Seulement si tu fais un grand détour !

Il acquiesça avec enthousiasme.

— Pour toi, *mija*, c'est une promesse facile à tenir.

Il lui tendit la main pour marquer leur accord, et lorsqu'elle y glissa la sienne, il la pressa légèrement.

L'espace de quelques secondes, un observateur aurait pu les prendre pour un couple. C'était peut-être ce dont il avait besoin lorsqu'il avait quitté l'armée pour affronter son passé. Même si ça ne durait qu'un bref instant lorsqu'il tenait la main de Saoirse, il se sentait… Comme libre. Débarrassé de ce passé qui rendait son retour chez lui si douloureux.

La présence de Saoirse dans sa vie équivalait à une bouffée d'oxygène. Si tel était le cas, il avait bien le droit d'en profiter pour respirer un peu.

Saoirse lâcha la main de Santi avec autant de nonchalance que peut en afficher une fille en proie à une crise de panique.

Tant que leurs conversations portaient sur la médecine ou les motos, tout allait bien. Mais à partir du moment où elle frôlait l'exaltation dès qu'il la touchait, quelque chose n'allait pas. Elle ne pouvait pas s'aventurer sur ce terrain.

Potes, copains, collègues ? Parfait.

Picotements, gloussements, émois féminins ? Moche, très moche. *Muy* mauvais, aurait dit Santi.

Peut-être devait-elle accepter le fait que son visa soit bientôt périmé. Ce n'était pas forcément agréable, mais du moins, en Irlande, tout le monde savait qu'elle n'avait pas épousé Tom et qu'elle n'aurait jamais d'enfants. Quasiment tout son village natal avait été témoin de son humiliation, à peine quelques minutes après qu'on avait applaudi son apparition sur le seuil de l'église dans toute sa splendeur de jeune mariée. Si elle y retournait, on parlerait d'elle dans son dos, on lui lancerait des regards compatissants, et elle s'engagerait sereinement dans sa future existence de vieille fille…

Pourquoi pas, après tout ?

D'ailleurs, ça ne manquait pas non plus de couvents à travers l'Irlande. Les religieuses accueillaient à bras ouverts les infirmières susceptibles de soigner leur population vieillissante.

Fermant les yeux, elle chercha à s'imaginer vêtue en nonne.

*Pas si mal.*

— Qu'est-ce que tu dis ? demanda Santi en la regardant avec curiosité.

Oups ! Elle avait dû s'exprimer à voix haute.

— Je te disais que j'étais d'accord... Un peu tardivement, je l'admets. Tu as raison, notre journée n'était pas si mal.

Quelle hypocrite !

Elle franchit les portes coulissantes de l'hôpital, contente que l'air conditionné lui rafraîchisse les joues.

— Tu peux rester là pendant que je vais retrouver...

A cet instant, Amanda surgit devant eux.

— Te voilà ! s'exclama-t-elle en tendant la main vers le sac.

Elle portait une robe-bain de soleil. Les cordons de son bikini étaient noués sur sa nuque.

— Il fait chaud, expliqua-t-elle. James veut qu'on aille nager ensemble. Ce sont les joies du mariage, ajouta-t-elle en leur agitant son alliance sous le nez. Il y a tout, dans ce sac ?

Saoirse hocha la tête, prenant conscience que toute sa vie se trouvait dans ce sac à dos vert et que Santiago était témoin du fait qu'elle le confiait à Amanda.

Instinctivement, ses doigts se crispèrent sur la toile.

— Absolument tout.

Santi se mit à rire.

— Bon sang, Murph, on dirait que tu transportes un secret d'Etat !

Saoirse tenta de dissimuler sa panique tandis que le visage d'Amanda se plissait de joie.

— En plein dans le mille, Santiago ! La vérité, c'est que nous avons besoin de quelqu'un qui veuille bien épouser notre rose irlandaise ici, sinon elle sera expulsée dans quelques mois. Vous savez sans doute que son visa d'étudiante expirera dès que sa formation sera terminée ? Mon mari est avocat spécialisé dans l'immigration, il va examiner ses papiers pour voir si on peut trouver une autre solution. Malheureusement, le temps file. Ce qu'il lui faudrait, c'est se marier rapidement.

— Qu'est-ce que Murphy a fait pour craindre à ce point de rentrer dans son pays ? demanda Santi. Elle a commis un crime, quelque chose comme ça ?

— Non. Mais son ex-fiancé, oui.

Saoirse se sentait sur le point d'étouffer. Ses yeux allaient de l'un à l'autre pendant qu'ils discutaient de sa vie comme s'il s'agissait d'un feuilleton quotidien.

Santi lui tapota légèrement l'épaule, comme s'il consolait un enfant boudeur.

— Qu'est-ce qu'il t'a fait ?

— Je ne pense pas que ça te regarde, murmura-t-elle en lançant un regard meurtrier à Amanda.

— Il a abandonné sa magnifique fiancée au pied de l'autel, annonça celle-ci avec emphase, sans tenir compte du regard en question.

— Bon sang ! Pour l'amour de…

— Eh oui, mon chou ! Il mériterait qu'on le jette en prison. Mais, évidemment, ce n'est pas à moi de le dire !

— Est-ce que tu es devenue complètement folle ? s'exclama Saoirse, rouge de fureur.

Elle était presque aussi humiliée qu'au moment où, au lieu de dire : « Je le veux », son fiancé avait regardé le prêtre, puis l'assistance et enfin elle, avant de prendre ses jambes à son cou et de filer vers la sortie de l'église comme si elle allait lui transmettre la peste. Mais pour rien au monde elle ne voulait éclater en sanglots sous les yeux de Santi.

— Combien de temps te reste-t-il ? lui demanda celui-ci.

Elle déglutit avec effort.

— Je ne vois pas en quoi ça te regarde !

— Eh bien, j'allais faire une proposition, mais si cette perspective te semble trop répugnante…

*Quoi ?*

— Ce n'est pas ça, murmura-t-elle.

Bien sûr, elle voulait rester à Miami, mais pas avec… Pas avec la perfection faite homme !

— N'écoutez pas Murphy, intervint Amanda. Nous acceptons. Elle est un peu réticente à s'engager dans une relation, pour l'instant.

— Ça me convient tout à fait, dit Santi, apparemment peu troublé par les dénégations affolées de Saoirse. Jusqu'à maintenant, je n'avais pas envisagé de me marier, mais une bonne action me permettrait de marquer des points auprès de la meilleure équipière que j'aie jamais eue dans une ambulance.

— Je suis *la seule* équipière que tu aies jamais eue, rétorqua Saoirse.

Comment pouvait-il traiter un sujet aussi grave de façon aussi légère ?

— Pour ma part, reprit Amanda, je ne voudrais pas que ma chère amie Sor-shuh…

— C'est Murphy !

— Que ma chère amie, disais-je, ait de nouveau le cœur brisé. Alors, Santiago, que penseriez-vous d'un mariage éclair, sans liens émotionnels ?

Saoirse fut presque soulagée de voir le sourire de Santi disparaître.

Ce n'était pas trop tôt, enfin un peu de réalisme ! Bien sûr, elle avait besoin d'un visa, mais de là à se marier avec un homme dont elle pouvait si facilement tomber amoureuse !

— Disons seulement…, commença Santi, hésitant.

S'interrompant, il prit une expression nonchalante.

— Comme je le disais, reprit-il, il est toujours bon de marquer des points auprès de sa patronne.

Elle avait déjà assisté à ce genre de changement d'humeur chez lui. Il pouvait être sérieux voire maussade une minute, et se muer en clown l'instant d'après. Elle avait suffisamment porté ce masque pour le reconnaître chez les autres.

— Bien, dit-elle. Toi et moi, on va chez Ron. Tout de suite.

— La petite dame a parlé, commenta Amanda, en leur adressant des signes de la main comme s'ils partaient en voyage de noces.

— Où est ta moto ? demanda Saoirse en faisant de son mieux pour contenir sa nausée.

— Par là, de l'autre côté de l'espace réservé aux ambulances.

— Parfait. Est-ce qu'on pourrait juste ne pas parler jusqu'à ce qu'on y soit ?

— Mets ça, dit Santi en tendant à Saoirse son blouson de cuir.

— Garde-le. Je n'ai pas besoin de ton aide, qu'il s'agisse d'un blouson ou d'autre chose.

— Tu as la chair de poule.

— Là d'où je viens, on appelle ça des boutons de poule, répliqua-t-elle.

— Très bien. A moins que tu ne souhaites y retourner, je te suggère d'enfiler ça. Ensuite, nous discuterons de la demande en mariage de ton amie. Ou plutôt de *ma* demande en mariage.

D'accord, c'était une phrase qu'il ne s'attendait pas à prononcer un jour.

— Je ne suis pas une petite chose sans défense, tu sais, protesta-t-elle.

— C'est ce que tu n'arrêtes pas de répéter.

Il l'aida à enfiler le vêtement. Comme un mari l'aurait fait.

*Dios.*

La réticence de Saoirse à l'épouser réveillait une certitude profondément enfouie en lui : il n'était pas fiable. Il n'était pas quelqu'un sur qui on pouvait compter. Pourtant, il mourait d'envie de se prouver qu'il n'était pas un monstre d'égoïsme.

Il regarda Saoirse, perdue dans le blouson trop grand pour elle.

Un engagement comme celui-ci serait inviolable. Il *ne pourrait pas* le rompre. Il se sentirait tellement bien s'il accomplissait ce geste, s'il pouvait veiller sur elle ! Quel bonheur de croire de nouveau en quelque chose !

Sur les zones de guerre, il avait été trop souvent contraint de renvoyer des cercueils aux familles éplorées. Il avait appris combien la vie peut être éphémère. Celle de sa mère avait été ravie sous ses yeux, à quelques mètres de lui, alors qu'il n'avait que treize ans. Qu'il soit maudit s'il achevait la sienne sans que ses frères sachent qu'il avait traîné à travers le monde le poids de ses remords !

Cette union avec Saoirse l'ancrerait dans le sol assez longtemps pour qu'il fasse amende honorable auprès de ses frères et, avec l'aide de Dieu, il mettrait un peu de soleil dans ses beaux yeux bleus.

Lorsqu'il tendit la main pour remonter la fermeture Eclair, il fut récompensé par une tape sur les doigts.

— Je me débrouille seule !

— Très bien, dit-il en détachant son deuxième casque de la selle.

Il le posa sur la tête de Saoirse et écarta ses mains lorsqu'elle voulut clipser les sangles.

— Je les vérifie toujours moi-même, expliqua-t-il.

Il les fixa, les yeux dans ceux de Saoirse, puis tira dessus pour être certain que la sécurité de sa passagère était assurée.

Plus elle ronchonnait, plus il souriait. Cet arrangement matrimonial risquait d'être amusant, par certains côtés.

— On est prêts ? demanda-t-elle en tapant du pied avec impatience.

— Pas encore, répliqua-t-il en prenant le temps de l'observer.

Ses yeux d'un bleu tropical étincelaient, son corps raidi semblait presque fragile dans ce blouson trop large. De petites mèches blondes s'étaient échappées du demi-jet noir.

L'instinct de Santi l'emporta sur la raison. Il saisit le menton de Saoirse et déposa un petit baiser sur ses lèvres.

Elles étaient exactement comme il le pensait, douces et salées.

— Maintenant, tu es prête, dit-il en frôlant de nouveau sa bouche de la sienne.

Sans attendre sa réponse, il enfourcha la moto et démarra,

certain que le rugissement du moteur couvrait une riposte imagée.

Tandis qu'il prenait la direction du bar, Santi sourit en sentant les doigts de Saoirse se refermer autour de sa boucle de ceinture.

Sans doute parce qu'elle se refusait à entourer sa taille de ses bras ? Elle ne parlait pas, mais le langage de son corps était plus expressif que n'importe quelles paroles.

Au premier tournant, il s'arrangea pour que la moto s'incline dangereusement, espérant que la peur l'inciterait à s'accrocher à lui.

Peine perdue : rejetant ses mains en arrière, elle s'agrippa au porte-bagages.

Dommage.

Le visage balayé par le vent, les bras caressés par le soleil couchant, il sourit de plus belle.

La perspective d'épouser Saoirse lui paraissait de plus en plus attrayante.

Ils y seraient gagnants tous les deux. Plus de soirées solitaires ! Ce serait agréable de plaisanter avec quelqu'un en mangeant des tacos au poisson. Ils seraient comme frère et sœur. Avec, d'accord, un brin de frisson à la clé, mais il était capable de réprimer sa libido.

Elle voulait rester et ne le pouvait pas. Lui, il avait besoin de rester et de prouver qu'il était susceptible de bien se conduire.

Lorsqu'il freina un peu brusquement, accidentellement ou à dessein, le menton de Saoirse s'enfonça dans son dos. En guise de représailles, elle lui donna un coup de poing dans les côtes.

Son sourire s'élargit encore.

Ils allaient faire tout un art de leur tandem de motards.

# 5.

— Je le confirme, tu es un ange, déclara Saoirse.

— *Si, mija*, répliqua en rigolant le barman, qui était âgé d'une quarantaine d'années. C'est la signification de mon prénom.

Elle passa de l'autre côté du bar.

— Tu peux rendre de grands services. Par exemple, permettre à une innocente jeune femme comme moi de se cacher derrière le comptoir jusqu'à ce qu'elle puisse sortir discrètement, suggéra-t-elle en battant des cils.

— *Qui* veut sortir discrètement ? demanda Santi en surgissant de nulle part.

Visiblement ravi d'avoir surpris sa fiancée en flagrant délit de tentative de fuite, il prit sa voix d'homme des cavernes.

— Viens là, femme ! Nous avons un mariage à préparer.

Malgré elle, elle trouva très sexy ce ton autoritaire combiné à son corps musclé.

Oui ! Mille fois oui, à de nombreux niveaux oui, oui, oui !

Protégée par le bar, elle pinça les lèvres.

Avec quelle facilité elle endosserait le déguisement de la femme soumise…

— Vous allez vous marier ? demanda le barman avec incrédulité, en fixant Santi comme s'il venait de prendre la pire décision de sa vie.

— Eh, ronchonna-t-elle, je ne vois pas ce qu'il y a de surprenant à ce qu'un homme veuille m'épouser !

— Ah ! intervint Santi avec un sourire satisfait. Si je

comprends bien, tu es d'accord pour te marier avec moi, maintenant.

— Vous êtes complètement fous tous les deux, commenta Angel en secouant la tête.

Il remplit deux petits verres de tequila et les posa sur le comptoir.

— Avalez-moi ça. Ensuite, allez dans le patio et discutez bébés, crédits, couches, divorce, droit de visite. Ensuite, vous me direz si vous persistez.

Poussant Saoirse de derrière le bar, il se frappa la tempe de l'index.

— *Locos. Totalmente locos...*

Santi et Saoirse gagnèrent le patio en silence, Santi tenant les verres de tequila et Saoirse serrant contre son cœur son verre de margarita.

Les paroles d'Angel avaient semé la panique dans son esprit tout en l'attristant bizarrement.

Une fois assis, ils trinquèrent solennellement et burent leur tequila d'un trait.

— Bien, dit gravement Santi. Nous savons désormais qui nous ne choisirons pas comme témoin.

Elle éclata d'un rire qui soulagea en partie sa tension. Quand finalement elle se calma et s'essuya les yeux, elle croisa le regard inquisiteur de Santi.

— Très bien, Murph, il est temps de passer aux choses sérieuses. Est-ce qu'on va vraiment le faire ?

Saoirse s'éclaircit la voix.

— Tu ne veux même pas connaître toute l'histoire ?

Il haussa les épaules.

— Je te fais confiance, mais si ça te permet de te sentir mieux...

— Je te vois venir, vieux sournois ! C'est très malin. Tu cherches à me soutirer la vérité en faisant semblant de t'en moquer.

C'était une feinte, mais elle détestait parler d'elle-même, même si elle l'avait proposé.

— Ça m'intéresse, évidemment. Mais tu n'es pas obligée de me faire des confidences si tu n'en as pas envie. C'est tout ce que je voulais dire.

Elle sentit son cœur se gonfler de gratitude... Et d'un petit quelque chose d'autre qu'elle préférait ne pas nommer.

— Je crois que je te le dois, dit-elle.

— Je comprends.

Santi fit signe à la serveuse de leur apporter le menu, puis il se concentra sur Saoirse, qui le fixait avec étonnement.

— Quoi ? protesta-t-il. Si on doit rester ici un moment, j'ai besoin de me sustenter. Tu as essayé les *carnitas* ? *¡ Muy delicioso !*

— Tu en voudras pour le repas de noces ? plaisanta Saoirse.

— *¿ Qué ?* Tu veux tout le tralala en blanc, après...

— Tu veux dire après avoir subi la plus grande humiliation de ma vie parce que mon futur mari ne supportait pas que je sois stérile ?

C'était sans doute la façon la moins amère dont elle pouvait décrire le moment où ses rêves conjugaux s'étaient envolés en fumée.

Quand la serveuse arriva, Santi était encore bouche bée. Il paraissait si embarrassé qu'elle pensa un instant se lever et s'en aller. Mais, finalement, elle commanda deux assiettes de *carnitas* et un saladier de chips tortillas. Au dernier moment, elle fit signe à la serveuse de revenir et lui demanda double portion.

Si Santi revenait sur son engagement, elle pourrait toujours se gaver de tortillas. Peu importe qu'elle ressemble à une baleine si elle devait retourner en Irlande ; la robe de religieuse convenait à toutes les tailles.

— Tout va bien, Santi, ne t'inquiète pas. Je ne veux pas d'un mariage en blanc et de demoiselles d'honneur en robe rose bonbon.

— Ce n'est pas ça, répliqua-t-il très vite. C'est juste que je n'arrive pas à croire qu'un homme vraiment amoureux quitte une femme pour un motif aussi ridicule.

— Sans doute voulait-il des enfants un peu plus qu'il ne me voulait, dit-elle sobrement. Moi-même, je n'ai découvert à quel point j'en voulais qu'en apprenant que je ne pouvais pas en avoir. Alors, réfléchis : si tu veux être père, mieux vaut renoncer à ce projet.

— Pourquoi ?

— Ben… Il y a la question de l'âge.

— Je serai fertile jusqu'à quatre-vingt-dix ans, *chica*, répliqua Santi avec un sourire en coin.

— Dans tes rêves. Ecoute, Santi, c'est important. Est-ce que tu y as déjà réfléchi ?

— J'avoue n'y avoir jamais pensé.

C'était à moitié vrai, admit Santi en lui-même. Il avait envie d'avoir des enfants un jour, bien sûr.

Des enfants et une épouse qui voudrait un vrai mariage, comme celui de ses parents. Un jour…

Mais la liste de ses souhaits était longue. Et tant qu'il n'aurait pas mis les points sur les *i*, il n'ajouterait pas des bébés à tout ce qu'il avait à régler.

Il jura intérieurement.

Il idéalisait sans doute ses souvenirs. Ce temps était révolu, et le stratagème qu'il envisageait constituait un bon point de départ.

Le menton posé sur sa paume, Saoirse le fixait.

— Est-ce que tu es certain que ça ne te pose pas problème de ne pas être sur le marché conjugal pendant les deux prochaines années, le temps qu'il faut pour que j'obtienne ma carte verte ?

Beaucoup de choses le contrariaient, mais certainement pas le fait de passer du temps avec elle.

— Pourquoi veux-tu tellement t'établir ici ? demanda-t-il.

Le visage de Saoirse s'éclaira.

— Parce que cet endroit est en totale opposition avec tout ce que je connais. Je ne suis pas à Miami depuis très longtemps, mais il me semble y être chez moi.

Elle sourit à la serveuse qui apportait un panier rempli de tortillas chips. Après en avoir mâché une poignée, elle se pencha en avant, les coudes sur la table, le corps vibrant de vie, son esprit hyperactif bourdonnant de paroles non encore formulées.

L'homme à qui elle donnerait son cœur gagnerait un trésor, songea-t-il. Etait-il vraiment capable de l'épouser sans tomber amoureux ?

— Dans mon pays, tout le monde connaissait tout de moi : mes décisions, mon boulot, mes cheveux, mes vêtements. Pas question de faire mes propres choix ! C'était comme si toute mon existence était déjà gravée dans leur tête, tu comprends ?

Il hocha la tête, mais tout cela lui était étranger.

Jusqu'à la mort de ses parents, la vie lui offrait tous les choix, toutes les opportunités. Son père et sa mère avaient tout quitté pour donner à leurs enfants la possibilité de réaliser le rêve américain. Mais leur assassinat avait mis une fin brutale à ce projet. Son enfance et celle de ses frères avaient sombré dans des ténèbres qui le suffoquaient. Bien sûr, ils avaient pu faire certains choix, mais le rêve était brisé. C'était pour cette raison qu'il refusait de s'habituer à quoi que ce soit ou de s'attacher à quelqu'un. Parce que les conséquences risquaient d'être trop douloureuses.

Mais là, c'était l'histoire de Saoirse, pas la sienne. Il voulait l'écouter attentivement et la comprendre.

Après avoir avalé une gorgée de margarita, elle reprit :

— Tom était mon petit ami depuis l'école. On cassait, puis on se remettait ensemble, comme beaucoup d'ados.

De nouveau, il hocha la tête.

Durant sa propre adolescence, il n'avait pas eu ce genre d'expérience, mais il se força à se mettre au diapason.

— … Et alors, quand tous nos amis étaient en couple ou partaient pour Dublin, on a recommencé à se voir, continua Saoirse. Il est devenu policier, et moi infirmière à l'hôpital de la ville la plus proche, car notre village était minuscule. Comme tous nos amis étaient mariés, on a décidé d'en faire autant.

— Une décision commune ?

— Oui. Enfin, je crois. Il s'est mis à genoux, mais ça ressemblait un peu à une comédie, celle qu'est censé jouer un homme quand il demande une fille en mariage.

— Tu étais amoureuse de lui ?

— Bien sûr que oui ! En tout cas, je le croyais. C'était le seul garçon que j'aie jamais fréquenté… On s'est rencontrés à l'école primaire, quand je le chassais de la balançoire.

Elle émit un rire sans joie et poursuivit :

— C'est lui qui m'a donné mon premier baiser, avec lui que j'ai vu mon premier film. Et donc, pour faire court — parce que je me doute que tu n'as pas envie d'entendre tous les détails sans intérêt de ma romance…

Il hocha la tête, mais plus elle parlait, plus il avait envie de la protéger. Et pas à la façon d'un grand frère.

— Notre grand projet avait toujours été d'aller en Amérique. C'était sans doute la seule chose que nous avions en commun. Alors, au lieu de nous marier tout de suite, nous avons vécu ensemble et économisé afin de nous lancer dans la grande aventure américaine.

— Quand êtes-vous partis, exactement ?

— Tom a pris l'avion le premier, il y a environ un an.

Ah ! Il commençait à entrevoir la suite.

— Il a eu sa carte verte grâce à un parent qui habitait déjà à Boston, expliqua Saoirse. J'ai suggéré de demander un visa de fiancée, mais Tom pensait que nous n'aurions pas suffisamment d'argent pour vivre tant qu'il n'aurait pas terminé sa formation. Je lui ai rendu visite, mais il était très occupé, et ma paye d'infirmière ne me permettait pas de rester très longtemps. J'ai passé pas mal de temps à la bibliothèque, et c'est là que j'ai découvert que je pouvais obtenir un visa en tant qu'étudiante. J'en avais assez de mettre ma vie en stand-by, tu comprends ?

Cette fois, il était sur la même longueur d'onde. Après qu'Alejandro avait été sauvé grâce à une greffe d'organes, lui-même avait été chargé de veiller sur son petit frère. Il avait eu l'impression d'être pris au piège. S'engager dans les Marines lui avait paru le seul moyen de se délivrer de cette responsabilité.

— Pour résumer, dit Saoirse, j'ai fini par découvrir que je pouvais être sponsorisée et recevoir une formation en soins intensifs pédiatriques. Si jamais nous décidions de retourner au pays, je serais bien plus qualifiée que les autres infirmières. C'était avant que Tom ne revienne en Irlande pendant son congé estival afin de préparer notre mariage. De mon côté, j'ai subi des examens médicaux pour obtenir mon visa… Et c'est là que j'ai découvert ma stérilité…

La voix de Saoirse devint morne, comme si les mots étaient de plus en plus difficiles à prononcer.

— Un mois plus tard, je me tenais toute seule, vêtue de cette stupide robe de mariée, devant un énorme gâteau que personne ne voulait plus manger.

Elle plaqua un grand sourire sur son visage avant de continuer.

— Alors, j'ai changé de voie. J'ai obtenu une formation d'ambulancière, me suis coupé les cheveux et me suis installée à Miami parce que je ne pouvais pas trouver une ville plus différente de Boston. Je n'allais pas abandonner mes rêves sous prétexte que cette histoire de fiançailles était une erreur ! Mais maintenant, mon stage va se terminer, et le mariage reste l'unique solution si je ne veux pas être expulsée. Tu comprends ?

Le regard de Saoirse, empreint d'un espoir teinté de tristesse, alla droit au cœur de Santi. A cet instant, si un prêtre était entré dans le bar et avait accepté de les marier, il l'aurait fait, du moins si Saoirse le souhaitait. Malgré lui, il établissait une comparaison entre leurs situations : c'était lui qui avait abandonné ses frères dans la peine. En l'occurrence, il s'était comporté comme Tom…

Il se passa la main dans les cheveux, se rappelant que, pour l'instant, il ne s'agissait que de Saoirse. Il était là pour elle, pas pour racheter ses fautes envers ses frères en accomplissant un acte altruiste. Et avant de prendre toute décision, elle devait savoir qu'il n'avait absolument rien à offrir.

— Est-ce que je peux te poser une question à propos de ta stérilité ?

— Tu veux dire, en tant que professionnel de la médecine ?

— Non, plutôt en tant qu'ami.

Elle parut se détendre.

— En réalité, les médecins n'étaient pas tout à fait sûrs. J'ai dit à celui qui m'examinait que mon cycle avait toujours été irrégulier. Ensuite, les résultats sont tombés. Je ne me rappelle pas tous les détails, parce que j'ai brûlé les papiers après ma rupture avec Tom. Mais en dehors du fait que mon utérus n'a pas une forme normale, mes ovulations ne sont pas régulières, et je n'ai pas énormément d'ovocytes. En bref, si je veux des enfants, je ferais mieux d'envisager l'adoption, une mère porteuse ou un don d'ovocytes. Autant de solutions que Tom n'aurait jamais acceptées.

Il secoua doucement la tête.

— A mon avis, ton fiancé a rencontré quelqu'un d'autre quand il était aux Etats-Unis, et il a choisi de fuir lâchement.

L'émotion voila les yeux clairs de Saoirse.

— Tu veux dire qu'il m'aurait quittée quelle que soit la raison ?

Santi froissa sa serviette de papier pour s'empêcher de prendre la main de Saoirse et lui prodiguer le réconfort dont il aurait eu besoin quand sa mère était morte à quelques pas de lui. Il réprima l'envie d'essuyer ses larmes et de lui dire que tout allait s'arranger, parce que c'était faux. Il était payé pour savoir que certaines blessures ne guérissent jamais complètement.

— Oublie ce que j'ai dit. S'il a prétendu qu'il te quittait pour cette raison…

— Il ne l'a pas dit clairement. Je l'ai seulement supposé, dit Saoirse d'une voix tremblante.

— De toute façon, tu es certainement mieux sans lui.

— C'est vrai, répondit-elle simplement.

La découverte qu'elle ne pouvait pas avoir d'enfants et l'humiliation publique subie avaient dû l'anéantir, songea Santi avec compassion. D'autant qu'elle débordait de vie et qu'elle aurait été une mère incroyable, tendre et passionnée…

Tout comme sa mère à lui.

Fermant un instant les yeux, il évoqua sa propre mère, si courageuse. Après deux fausses couches dues au manque de soins médicaux, elle avait quitté sa patrie avec son mari. Elle voulait davantage pour ses futurs enfants que ce que ce que leur pays pouvait offrir. Ils avaient renoncé à leurs rêves professionnels contre le revenu régulier que leur assurait la *bodega*. Ils s'étaient sacrifiés par pur altruisme.

En rendant service à Saoirse, il se rendrait aussi service. Elle l'aiderait à rester à Miami, où il devait s'acquitter de quelques dettes.

— *Dulzura*… Mon cœur, dit-il en lui prenant les mains. Est-ce que rester à Miami te rendra heureuse ?

— Très, répliqua-t-elle sans la moindre hésitation.

— Pourquoi ?

Elle inspira profondément et le regarda dans les yeux.

— Crois-le ou non, mais ici, je me sens moi-même.

— Et pas en Irlande ?

— Pas particulièrement… J'avais les cheveux longs pour faire comme toutes mes copines d'école. Je portais des chaussures ridicules pour me rendre dans les boîtes débiles de la ville voisine, parce que c'était ce que tout le monde faisait. Ici, il me faut trois secondes pour me coiffer, et je ne prends pas la peine de me maquiller. Et puis, il y a les courses de voitures. Au début, je voulais juste améliorer ma conduite au volant d'une ambulance, d'autant que je devais m'habituer à conduire à droite. Mais maintenant, j'adore ça ! J'ai une course demain, ajouta-t-elle, les yeux brillants. Tu veux venir ?

— Bien sûr. Mais à une condition.

— Laquelle.

— Tu acceptes de m'épouser pour pouvoir rester.

— Tu es sérieux ?

— Absolument.

— Cela n'a rien à voir avec la mort de tes parents ?

A peine eut-elle formulé la question qu'elle porta la main à sa bouche.

Il mit un instant à revenir de son émotion, mais il parvint à sourire.

— Pas le moins du monde.

C'était un mensonge, et il devinait qu'elle ne le croyait pas.

— Mais... Euh..., commença-t-elle en rougissant, soyons clairs : il n'y aura pas de parties de jambes en l'air ou de pelotage à l'arrière de la voiture, comme vous autres Américains en êtes friands. Chambres séparées... Et pas de chaussettes puantes !

Il hocha solennellement la tête.

— Tout à fait d'accord.

Saoirse se préservait visiblement pour ne pas souffrir, et il en ferait autant. C'était la seule solution pour que ce projet insensé puisse réussir.

— Dans deux ans, tu seras libre de t'en aller ou de tomber amoureux de qui tu voudras, conclut-elle. Si cela arrivait dans l'intervalle, je pourrais obtenir le divorce pour adultère.

— Et si je n'avais pas l'intention de te tromper ? protesta-t-il. Si je voulais être aussi loyal que le bleu du drapeau américain, qui, comme tu le sais, représente entre autres la persévérance ?

— Ce bleu-là ? demanda Saoirse, les yeux écarquillés.

— Oui.

Elle arbora un petit sourire sceptique qui le froissa.

Prenant son verre de tequila, il l'agita, regrettant de l'avoir vidé dès le début.

— Santi, ce n'est pas une mince décision ! Je ne vais pas t'obliger à la respecter si, demain matin, tu as envie de prendre tes jambes à ton cou.

Tout ce qu'il voulait, c'était l'occasion de faire quelque chose de bien pour quelqu'un.

— Comme je te l'ai dit, il n'y a pas de problème. Je suis heureux de le faire.

Pour la première fois depuis le début de la soirée, Saoirse se détendit vraiment. A cet instant, la serveuse réapparut avec leurs assiettes de *carnitas*, mettant fin à la conversation.

Il piocha dedans, soudain affamé.

Il avait non seulement faim de nourriture, mais du lendemain et de l'après-lendemain. Désormais, sa vie ne serait plus un voyage solitaire. Bien sûr, ce mariage tiendrait du faux-semblant, mais ce qu'il se passait entre Saoirse et lui semblait bien réel. Ils étaient deux âmes perdues cherchant leur place dans le monde. Peut-être que, cette fois, ce serait vraiment ici, chez eux.

— Très bien, dit-il après avoir savouré une bouchée de *carnitas*. Passons aux détails pratiques. Ton appartement ou le mien ?

# 6.

— Donc, déclara Amanda d'une voix neutre, tu as débarrassé deux tiroirs ?

— En quelque sorte.

Amanda quitta d'un bond le canapé.

— Qu'est-ce que ça veut dire, « en quelque sorte » ? Santi emménage aujourd'hui, oui ou non ?

— C'est un peu rapide, tu ne trouves pas ?

— Je dirais plutôt que vous vous y prenez au dernier moment.

— Je sais, mais tu ne penses pas… Tu crois qu'il va apporter des meubles ?

— Tu plaisantes. Ce type est un nomade, il n'aura que le contenu de son coffre de motard, pas plus. Il habite dans un appartement meublé, il a vécu à l'autre bout du monde pendant une dizaine d'années avec les Marines. Sans doute qu'il ne possède même pas une tente. Je te parie qu'il se fabriquait lui-même sa paillasse au pied d'un chêne solitaire, conclut Amanda, le regard rêveur.

— Eh, j'espère que tu n'es pas en train de fantasmer sur mon futur mari !

— Je plaisante, Saoirse ! Inutile d'être aussi susceptible.

— Je ne suis pas susceptible ! C'est juste que je vais avoir une journée chargée…

— Mais oui, ma chérie, c'est ce que tu ne cesses de répéter. Moi, je crois que quelqu'un a le béguin pour son promis !

Saoirse foudroya son amie du regard.

— Regarde les choses en face, poursuivit Amanda. Il a autant besoin de toi que toi de lui.

— Je ne suis pas d'accord.

Santi n'était pas obligé de l'épouser. C'était elle, la sans-papiers.

— Allons, réfléchis trente secondes ! Vous faites connaissance par hasard. Il vient ensuite au Mad Ron où je te parie tout ce que tu voudras qu'il espérait te trouver. Et un peu plus d'une semaine plus tard, roulement de tambour, nous avons un fiancé et une solution à ton problème. Dès que tu auras rempli les papiers, je n'aurai plus qu'à faire un saut à la mairie pour fixer la date.

Amanda poussa les formulaires vers elle.

— Je te ferai remarquer que je les ai imprimés moi-même. Tu ne veux pas que j'organise ton enterrement de vie de jeune fille ? Je crois que je vais commander ces gâteaux à la noix de coco que tu aimes tant…

Saoirse prit un air menaçant.

— D'accord, dit Amanda, peut-être pas. Mais la préparation du gâteau de ton faux mariage va être méchamment géniale !

— Qui est-ce qui utilise ce genre d'expression, « méchamment géniale » ?

Saoirse posa les papiers que lui tendait Amanda sur le comptoir et entreprit de hacher des avocats pour préparer sa version du guacamole.

Même si cette situation était démente, elle devait admettre que Santi lui ôtait un grand poids des épaules.

— Les gens de Boston… Oh ! Pardon, je sais que je ne dois pas mentionner cette ville. Mets du citron, ça empêche l'avocat de brunir.

— Merci. Et ne t'inquiète pas pour Boston. Je ne devrais pas la détester pour la seule raison que mon salaud de fiancé s'y trouve.

— Tu en es sûre ?

— Je sais qu'il est sorti de l'académie de police, et je suppose qu'il fait respecter la loi en ville, maintenant. Mes parents me tiennent au courant.

— Ils restent en contact avec lui après tout ce qu'il t'a fait ?

Elle écarta le bol de purée d'avocats et entreprit de couper des poivrons en petits cubes.

— Hmm... Ils voudraient que leur petite fille rentre au pays. Ils étaient convaincus que Tom et moi reviendrions en Irlande lorsque nous aurions des enfants. Maintenant, ils n'en sont plus si sûrs. Je ne suis plus celle que j'étais il y a neuf mois, tu comprends ? A l'époque, si tu m'avais dit que j'aurais des cheveux courts blanchis par le soleil, que je conduirais une ambulance et que je participerais à des courses de voitures, sans compter que j'épouserais un médecin super canon, je t'aurais traitée de folle.

— Tu me trouves super canon ?

Santi franchit la porte-fenêtre qui donnait sur le minuscule jardin, un barbecue dans les mains.

Les jambes tremblantes, elle s'agrippa au rebord du comptoir.

— Dans tes rêves, *hombre* !

Même aveugles, les gens l'auraient trouvé séduisant...

— Où veux-tu que je mette ce machin ? demanda-t-il.

— Là où il y a de la place. Ce n'est pas comme si j'avais un immense terrain.

— C'est mieux que le minuscule balcon de mon pseudo-appartement.

— Celui que tu quittes, c'est ça ? intervint Amanda, histoire de leur rappeler à tous deux qu'ils étaient d'accord pour vivre dans le petit bungalow de Saoirse près de la mer.

— Oui, m'dame.

Santi salua Amanda, puis il s'appuya contre le chambranle de la porte, si bien que sa silhouette fut auréolée par le soleil. Il parcourut le bungalow des yeux.

Depuis quelques mois qu'elle habitait là, Saoirse ne s'était pas donné la peine d'y mettre sa touche personnelle, et la décoration était minimaliste.

— Jolie carpette en zèbre, commenta-t-il.

— C'est du faux, répliqua-t-elle.

Juste comme leur mariage.

— A ce propos, dit-il, j'aimerais bien m'installer dès ce soir, si c'est possible.

— C'est parfait, répondit Amanda sans remarquer que son amie restait muette. Tu es d'accord, Murph ?

Baissant les yeux vers ses poivrons, Saoirse accéléra le mouvement.

— Oui, bien sûr.

— Waouh ! s'exclama Santi en enjambant un tabouret, cache ta joie, *mi amor* !

Sans le regarder, elle réduisit les cubes en pulpe.

Grand, sexy, chevauchant les motos et les tabourets de bar comme un cow-boy expérimenté… Ce type faisait sauter toutes ses défenses, au point que c'en était irritant. Elle aurait aimé connaître ses parents, les géniteurs de cette incarnation de la perfection virile…

Se rappelant ce qu'il leur était arrivé, elle se coupa le doigt.

— Eh ! dit Santi en s'emparant de son index. Laisse-moi voir ça.

— Regardez-moi ces amoureux, susurra Amanda.

— Sûrement pas ! s'écria Saoirse en reprenant sa main. Ce n'est qu'une minuscule coupure. Je pense que je survivrai.

— En tout cas, nettoie-la correctement, dit Santi, et protège-la avec un sparadrap.

— A t'entendre, on pourrait croire que je gis sur le sol, en train de me vider de mon sang.

— Quoi, je ne suis pas autorisé à m'inquiéter si ma bien-aimée est blessée ?

— Pas avec ce sourire en coin, non !

— Je crois que je vais aller à l'épicerie du coin acheter

une bouteille de limonade, intervint Amanda avec la subtilité qui la caractérisait.

Dès que la porte fut refermée sur elle, Santi tapota le tabouret à côté du sien.

— Viens t'asseoir, j'ai à te parler.

— Je suis occupée, répliqua Saoirse en désignant ses légumes.

— Murph ! grommela Santi. Assieds-toi tout de suite !

Elle lâcha son couteau sur le comptoir, enveloppa son doigt d'une serviette de papier et grimpa sur un tabouret du bar.

— Parfait, dit-il. Et maintenant, tu vas me dire ce qui me vaut cette humeur chagrine. Je croyais que nous étions d'accord.

Elle le fixa avec étonnement.

Comment pouvait-il être aussi détendu ? Quel homme normalement constitué pouvait accepter de se marier avec une parfaite inconnue ? Une union sans attache, sans sexualité…

— Nous étions d'accord, reconnut-elle. Et je te suis très reconnaissante pour tout. Mais…

Mais si elle tombait amoureuse de lui ?

— Ça t'ennuie que je m'installe avec toi ? demanda-t-il.

— Non, répliqua-t-elle, trop vite.

— D'après ce que j'ai compris, nous devons démontrer que nous avons commencé à construire quelque chose ensemble avant de pouvoir nous marier. Et combien de temps as-tu dit qu'il nous reste ? Deux, trois mois ?

Elle hocha la tête.

— Il y a des couples qui tombent amoureux dès la première seconde, continua Santi. Je me trompe ?

Elle se tortilla sur son siège.

Elle n'était pas amoureuse de Santi, elle le connaissait à peine. Mais elle devait reconnaître qu'il y avait une connexion entre eux, une alchimie difficile à ignorer.

Lui prenant la main, Santi la caressa gentiment avec son pouce, avant d'inspecter son doigt tout en continuant de parler.

C'était agréable… Trop !

— Soyons pragmatiques, tu veux bien ? demanda-t-il.

Elle feignit l'indifférence.

— Bien sûr.

S'écartant légèrement de lui, elle enveloppa son doigt dans une serviette propre.

Chaque fois qu'il la touchait, elle se sentait toute bizarre et, dans ces conditions, il n'était pas facile de se concentrer.

— Premièrement, commença Santi, je vis dans un endroit que je peux quitter facilement. De ton côté, tu as encore un bail de trois mois, si je ne me trompe pas. Il est donc logique que je vienne ici, et je te promets de ne pas prendre trop de place sur l'étagère de la salle de bains. D'accord ?

De nouveau, elle hocha la tête en s'efforçant en vain de ne pas pleurer. Fermant les yeux, elle releva le menton.

Oh ! pourquoi était-ce aussi difficile ?

Santi essuya une larme sur sa joue.

— Ne pleure pas, *amor*, dit-il en l'attirant contre lui.

Dans ses bras, elle se sentait en sécurité, libre de s'abandonner à ses émotions. Si cette connexion était réelle, il ne lui aurait fallu qu'une seconde pour vouloir l'épouser. C'était bien le problème !

Lorsqu'il prit son visage entre ses mains, elle se mit à trembler et se força à soulever les paupières.

Les paillettes d'or qui parsemaient les prunelles sombres de Santi lui firent plus que jamais penser à un félin. C'était un fier Latino, conscient de sa valeur physique. Il y avait de la chaleur dans son regard, un petit muscle tressaillait au niveau de sa mâchoire, et en fixant sa bouche, elle prit conscience qu'elle passait la langue sur ses propres lèvres.

Elle chercha à comprendre ce qu'il lui arrivait, mais une seule réponse lui vint à l'esprit : elle brûlait d'envie qu'il l'embrasse.

— C'est à cause de ton ex ? demanda-t-il. Tu voudrais arranger les choses avec lui ? C'est ça ?

Il n'aurait pas pu trouver mieux pour tuer tout désir en elle. Serait-il jaloux, par hasard ? Ou, pire, soulagé ?

— Non, dit-elle fermement.

Elle n'avait pas envie d'échapper à cette chaude étreinte. L'une des mains de Santi était posée sur sa taille, l'autre sur son épaule. Parfois, il essuyait une larme sur sa joue. Sa paume, la douceur de sa caresse la faisaient se sentir féminine. Et c'était bon…

Elle se mordilla la lèvre, luttant contre l'envie de se dresser sur la pointe des pieds pour l'embrasser.

— Ne fais pas ça, dit-il en reculant brusquement.

— Quoi ?

— Ce truc avec ta lèvre, là ! Tu recommences !

— Pas du tout. Euh… Tu veux dire quand je me mords avec mes dents de lapin ?

— *Mija*, tu n'as pas des dents de lapin, fit-il d'une voix rauque.

Du coup, elle se mit à fixer la bouche sensuelle de Santi, remarquant que lui aussi…

— Mais dis donc ! C'est toi, qui le fais !

— Sûrement pas.

— Si ! C'est lent, sexy, et ça m'empêche de me concentrer.

— Vraiment ?

Oh non ! Elle éprouvait cette excitation dont ses copines lui avaient parlé mais qu'elle n'avait jamais ressentie elle-même. Maintenant, elle ne parvenait plus à détourner les yeux de la bouche de Santi. Il n'y en avait pas de plus parfaite dans tout Miami…

Il recommençait !

Elle respira plus vite. Elle n'avait plus le choix.

Se dressant sur la pointe des pieds, elle l'embrassa.

Dès l'instant où leurs lèvres se touchèrent, elle n'eut plus une seule pensée lucide. Son cerveau fit bien un effort pour reprendre le contrôle de la situation, mais tout explosa sous l'effet de la chaleur, de la passion, et de la douceur réunies en un seul baiser.

Elle avait la confirmation que la bouche de Santi était aussi délicieuse qu'elle l'avait imaginé.

Elle glissa les doigts dans ses cheveux soyeux tandis qu'il posait la main sur ses reins et l'attirait contre lui.

Elle n'avait désormais plus aucun doute sur le désir qu'elle lui inspirait. Et lorsqu'il glissa une main sous son T-shirt, elle faillit défaillir de plaisir.

Elle voulait davantage. Non, elle voulait tout. La totale ! Les sentiments, les battements de cœur, et savoir que c'était réciproque. Elle voulait aimer et être aimée, pas d'un mariage factice.

Santi devenait plus pressant.

Cela semblait si réel, si proche de ce qu'elle souhaitait ! Mais ce genre de bonheur n'était pas pour elle. Après tout, c'était elle qui avait commencé, Santi ne faisait que répondre à ses avances… Mais pour l'instant, peu importe !

Elle s'abandonna aux désirs de son propre corps.

Caresser et être caressée. Explorer et découvrir toutes les façons de donner du plaisir…

L'alerte signalant l'arrivée d'un SMS la fit sursauter au moment où elle enroulait une jambe nue autour de celles de Santi.

Ils se figèrent, les yeux écarquillés, comme si le prêtre du voisinage venait de les surprendre en flagrant délit.

Sans changer de position, elle tâta le comptoir et finit par mettre la main sur son téléphone, qu'elle souleva jusqu'à ses yeux, ignorant l'expression amusée de Santi.

La querelle d'amoureux est terminée ? Je peux revenir ? James et moi en avons pour dix minutes, mais je peux retarder s'il le faut.

Au moins, c'était la preuve qu'Amanda n'avait pas installé des caméras un peu partout.

— Amanda ? demanda Santi.

— Amanda.

Saoirse envoya un message à son amie, lui intimant de se dépêcher. Elle prenait soudain conscience qu'elle avait failli se donner corps et âme à Santi.

— Dis-lui que le barbecue est hors d'usage, murmura Santi en la serrant de nouveau contre lui.

— Pas question, désolée, répliqua-t-elle.

Posant la main sur la poitrine de Santi, elle se dégagea de son étreinte et passa un doigt sur sa propre bouche meurtrie.

— Il vaut mieux qu'on arrête. On a fixé une règle, tu te rappelles ?

C'était un peu fort, venant de celle qui l'avait enfreinte.

— James et Amanda seront là dans un instant, n'est-ce pas ? demanda-t-il.

Elle hocha la tête.

— James va nous exposer toute la procédure légale et nous expliquer ce que nous devons faire et prouver pour que tu puisses rester aux USA. Exact ?

Où voulait-il en venir ? Oups ! N'allait-il pas faire marche arrière ?

— Oui, dit-elle en frôlant de nouveau ses lèvres gonflées. Amanda et James ont pensé qu'un barbecue serait une bonne façon de nous détendre tout en prenant connaissance de ces formalités.

— Tu es détendue ?

— Pas exactement.

Ce n'était pas vraiment une déclaration d'amour, mais désormais il savait qu'elle l'avait dans la peau.

Fermant les yeux, Santi s'efforça de chasser de son esprit toutes les choses qu'il aurait voulu faire à Saoirse dans une chambre à coucher.

Maintenant, il savait qu'elle le désirait autant qu'il la voulait. *¡ Valgame Dios !* Quel nouveau tour lui jouait la vie ?

Lui offrait-elle une bouée qui le maintiendrait à la surface de l'océan, ou une enclume qui l'entraînerait dans les profondeurs ?

Rouvrant les yeux, il se força à adopter une expression et une voix neutres.

— On devrait l'être… Détendus et heureux. C'est une décision importante pour nous deux, *dulzura*.

Baissant la tête, il chercha en vain le regard de Saoirse.

Du plus profond de ses entrailles — Bon sang, de son cœur ! — il voulait le faire pour elle. A la condition qu'ils s'en sortent indemnes tous les deux.

— Je crois que la balle est dans ton camp, Murph. Si je ne suis pas le type de la situation, il est inutile que je m'installe chez toi et qu'on s'engage dans tout ce cirque.

Les yeux de Saoirse balayèrent la pièce, dans le but évident de ne pas le regarder.

— Ce qui me gêne le plus, c'est que ce ne soit qu'une comédie. Rien que du faux.

— Je ne sais pas pour toi, mais ce qu'il vient de se passer ne m'a pas paru faux.

— Je sais ! C'est bien le problème.

— Je ne te suis pas.

— C'est juste que… Tout cela est peut-être trop proche de mon autre mariage, alors je me sens coupable. Ou bien…

Saoirse s'interrompit, apparemment peu convaincue par son propre raisonnement. Non, il ne s'agissait pas de culpabilité.

— Tu te sens hypocrite parce que nous faisons semblant ?

— Oui. J'aurais préféré que notre… Que ce mariage ne soit pas seulement une façon pour moi de rester ici.

Il hocha la tête.

Il comprenait ce qu'elle voulait dire, mais sa priorité était d'arranger les choses avec ses frères. Tant qu'il ne serait pas réconcilié avec eux, il n'envisageait pas de s'engager dans une relation amoureuse.

— Ce serait sympa, mais à moins qu'un marine salement amoché te tente…

Il ignora le regard acéré de Saoirse. Pour l'instant, il n'était pas prêt à entrer dans les détails. Après avoir trahi ses frères comme il l'avait fait, comment aurait-il pu lui offrir son cœur ? Elle le saurait bien assez tôt. Plus tard, elle rencontrerait un autre homme, mais pour l'instant il voulait juste revoir son sourire.

— Assieds-toi, Murph, dit-il en tapotant de nouveau le tabouret.

Une fois assise, elle croisa les bras sur sa poitrine et le fixa d'un air méfiant.

— Nous sommes amis, n'est-ce pas ? demanda-t-il.

Elle pencha la tête de côté comme pour le jauger.

— On peut dire ça, admit-elle.

Il prit ses mains entre les siennes et les caressa rapidement.

— Je suis sincère quand je te dis que je suis très heureux de faire ça pour toi. Je sais qu'il y aura sans doute des moments difficiles. Des jours où nous aurons probablement envie de voir le postérieur de l'autre… Mais c'est le cas pour tous les couples, tu ne crois pas ?

— Je te signale que j'ai un très joli postérieur, merci beaucoup.

— Je sais.

Se rappelant qu'il avait posé ses mains dessus un instant auparavant, elle rougit. Très vite, elle lâcha une exclamation faussement indignée.

— J'espère que tu ne vendras pas la mèche ! Tu ne révéleras pas que j'ai pleuré et que je me suis répandue en scrupules de toutes sortes. Je dois maintenir mon image de fille coriace.

Se levant, il esquissa un salut militaire.

— Non, m'dame. Tant que de ton côté tu ne diras à personne que j'ai un faible pour…

« Toi », faillit-il lâcher.

— Pour les *carnitas* et les peaux de zèbre ? suggéra Saoirse.

— Exact, répliqua-t-il en lui adressant un clin d'œil.

Le pire avait été évité, il était temps de revenir à ce qui les occupait et de faire bien les choses. Tout comme il le ferait bientôt avec ses frères. Quand il aurait trouvé le courage de les regarder dans les yeux, car il ne méritait ni leur pardon ni leur amour.

— Très bien, Murph, dit-il en gratifiant Saoirse d'une accolade fraternelle. Occupons-nous de ce barbecue avant que tes copains ne débarquent, autrement nous mangerons des burgers crus, et gare aux bactéries.

Sautant à bas de son tabouret, elle se dirigea vers le réfrigérateur.

— Valentino ! lança-t-elle en s'immobilisant brusquement.

— Oui, Murphy ?

— Tu es un bon ami.

Pour l'instant, le terme ne lui paraissait pas tout à fait approprié, mais comme on fait son lit on se couche, et le sien serait dans la chambre d'amis…

— Tout le monde ne prendrait pas un tel engagement sans rien attendre en retour, continua-t-elle.

Sur ces mots, elle ouvrit le réfrigérateur en fredonnant.

Il se réjouit qu'elle ne voie pas son sourire triste.

Il voulait plus que tout être un « bon ami » pour Saoirse, mais il aurait facilement pu souhaiter bien davantage. C'était une fille remarquable, qui méritait d'être aimée. Seulement, encore une fois, tant qu'il n'aurait pas tenu les promesses qu'il s'était faites, il ne pouvait pas lui donner cet amour.

— Très bien, dit James. Tout est clair, dans vos têtes ?

L'avocat les fixa l'un après l'autre comme s'ils faisaient partie d'un jury. D'abord Santi, qui acquiesça d'un signe de tête, puis Saoirse, qui réprima une forte envie de pouffer.

— C'est clair ! déclarèrent-ils avec un bel ensemble, avant d'éclater de rire.

James déposa un baiser sur la joue de sa femme.

— Tu avais raison, ma chérie, ils sont mignons. Vous n'aurez aucun problème, tous les deux. Je peux vous dire que j'ai rarement rencontré un couple aussi authentique.

Saoirse battit des paupières, s'efforçant d'intégrer la signification de ces dernières paroles.

« Un couple *authentique* » ?

Semblant n'avoir rien remarqué, Santi avait entrepris d'expliquer à James la meilleure façon de nettoyer un barbecue.

Saoirse jeta un coup d'œil à Amanda, qui rayonnait littéralement de satisfaction.

— Tu ne lui as pas dit ? articula-t-elle sans émettre un son.

Amanda secoua la tête sans se départir de son grand sourire, puis elle désigna la cuisine du menton.

— Pourquoi ne pas lui avoir dit la vérité ? lui demanda Saoirse un instant plus tard.

— Quelle question ! Je ne veux pas que mon mari soit complice d'une démarche frauduleuse. D'ailleurs… James voit exactement ce que je vois.

— Quoi, exactement ?

— Ces milliers d'étincelles entre vous. Je vous observe depuis votre première rencontre, et franchement, je m'étonne que Santi ne se soit pas installé chez toi plus tôt.

— Quoi ? Tu es cinglée ?

— Non, répliqua simplement Amanda. Tu te débats trop pour être honnête, Saoirse. Avoue que tu es folle de ce type. Et si je ne me trompe pas, il ne refuserait pas de te dévorer toute crue.

Saoirse foudroya son amie du regard puis rougit, n'ayant aucun argument à lui opposer.

— Sare-shae, espèce de petite coquine !

— C'est Murphy, rétorqua Saoirse en faisant signe à Amanda de baisser la voix.

Se penchant au-dessus du comptoir, Amanda croisa les bras sur sa poitrine.

— Quand vas-tu te décider à arrêter ça ?

Saoirse savait parfaitement à quoi son amie faisait allusion, mais elle décida que frotter une tache sur la céramique de l'évier était plus important que lui répondre.

— Je ne vois pas de quoi tu parles.

— Arrête de te comporter comme si tu t'en fichais ! Ça fait des mois que j'essaie de te caser, mais c'est la première fois que tu es vraiment mordue. Cette comédie des meilleurs potes du monde ne trompe personne.

— Quelle comédie ?

— Les claques dans le dos, les querelles amicales, les « tape-m'en cinq ». Tu fais comme si tu n'étais pas amoureuse chaque fois qu'il te donne une bourrade, parce que ça te donne l'occasion de respirer sa délicieuse odeur d'homme. Je pourrais continuer, mais les dix doigts de ma main n'y suffiraient pas. Sache quand même que tu es transparente comme de l'eau de roche.

Elle ouvrit la bouche pour protester, mais rien ne vint.

— Murph ! Tu te conduis avec Santi comme une gamine qui bouscule un garçon dans la cour de récréation parce qu'elle meurt d'envie de l'embrasser. Admets-le.

Sous le regard perspicace de son amie, elle perdit contenance.

— D'accord, avoua-t-elle. Je l'ai embrassé.

— J'en étais sûre ! triompha Amanda, avant de se rappeler qu'elle était censée chuchoter. J'ai toujours raison.

— De quoi est-ce que tu étais sûre, ma chérie ? lança James depuis le patio.

Saoirse joignit silencieusement les mains et secoua négativement la tête.

— Je savais que Saoirse et Santi voudraient se marier le jour de la Saint-Patrick, dit Amanda en glissant un bras sous celui de Saoirse. Normal, puisque Saoirse est irlandaise. Tu ne trouves pas ça adorable ?

— Adorable, répéta Santi, en plissant les yeux pour observer les deux jeunes femmes.

La date était donc fixée ?

Il savait que son emménagement chez Saoirse représentait un grand pas, mais cette décision était un coup de massue.

Il ne pouvait pas présenter sa fiancée à ses frères avant d'avoir commencé à combler l'abîme qui les séparait ! Ceux-ci le prenaient déjà pour un imbécile, ils mettraient ce mariage sur la liste de ses choix peu judicieux, ce qui n'améliorerait pas l'opinion qu'ils avaient de lui !

Il fit un rapide calcul.

La Saint-Patrick tombait dans une dizaine de semaines. Les fiançailles ne seraient pas longues !

Mais après tout, ses parents ne s'étaient-ils pas fiancés après une seule danse ?

Il toussota.

OK. D'ici à deux mois et demi, il devrait avoir arrangé les choses.

Il se tourna vers Saoirse, qui arborait une mine faussement détendue.

— Très bien, dit-elle. Maintenant que nous sommes tous d'accord, qui serait partant pour participer avec moi à une petite course de voitures ?

# 7.

— Tape-m'en cinq ! s'exclama Santi en levant la main.

Saoirse ôta son casque et remit ses cheveux en place.

— Non, c'est trop ringard. Il faut qu'on se trouve une autre façon de se congratuler.

— A propos de congratulations, j'admire la façon dont tu as fixé la date de notre mariage sans me consulter…

— C'était il y a une semaine. Tu en es encore là ? se moqua-t-elle en haussant les épaules. Amanda est une force de la nature. D'ailleurs, si nous voulons que je reste dans le pays, on peut difficilement attendre plus longtemps.

Elle posa son casque sur le siège de sa vieille voiture de collection.

S'inscrire à ces courses avait été la meilleure décision qu'elle ait prise depuis son installation à Miami. C'était incroyable la quantité de stress qu'on pouvait évacuer, rien qu'en roulant sur une piste sinueuse à toute vitesse et sans toucher la pédale de frein !

— Ne t'inquiète pas, *mija*. Le délai me convient, et le but est toujours le même.

Santi contourna la voiture pour la rejoindre et, sans crier gare, il abaissa le zip de sa combinaison.

Vu l'effet que ça lui faisait, il aurait aussi bien pu glisser ses mains à l'intérieur pour caresser sa peau nue. Passant immédiatement en mode hypersensible, elle fut parcourue de petits picotements réveillant des zones de son anatomie dont elle ignorait l'existence. Son cœur se mit à battre la chamade et, lorsqu'elle leva les yeux vers lui, elle devina qu'il remarquait la dilatation inhabituelle de ses pupilles.

Déjà qu'elle ne parvenait pas à contrôler les réactions de son corps lorsqu'il ne la touchait pas, alors quand il se trouvait à quelques centimètres d'elle…

— J'espère que tu n'as pas l'intention de teindre le champagne en vert parce que c'est une tradition irlandaise, demanda-t-il, le regard pétillant de malice.

— Bien sûr que si, répliqua-t-elle en s'écartant de quelques pas.

Du champagne ? Il était sérieux ?

— Si tu prévois d'inviter ta famille, reprit-elle, on pourrait aussi fixer notre mariage au Cinco de Mayo… Le 5 mai, jour de la victoire des Mexicains contre les Français. C'est pousser un peu loin le bouchon s'il s'agit juste de m'obtenir un visa, mais…

— Inutile, trancha Santi. La Saint-Patrick me va très bien. Et il n'y aura que toi et moi. Pour l'instant, la famille n'est pas conviée.

— Nous deux contre le monde entier ?

« La famille »… Comment un si petit mot pouvait-il être chargé de sens à ce point ?

Troublé par la proximité de Saoirse, il s'éloigna d'elle.

Une heure auparavant, assis sur le siège passager, il l'avait regardée rouler sur la piste, le visage illuminé de joie. D'ordinaire il préférait être au volant, mais cette fois il avait été heureux de jouer les observateurs.

Ils s'entendaient tellement bien tous les deux qu'il devenait de plus en plus difficile de prétendre qu'il était juste un type sympa désireux de rendre service à une gentille fille. Le seul fait de dormir dans la chambre d'amis constituait une torture.

Il était désormais obligé d'admettre que ce qu'il éprouvait

pour Saoirse Murphy n'avait rien de fraternel et que cela ressemblait fort à l'amour.

Etait-ce aller vite en besogne ?

Pas avec une femme comme elle ! A l'époque de son père, il lui aurait demandé de l'épouser à la fin de la première danse.

Evidemment, il ignorait les sentiments de Saoirse à son égard. Mais, de son côté, il ne l'épousait plus seulement pour lui permettre d'obtenir son visa. Il voulait aussi se donner une chance de savoir si elle éprouvait la même chose que lui.

La voix de Saoirse l'arracha à ses pensées.

— Au risque de te paraître enquiquineuse, est-ce que tu envisages de contacter les frères ?

— Je le ferai, ne t'inquiète pas.

D'accord, c'était un mensonge, mais il le ferait tôt ou tard.

— Parce que ça me fait tout drôle d'être prise de panique chaque fois que je vais aux urgences, à l'idée que je pourrais les rencontrer.

— Ne t'inquiète pas pour ça, ils n'y mettent pas souvent les pieds. La plupart du temps, ils travaillent à la clinique Buena Vista. En tout cas, je compte bien leur parler de toi… Ou plutôt de nous.

Malheureusement, chaque jour qui passait rendait la décision plus difficile. Surtout en sachant qu'il lui suffisait de prendre son téléphone.

Il baissa les yeux vers Saoirse, qui se tortillait pour se débarrasser de sa combinaison, révélant un débardeur qui ne cachait rien de ses formes.

— *¡ Caracoles !*

Saoirse lui jeta un coup d'œil inquiet.

— Qu'est-ce que tu as dit ?

— *Nada.*

Menteur !

Il fourra ses mains dans ses poches tandis qu'elle dévoilait peu à peu son corps, courbe après courbe…

*¡ Por Dios !*

Il parcourut le parking du regard.

— Murph, je vais me chercher de l'eau. Tu veux quelque chose ?

— Une minute ! J'entends mon bipeur, dit-elle en fouillant dans son sac. Tu vérifies le tien ?

En effet, son propre bipeur fixé à sa ceinture vibrait. Quoi que ce soit, ce serait certainement moche.

Il fit la grimace.

— On y va, Murph. C'est sûrement du lourd.

— Tu es sûr qu'on a pris tout ce qu'il faut ? demanda Saoirse en jetant à Santi un regard anxieux.

Il lui tapota la cuisse pour la rassurer.

— C'est les Keys, Murph, pas la lune.

Ils savaient maintenant pourquoi l'alerte avait été lancée : deux amateurs de scooter des mers faisaient la course, fonçant dans les nappes de brouillard proches de la côte. L'un des scooters avait explosé au moment où ils approchaient de la route. La déflagration avait projeté le conducteur sur le pare-brise d'une voiture, qui avait fait une embardée. Trente, peut-être quarante véhicules étaient impliqués dans l'accident. Parmi eux, il y avait un camion-citerne chargé de carburant.

Saoirse avait paru soulagée quand il lui avait proposé de prendre le volant, après la course à laquelle elle venait de participer.

— J'ai prévu du matériel supplémentaire, expliqua-t-il. Et de toute façon, il y a toujours un camion rempli de fournitures. Les pompiers ont été alertés, la police, tout le monde. Une aire de triage sera sans doute installée quand on arrivera.

Il déclencha la sirène pour obliger la voiture qui les précédait à s'écarter. D'autres ambulances en faisaient d'ailleurs autant, contraignant les véhicules particuliers à se ranger sur le bas-côté de la route.

— Je suppose que tu es habitué à ce genre de scène, dit Saoirse après quelques minutes de silence.

Les mains de Santi se crispèrent sur le volant.

Habitué ? Non. Chaque fois qu'il avait rempilé dans l'armée, sa capacité à rester distant avait diminué. Personne ne déclenchait exprès un accident. En revanche, la guerre était monstrueuse parce qu'elle était intentionnelle. Qu'il s'agisse de jeter une grenade ou d'actionner un lance-roquettes, la volonté de tuer était claire.

Et toutes ces vies perdues. Des morts tout aussi inutiles que celles causées par les adolescents qui avaient tué ses parents pour être acceptés dans un gang. Un gâchis cruel.

C'était ce qui l'avait finalement incité à rentrer au pays, même s'il n'avait pour l'instant pas fait la moindre tentative pour se réconcilier avec ses frères... Apparemment, la guerre lui faisait moins peur que de solliciter leur pardon.

— Tu te sens bien ?

Il jeta un coup d'œil de côté à Saoirse et lui tapota la jambe. Chaque fois qu'il pensait à ses frères, on aurait dit qu'elle avait des antennes !

— Pas de souci, *querida*. J'essaie juste d'adopter le bon état d'esprit, continua-t-il. Rappelle-toi que nous sommes une équipe et que je serai toujours là pour toi.

Elle hocha la tête, les yeux fixés sur la route.

— Tu as déjà été confrontée à des accidents impliquant de nombreux blessés ? demanda-t-il.

— Non.

— Tu as bien retenu les règles du triage ?

— Oui. On doit évaluer le degré de gravité des blessures. Il y a ceux qui vont mourir, ceux qu'on doit évacuer immédiatement, ceux qui peuvent attendre, et ceux qui présentent des traumatismes légers.

— Parfait. Quelles sont les priorités, en ce qui concerne l'évacuation ?

— Les morts restent où ils sont. Ceux qui risquent de

mourir dans les dix minutes ou qui bénéficient de soins palliatifs portent un bracelet noir, récita Saoirse sur un ton professionnel.

Il hocha la tête.

C'était vital de prendre ses distances, en de telles circonstances.

Elle inspira profondément et continua.

— Les patients portant un bracelet rouge doivent être évacués immédiatement. Tu crois qu'il y aura des hélicoptères ?

— Ils sont certainement déjà en route.

— Les bracelets jaunes sont réservés aux blessés qui peuvent attendre que toutes les personnes dont l'état est critique aient été emmenées, reprit Saoirse.

— Et les bracelets verts ?

— Ces patients sont les derniers sur la liste, mais on doit les examiner à intervalles réguliers, au cas où leur condition nécessiterait une nouvelle évaluation.

Saoirse se laissa aller contre son dossier, visiblement satisfaite d'elle-même, mais il cessa très vite de sourire car ils approchaient du lieu de l'accident.

Il émit un long sifflement.

Le brouillard qui enveloppait la chaussée se dissipait, révélant une scène d'horreur. Des conducteurs et leurs passagers émergeaient des voitures en titubant. Un camion-citerne renversé barrait trois voies, les flammes s'élevaient de plus en plus haut de minute en minute. Deux camions de pompiers étaient déjà sur place, ainsi qu'une équipe de sauveteurs. Ils faisaient de leur mieux pour éloigner les gens du camion-citerne. Des colonnes de fumée noire s'élevaient dans le ciel au-dessus d'eux. Le rugissement des machines destinées à désincarcérer des personnes prisonnières de leur voiture ne parvenait pas à couvrir les appels à l'aide.

Il gara l'ambulance sur le bord de la chaussée, près d'un officier de police au visage creusé par l'anxiété.

— Où serons-nous le plus utiles ?

— Voyez ça avec les pompiers. Ils ont été les premiers sur le site, et ils savent exactement où ils en sont.

Santi et Saoirse quittèrent l'ambulance, portant chacun un sac à dos contenant le matériel de premiers secours, ainsi que leur brancard chargé de toutes les fournitures qu'ils avaient pu rassembler. Ils gagnèrent le centre des opérations au pas de course.

— Par ici ! On a besoin de quelqu'un qui se charge des bracelets rouges en attendant l'évacuation.

Un infirmier des pompiers les dirigea vers un drap rouge sur lequel étaient étendus quatre blessés.

— Vous pouvez commencer ici ? On a une fracture ouverte du tibia et du péroné avec hémorragie artérielle. Pour le reste, à vous de poser un diagnostic.

Sur ces mots, l'homme s'enfonça dans un brouillard étouffant de fumée et de flammes.

Santi tomba à genoux près d'un patient inconscient, faisant signe à Saoirse de l'imiter de l'autre côté.

Elle sortit une lampe torche de sa poche et vérifia la dilatation des pupilles.

— Pupilles réactives, déclara-t-elle.

— Bien, murmura-t-il.

Ses doigts gantés repérèrent la source de l'hémorragie et la stoppèrent dès qu'il eut trouvé un point de compression.

La fracture ouverte était si cruellement exposée aux agressions externes que Saoirse réprima un haut-le-cœur.

— Vérifie les voies aériennes, ordonna Santi, ainsi que la circulation sanguine.

Plongeant dans les yeux de son équipier, elle fut réconfortée par la compréhension qu'ils exprimaient, comme s'il lui communiquait une partie de sa force.

Ils allaient surmonter cette épreuve… Ensemble.

Tendant la main vers son sac, Santi prit un garrot.

— Tu peux le perfuser et lui donner de la morphine ? demanda-t-il.

Les mains de Saoirse se mirent en pilote automatique, travaillant vite et efficacement, tandis qu'elle se concentrait sur les indications que lui donnait Santi.

— On peut travailler ensemble sur chaque patient ou bien nous séparer, proposa-t-il. Tu m'appelleras si tu as besoin d'un coup de main.

L'espace d'un instant, elle hésita, mais les événements décidèrent pour elle.

— Monsieur, restez où vous êtes !

Les secondes se muèrent en nanosecondes. Elle vérifia rapidement la perfusion.

— Je peux te laisser ? demanda-t-elle.

Pour toute réponse, Santi hocha la tête.

Se levant d'un bond, elle guida un homme présentant une plaie importante à la tête jusqu'à une grande bâche réservée aux victimes de traumatismes sévères.

Soudain, le temps prenait une dimension irréelle.

La gravité des blessures à la tête fut revue à la baisse. L'ampleur des saignements les faisait toujours paraître plus graves qu'elles ne l'étaient. Saoirse stabilisa du mieux qu'elle le put une adolescente dont un poumon avait été perforé en attendant qu'elle soit évacuée par hélicoptère. Santi et elle s'occupèrent ensuite de sa mère. Tandis qu'ils évaluaient la gravité de ses blessures pelviennes, les hurlements de la malheureuse gagnaient en intensité.

Saoirse fut prise dans un tourbillon d'activité. Elle devait définir le matériel approprié selon les patients. Colliers cervicaux, attelles, bandages stériles, gants à renouveler sans cesse... Son stéthoscope passait de poitrine en poitrine. Après avoir effectué une réanimation cardio-pulmonaire sur un petit garçon, elle s'aperçut qu'elle s'était blessée en s'agenouillant sur des débris de verre.

Elle déballa des pansements hydrocolloïdes pour une

patiente d'une vingtaine d'années qui venait de sortir d'une voiture en feu. Elle lui administra une solution saline en perfusion intraveineuse, puis elle soigna ses brûlures et lui prodigua des paroles apaisantes, lui promettant qu'on l'emmènerait bientôt à l'hôpital.

Le vent changea brusquement d'orientation, ce qui compliqua encore la situation. Les flammes se mirent à lécher le ciel au-dessus de leurs têtes et menacèrent la zone de triage, apportant une fumée noire et risquant de tout dévorer sur leur passage. Cette situation terrifiante affectait la vue, l'ouïe, l'odorat…

Saoirse resta un instant clouée sur place.

Cet embrasement semblait aspirer tout l'oxygène. Elle vit des pompiers utiliser leurs lances à mousse pour combattre le feu, malheureusement sans grande efficacité. En elle, le besoin de survivre et d'aider sa patiente prit le dessus.

Se jetant sur sa patiente, elle la protégea de son corps.

Lorsqu'elle entendit et comprit que les soldats du feu avaient vaincu l'ennemi avec un incroyable courage, elle eut une révélation. Soudain, elle vit sa vie pour ce qu'elle était : un formidable bond en avant.

Son besoin d'évoluer ne venait pas de sa rupture amoureuse comme elle l'avait cru. C'était plus profond que cela. Quelque chose en elle avait aspiré au changement, lutté pour qu'elle devienne la femme qu'elle était maintenant. Quelqu'un de bien, de courageux…

Elle chercha Santi des yeux.

Il l'avait aidée à en arriver là, à gagner cette confiance en elle qu'elle n'aurait jamais imaginé avoir quelques mois auparavant.

Toujours voûtée au-dessus de sa patiente, elle constata que les pompiers maîtrisaient l'incendie. Mais un seul être pouvait lui apporter le réconfort qu'elle espérait.

Santiago Valentino.

Santi croisa le regard de Saoirse.

Il brûlait d'envie de la prendre dans ses bras, d'essuyer son visage maculé de suie, de l'emporter loin de cet endroit le plus vite possible. A cet instant, il bénissait son entraînement militaire qui lui permettait de faire abstraction de tout quand la survie de quelqu'un en dépendait.

Il se concentra sur l'homme qui gisait devant lui.

Il avait vu trop souvent ce type de blessure. Traumatisme crânien, pupilles non réactives... En se fondant sur l'échelle de Glasgow, il évalua rapidement l'état de conscience de son patient, mais il y avait trop de facteurs pour que cette évaluation soit précise.

Saoirse surgit à son côté.

— De quoi as-tu besoin ?

— Ce pauvre type est passé à travers son pare-brise. Le traumatisme crânien est manifeste. Les pupilles ne sont pas réactives. La respiration est compromise, ajouta-t-il en plaçant sa main au-dessus de la bouche du blessé.

— Il faut l'intuber ?

— Le plus tôt possible. Il ne faudrait pas qu'en plus du reste il souffre d'hypoxie.

Saoirse ouvrit rapidement un kit d'intubation, et ils purent oxygéner le blessé. Le processus de guérison serait long et pénible, sinon impossible, mais ils faisaient tout leur possible pour mettre toutes les chances de son côté.

Ensemble, ils vérifièrent les signes vitaux et prirent sa tension.

— Il va avoir besoin d'un bon neurochirurgien, remarqua Saoirse.

Santi hocha la tête. Il espérait que cet homme pourrait se permettre d'être hospitalisé dans la clinique de pointe ou son frère Dante était neurochirurgien.

— On continue, dit-il.

Ils n'étaient pas assez nombreux pour prendre le temps de bavarder.

Il avisa un autre patient qui devait être placé dans la section des états critiques.

— Il me faut un hélicoptère maintenant ! cria-t-il.

Impossible de savoir si la demande avait été entendue, aussi la répéta-t-il encore et encore jusqu'à ce que sa voix soit enrouée.

Un homme vêtu de la combinaison des médecins volants parut enfin dans son champ de vision.

Il allait pouvoir s'occuper d'un autre blessé.

Des ambulanciers supplémentaires arrivèrent. Des médecins piégés dans l'embouteillage proposaient leurs services, et les victimes se succédaient. Santi commençait à se demander s'il aurait l'énergie de soulever encore une planche dorsale sur laquelle était étendu un blessé pour le déposer sur un brancard, ou s'il parviendrait à soutenir un patient à travers la foule pour l'aider à retrouver un proche.

Il chercha Saoirse des yeux.

Il semblait que son endurance n'ait pas de limites. Elle était calme et concentrée, ses yeux bleus exprimaient une confiance inconditionnelle dans la médecine…

C'était exactement ce dont il avait besoin ! Le genre de femme que n'importe qui voudrait avoir à son chevet s'il avait la chance d'être visité par un ange.

Il secoua la tête.

Ses sentiments pour Saoirse évoluaient à la vitesse de l'éclair. Jusqu'alors, il n'avait jamais compris qu'on veuille se fixer quelque part. Mais la vie au côté de Saoirse pourrait…

— Santiago ?

Il lui fallut quelques secondes pour reconnaître l'homme qui s'approchait de lui.

L'inspecteur Guillermo Alvarez. La première personne qui était arrivée sur la scène de crime après que ses parents avaient été tués. L'homme qui lui avait promis de trouver les *pendejos* qui avaient transformé un simple cambriolage en double homicide et failli assassiner son petit frère.

— Santiago ! Je pensais bien que c'était vous. Cela fait longtemps que nous nous sommes vus. *¿ Asere, qué bolá ?*

Santiago tendit la main au policier, refusant de s'avouer que la seule vue de cet homme d'une cinquantaine d'années le bouleversait profondément.

— *Estoy pinchando.*

Tous deux échangèrent une poignée de main.

— Vous vous êtes engagé, c'est ça ? demanda l'inspecteur.

— Dans les Marines, oui.

— *Sí, correcto*, dit Guillermo Alvarez. Votre frère Alejandro me l'avait dit.

Santiago soutint son regard.

Comment dire à cet étranger qu'il n'avait pas vu son frère depuis son retour, accablé par plus de dix ans de culpabilité ?

— Il s'en sort bien ! Qui aurait cru qu'il deviendrait chirurgien pédiatrique spécialisé dans les greffes ? Après tout ce qu'il a subi, je n'aurais jamais cru qu'il voudrait travailler dans un hôpital.

— Il a toujours été remarquable, répliqua Santi, sincèrement fier de son jeune frère.

La voix de Saoirse l'arracha à ses souvenirs.

— Santi ! Il faut qu'on emmène un patient.

Un petit sourire joua sur ses lèvres.

Se lasserait-il jamais d'entendre l'accent irlandais de son équipière ?

— J'ai été ravi de vous voir, mentit-il en tapotant le bras du policier.

— Moi aussi, Santi. Vous savez qu'on les a eus, n'est-ce pas ? Pour autant que je le sache, ils sont toujours sous les verrous.

Santi n'avait pas besoin de demander de qui il s'agissait.

— Tant mieux, fit-il, incapable de s'aventurer sur ce terrain.

— Valentino ! Bouge ton cul !

— Ouais ! J'arrive.

Santi poussa vers Saoirse une canette de soda bien frais.

— Ça va ?

— Oui, pourquoi ?

Elle but une grosse gorgée, puis elle essuya sa moustache orange avec l'effronterie d'une gamine de six ans.

— Ce serait normal que tu sois fatiguée après avoir passé dix heures sur les lieux d'un accident aussi dramatique.

Il s'appuya contre l'îlot central de la cuisine. Cette barrière entre eux l'aidait à réprimer le besoin constant qu'il avait de la toucher.

— Oh ! bien sûr, j'aurais préféré que personne ne soit blessé. Mais c'est notre travail, non ? D'une certaine façon, ça m'a regonflée, dit-elle en insistant sur le dernier mot. D'ailleurs, nous autres, les Irlandais, nous ne sommes jamais fatigués ou émus, précisa-t-elle avec un sourire malicieux. On est des durs de durs !

Ils échangèrent un long regard.

Sans réfléchir, il contourna l'îlot, la prit dans ses bras et s'empara de sa bouche. Comme elle lui rendait son baiser avec ardeur, il la souleva du tabouret sur lequel elle était perchée et l'emporta dans sa chambre. La pièce dans laquelle il lui était interdit d'entrer. Il n'entendit pas la moindre protestation... Elle murmura simplement qu'il devait éviter de la broyer contre sa poitrine.

— Je ne te ferai jamais de mal, *querida*.

Saoirse se raidit entre ses bras avant de le repousser.

— Comment tu peux dire ça ? Comment peux-tu faire cette promesse ?

Il plongea dans les prunelles claires. Les joues de Saoirse

étaient rosées par le soleil et l'émotion du moment, ses lèvres délicieuses étaient rougies par leur baiser.

*Parce que je t'aime.*

C'étaient les mots qu'il aurait voulu prononcer, tout en sachant qu'il ne pouvait prendre ce risque.

— J'ai fait une promesse.

— Tu as promis de me donner un statut légal, pas de m'offrir le bonheur conjugal.

Elle le fixait comme pour s'assurer qu'il n'allait pas la décevoir. Ce fut à cet instant qu'il comprit à quel point il l'aimait.

— Est-ce que tu es en proie à une sorte de conflit intérieur ? demanda-t-elle en s'écartant de lui. On ne peut pas faire ça, Santi, pas si tu ne…

Elle s'interrompit, comme si elle était sur le point de lui faire l'aveu qu'il espérait. Puis, soudain, elle saisit les pans de sa chemise et l'attira contre elle comme si sa vie en dépendait.

Quand leurs bouches se rencontrèrent et que leurs corps se pressèrent l'un contre l'autre, il était consumé par le désir.

Il n'était peut-être pas capable de prononcer les mots qu'il fallait, mais, *por Dios*, il les ressentait au plus profond de son être. Il voulait que ce moment soit spécial pour elle, qu'il devienne un souvenir précieux. Il se força à y aller lentement. Amoureusement.

A la lueur du soleil de cette fin d'après-midi, leurs corps se mouvaient avec un ensemble qu'il n'aurait cru possible qu'avec une âme sœur.

Etait-ce cela, l'amour véritable ? Savoir, anticiper, connaître la zone érogène à caresser pour susciter des gémissements de plaisir…

Lorsqu'ils ne furent littéralement plus qu'un, il ne put plus se retenir. Ils parvinrent ensemble à l'extase, tandis qu'il ne cessait de répéter malgré lui :

— *Te adoro, te adoro.*

— Il n'y a vraiment rien à manger ici, se plaignit Saoirse.

Faire l'amour avec Santi l'avait affamée.

Il lui décocha une petite tape sur les fesses avant de la coincer contre la porte ouverte du réfrigérateur.

— Qu'est-ce que tu dirais d'un sandwich à la mayonnaise et au ketchup ? suggéra-t-il.

Il lui sourit, et la lampe du réfrigérateur souligna le dessin de sa bouche. Lorsqu'il mordilla sa lèvre inférieure, elle se sentit des papillons dans le ventre. Réprimant un gloussement de joie, elle se força à se concentrer.

— Mayonnaise et ketchup, tu dis ? Normalement, je trouverais l'alliance parfaite, mais nous n'avons pas de pain.

— Tu ne fais jamais les courses ?

— Je te rappelle qu'une certaine personne a emménagé chez moi il y a une semaine. Elle a tout dévoré.

Refermant la porte du réfrigérateur avec son pied, Santi l'attira contre lui.

— Menteuse ! Il n'y avait rien à manger quand je suis arrivé. Je vais te dire de quoi j'ai faim…

Il venait de prendre sa douche et sentait bon le savon.

Elle traça du bout des doigts des cercles sur sa poitrine, se demandant s'ils allaient faire l'amour dans la cuisine. Ils l'avaient fait dans sa chambre, puis sous la douche… Est-ce qu'une troisième fois était envisageable ?

— As-tu déjà mangé un *Helibana* ? demanda-t-il.

— Ces sandwichs qu'on sert au Mad Ron ?

Elle secoua négativement la tête, un peu déçue qu'il n'ait pas assez faim pour s'emparer d'elle.

Comme s'il n'attendait qu'un signe d'elle, il baissa la tête pour l'embrasser sur la bouche, et leurs corps se joignirent avec une intensité érotique incroyable.

— Les *Helibanas*, soupira Santi lorsqu'ils parvinrent finalement à s'écarter l'un de l'autre, mes frères et moi en dévorions par douzaines.

— J'ai vu deux d'entre eux, remarqua-t-elle en souriant.

Si le plus jeune ressemble aux autres, je peux te croire. Est-ce que tous les Valentino sont des géants ?

Sans répondre, il leva les yeux vers l'horloge murale qui marquait 20 heures. Elle devina qu'il prenait une décision brutale. Il ouvrit la bouche pour parler, la referma, et réfléchit un instant avant de faire une nouvelle tentative.

Après la journée qu'il venait de passer, cet homme avait besoin de se nourrir et de s'hydrater !

— Santi, qu'est-ce que tu dirais qu'on aille se restaurer au Mad Ron ? On commanderait un de tes sandwichs préférés.

Il arbora un large sourire.

— Disons plutôt deux !

Il lui déposa un baiser bruyant sur la joue avant de bondir littéralement vers la chambre, où leurs vêtements étaient éparpillés un peu partout.

En le suivant, elle sourit à la pensée que, pour la première fois, elle déambulait dans la maison complètement nue et qu'elle se sentait belle. Pendant que Santi fredonnait tout en s'habillant, elle baissa les yeux vers son propre corps, qu'elle s'était mis à détester l'année précédente.

Elle se sentait bien, heureuse. Finalement, elle avait peut-être trouvé la combinaison idéale : un métier formidable, une ville formidable… Et un faux fiancé avec tous les avantages que cela comportait.

Dieu du ciel ! Santi lui faisait plus de bien que n'importe quelles vitamines ou qu'une virée entre copines. Il était exactement le remède dont elle avait besoin.

Elle se fit mentalement sa propre ordonnance :

Ne pas analyser, garder ses distances… Ce qu'ils avaient était parfait, elle devait juste vivre l'instant présent.

# 8.

— Tu es sûr que tu ne possèdes pas des parts dans ce bar ? ironisa Saoirse en voyant Santi engloutir son *Helibana*.

— Nous en avons sans doute, répondit-il machinalement.

— Nous ?

Il savait qu'elle connaissait la réponse avant d'avoir posé la question. Il avait lui-même remarqué qu'il mentionnait ses frères plus souvent et sur un ton de moins en moins défensif. Saoirse était son havre de paix, surtout lorsqu'il tentait de résoudre ses problèmes familiaux.

— Mes frères et moi, précisa-t-il en avalant un morceau de banane frite. Nous habitions quasiment ici.

— Je comprends ! On y trouve tout ce dont a besoin un garçon en pleine santé. A la façon dont tu dévores ces bananes, je pense que tu n'as rien à craindre du scorbut.

— Oui, dit-il très sérieusement. Nous sommes venus ici pour ne jamais attraper cette maladie.

— Arrête !

Elle lui tapa sur la main alors qu'il essayait de lui chiper un pickle de son sandwich.

— C'est ce qu'il y a de meilleur ! protesta-t-il comme s'il avait un droit de propriété sur ses cornichons.

— Justement ! C'est bien pour ça que je tiens à les manger.

— Tu t'en délectes tellement qu'on pourrait croire que tu es enceinte.

A peine eut-il prononcé cette phrase qu'il la regretta.

Jusqu'à ce qu'il ouvre sa grande bouche, Saoirse rayonnait de quelque chose de mieux que le bonheur… De satisfaction. Et l'idée qu'il y était un peu pour quelque chose le réjouissait aussi.

— Ne… N'écoute pas un mot de ce que je dis, s'écria-t-il. A moins, évidemment, que mes propos ne soient judicieux et dignes d'attention.

Elle lui jeta un regard sceptique, avant d'ingurgiter une grosse bouchée.

— Et qu'est-ce qui te fait penser que je t'écoute, que tes paroles soient sensées ou non ?

Puis son sourire illumina de nouveau le monde.

Si seulement…

Il était temps qu'il se réconcilie avec ses frères. Il différait depuis des semaines, attendant soi-disant le meilleur moment. Avec tout ce qu'il advenait de bon dans sa vie, il ne pouvait plus reculer l'instant crucial… Mais s'il devait se lancer, autant se sustenter d'abord, car il allait avoir besoin de toutes ses forces.

Il fit signe à la serveuse de renouveler la commande.

— Pas pour moi, protesta Saoirse en posant les mains sur son ventre. Deux, c'était déjà largement suffisant. Un de plus, et tout le monde croirait que j'attends…

Elle s'interrompit, les yeux voilés par les larmes.

— Tu vois ce que tu as fait ? dit-elle d'une voix tremblante. Tu m'as mis cette idée dans la tête.

— Eh ! fit-il doucement en posant ses mains sur les siennes. Crois-moi, Murph, ton ventre est juste parfait. Et réfléchis un peu, poursuivit-il avec un grand sourire. Pas de vergetures ! Jamais !

Quand on ne peut pas creuser assez profond pour guérir une blessure, rien de mieux qu'une mauvaise blague. C'était ainsi qu'il avait survécu. Saoirse méritait mieux, mais il n'avait rien d'autre à offrir…

Si. Lui ouvrir son cœur et lui dire ce qu'il éprouvait vraiment ! Mais pas encore.

— Evite ce genre d'encouragement, répliqua-t-elle.

D'ailleurs, si je continue à manger de cette façon, tu auras fait une mauvaise affaire, précisa-t-elle en gonflant ses joues.

— *Chamaquita*, dans ma culture, quelques kilos de plus ne feraient qu'ajouter à ton charme. Si je te présentais à ma mère…

Il détourna les yeux.

Décidément, ils faisaient la paire, tous les deux. Pourquoi les larmes lui montaient-elles aux yeux ? Il n'était pourtant pas du genre à pleurer ! D'accord, la journée avait été longue, et encore plus pour Saoirse qui s'était levée à l'aube pour s'entraîner sur la piste de course.

Il sentit une petite main se poser sur sa cuisse et la serrer légèrement.

— Pourquoi ne pas y aller ? suggéra Saoirse d'une voix empreinte de compassion.

— *¿ Qué ?*

— Voir tes frères. C'est écrit sur ton visage. Et ils sont le lien le plus proche que tu as avec ta mère.

Il ne répondit pas, car la serveuse déposait une assiette sur la table.

— Un *Helibana* avec une part de sauce supplémentaire.

— Merci, dit Saoirse. Vous pourriez nous en préparer huit à emporter ?

— Huit ? répéta la serveuse, l'air aussi ahuri que lui.

— Vous avez raison, mettez-en une douzaine.

La femme hocha la tête avant de s'éloigner.

— Qui est-ce qui est toute contente de mettre le doigt là où ça fait mal ? dit il pour dissimuler son émotion.

— Tu penses que je suis née d'hier, Santi ? rétorqua Saoirse. J'ai vu ta tête quand tu as parlé à ce flic.

— L'inspecteur ?

— C'est ça. On aurait dit que tu avais vu un fantôme. Ensuite, tu as broyé du noir pendant deux heures.

— Je n'ai pas…

— La ferme. Tu as de la chance que j'aie eu pitié de toi

et que je t'aie fait l'amour tout l'après-midi pour chasser tes idées noires, expliqua Saoirse avec un sourire satisfait.

Il se redressa de toute sa taille, raisonnablement outré.

— Primo, c'est moi qui t'ai fait l'amour…

— Primo, rien du tout !

D'un geste autoritaire, elle lui intima de se taire comme si elle rabrouait un garnement récalcitrant.

Bon sang ! Elle avait toutes les qualités d'une mère de famille. Si elle avait un jour des enfants, ils seraient bien trop impressionnés pour contester ses ordres.

— Il y a une raison pour laquelle je ne les ai pas encore vus, dit-il.

— Ben voyons ! Le meilleur moment pour faire quelque chose, c'est quand on est le moins préparé. De cette façon, on ne s'attend à rien, et la faculté de rebondissement est plus importante.

— La faculté de rebondissement ?

— Oui. Tu en auras besoin si ça ne se passe pas bien.

— Si je comprends bien, tu prévois déjà mon échec ?

Saoirse eut une moue dédaigneuse.

— Santiago Valentino, je n'ai jamais entendu de telles balivernes de toute ma vie. Tu es l'humain le moins susceptible d'échouer que j'aie jamais rencontré.

— Ce n'est pas si simple.

— Bien sûr, tu es libre de m'expliquer pourquoi aller voir tes frères est si difficile. « Dans ma culture »…

Elle s'interrompit, une lueur malicieuse dans les yeux.

— Nous ruminons nos petits secrets dans l'intimité jusqu'à ce que le village entier soit au courant, si bien qu'il n'y a pas à discuter sur ce qui est une affaire déjà entendue. Moi, par exemple, je me suis enfuie à cause d'un événement que tout le monde connaissait. Pas besoin d'en parler, il suffisait d'une humiliation publique. Mais en ce qui te concerne, j'ai l'impression que tu es le seul à savoir pourquoi tu es parti.

— J'ai laissé une lettre. Mais j'aurais aussi bien pu disparaître sans aucune explication.

Elle le fixa comme s'il venait de proférer un énorme mensonge.

— Vraiment ?

Elle ignorait ce qu'il était, à cette époque. Rebelle sans raison ! Aujourd'hui, la moto était le seul accessoire qu'il avait conservé de cette image de bad boy qu'il avait peaufinée étant adolescent.

— Tu ne sais pas quel genre d'ado j'étais. Je n'aimais pas vraiment ce que j'étais en train de devenir… Un déchet agité, nageant en pleine confusion.

— Pas au point de partir sans laisser un message, en tout cas, remarqua Saoirse. Dis-moi ce que tu avais écrit, ajouta-t-elle d'une voix douce.

— C'était une sorte de guide de survie destiné à un garçon âgé de quinze à dix-huit ans et basé sur mon expérience.

— Et quels conseils judicieux donnais-tu à ton petit frère ?

— Des tartines. Non, pas vraiment des tartines… Mais des informations vitales pour un gamin de treize ans : le meilleur endroit pour traîner, comment choisir son casier en terminale, quelles rues étaient sûres, même si, évidemment, Alejandro en connaissait déjà un rayon sur les gangs. Je lui disais de ne pas choisir M. Prunt comme professeur de SVT, parce que c'était un très bon coach de base-ball mais un très mauvais enseignant. Je… Je ne pouvais pas laisser mon petit frère sans défenses.

— Qu'est-ce que tu as fait ? Tu as glissé la lettre sous son oreiller ?

Saoirse avait voulu plaisanter, mais ses paroles le transpercèrent, lui rappelant qu'il avait été lâche. Il avait quitté son foyer pour prouver sa force de caractère dans des combats anonymes où il ne ressentirait pas l'échec de façon aussi personnelle, mais il se trompait. Chaque vie perdue lui avait asséché un peu plus l'âme, la réduisant à une terre aride.

Et maintenant, il était juste censé se présenter à la *bodega* avec un sac de sandwichs, et tout s'arrangerait ?

— Qu'est-ce que je pouvais faire, Murph ? Il n'y a pas de guide pour les jeunes dont les parents ont été tués sous leurs yeux. Mon petit frère a failli y passer, et tout ce qu'il avait, c'était moi… Le misérable assistant de mes frères aînés, qui faisaient de leur mieux en ces circonstances. Ils veillaient sur nous, utilisaient pour nous entretenir la bourse d'études qui leur était allouée tout en faisant tourner l'affaire de famille. Ce genre de manuel de conduite n'existe pas, *mija*. J'ai fait ce que j'ai pu !

Saoirse le fixait, bouche bée.

— Excuse-moi si je me suis exprimé sur un ton plus agressif que je ne le voulais, marmonna-t-il.

Elle resta un moment silencieuse avant de déclarer :

— Si je comprends bien, tu penses que tes frères sont les seules personnes au monde à pouvoir te comprendre ?

Il hocha la tête.

C'était sans doute un peu simpliste, mais c'était ce que son cœur lui disait. Saoirse pouvait lui offrir une compassion d'une valeur inestimable, mais seuls ses frères avaient vécu la même expérience que lui après la mort de leurs parents.

Elle désigna du menton le gros sac que la serveuse venait d'apporter.

— Eh bien… Je suppose que tu devrais y aller.

Il les entendit avant de les voir. Ces éclats de rire inimitables, ces moqueries sans méchanceté. Une voix masculine lança une réprimande au sujet d'une boîte de piments qui avait failli ne pas rater son but. Une autre proposa de balancer une part supplémentaire de haricots Pinto à « l'affreux ».

Scène d'amour fraternel. Dans la famille des Valentino, ils étaient tous des « affreux ».

— Hé ! cria Santi.

Il se trouvait à quelques mètres de la réserve, à l'arrière de la *bodega*. Ses frères continuèrent de se chamailler, ne l'ayant manifestement pas entendu.

Il répéta son appel, et le chahut cessa brusquement. Ses frères se levèrent avec ensemble, comme dans un film.

Il brandit le sac bien reconnaissable du Mad Ron.

Que pouvait-on dire aux gens qu'on aimait le plus au monde et qu'on avait quittés quinze ans auparavant ?

— Des *Helibanas*. Ils sont encore chauds !

Alejandro parut sur le seuil de la maison, un plat de *tomatillos* en conserve à la main, le visage impassible.

Autrefois, ils l'appelaient *Flacucho*, « Maigrichon ».

Aujourd'hui, Alejandro n'était plus maigrichon. Il était grand, athlétique, musclé. Tout le contraire de la pauvre chose que ces idiots de délinquants avaient laissée derrière eux après l'avoir criblé de balles.

— *¡ Hé, gordos !* s'exclama Alejandro. L'affreux s'est finalement décidé à se montrer !

Il lança le plat en direction de Santi comme s'il ne pesait pas plus qu'une plume.

— Qu'est-ce que tu attends, frangin ? Compte-les !

# 9.

Saoirse tendit la main.

— La sauce piquante, s'il te plaît.

— Je connais quelqu'un qui prend goût aux épices latino, plaisanta Santi.

Il poussa la bouteille dans sa direction.

— Je ne sais pas ce qu'ils mettent dans ce truc, mais c'est super, dit Saoirse en faisant couler le liquide vert sur ses enchilladas.

— Moi, je sais. Notre *bodega* est le seul endroit où on en trouve. On a du mal à conserver notre stock.

— Ecoute-toi ! « Notre *bodega* », « on a du mal à conserver notre stock »… Quand vais-je enfin faire la connaissance de ces chirurgiens boutiquiers ?

Santi se hérissa.

— Tu fais ce que tu veux.

Saoirse lui lança un regard soucieux qui signifiait : « *¿ Qué paso, hombre ?* ».

En réalité, unir les deux parties de sa vie qui avaient le plus d'importance pour lui s'avérait plus difficile qu'il ne l'avait cru. Il l'avait senti, et Saoirse aussi.

— Allons, dit-elle avec un gentil sourire, dis à ton amie Murphy ce qui ne va pas.

Il ouvrit la bouche pour répondre et la referma.

Elle venait juste de prononcer le mot qui posait problème : « amie ». Etait-ce ainsi qu'elle voyait leur relation ?

Bien sûr, le début n'avait pas été conventionnel. Ils avaient tout fait à l'envers. Sa demande en mariage n'était pas une demande en mariage, c'était une proposition de service. Mais beaucoup de choses avaient changé au cours des dernières semaines, y compris la façon dont il la voyait.

Bien plus que comme une amie.

C'était justement la raison pour laquelle il ne voulait pas qu'elle rencontre tout de suite ses frères. Elle méritait mieux que de leur être présentée comme celle qu'il avait demandée en mariage pour qu'elle obtienne une carte verte. Et jusqu'à ce qu'il trouve le moyen de se débarrasser de ce vernis de légèreté qu'il maintenait entre eux et de lui avouer qu'il l'aimait, il ne pourrait pas l'amener chez ses frères.

— Ce genre de silence me met mal à l'aise, Valentino.

Maintenant, elle contemplait ses *enchiladas* sans y toucher.

— Je croyais que tu détestais mes bavardages. Hier, tu m'as ordonné de me taire un million de fois.

— C'était parce que tu parlais pendant mon émission préférée.

— Celle sur les ambulanciers ? Ton émission préférée porte sur le métier que tu exerces chaque jour ?

— Oui.

Il sourit en la voyant porter un morceau de fromage à sa bouche. Paupières à demi fermées, elle laissa échapper un gémissement de plaisir.

— J'aime la regarder parce que je me rassure en pensant que je suis meilleure, expliqua-t-elle. Mon travail est la raison pour laquelle je me lève chaque matin.

Il détourna le regard.

Il aurait voulu être la raison pour laquelle elle se levait chaque matin. Ils travaillaient ensemble, ils dormaient ensemble, et il aimait cela. Mais pour la première fois de sa vie, il voulait davantage.

Sentant sa poitrine se gonfler d'émotion, il s'éloigna du comptoir et jeta les restes de son repas à la poubelle.

Bien sûr, c'était sa faute à lui si elle ignorait ce qu'il éprouvait pour elle. Tout ce qu'il avait à faire, c'était dire les mots. Ces trois précieux mots qui pouvaient changer sa vie à jamais. S'il perdait Saoirse…

Jurant sourdement, il rabattit brutalement le couvercle de la poubelle.

— Qu'est-ce qui t'arrive ? demanda Saoirse avec inquiétude.

— Rien.

— Menteur.

Il posa son assiette dans le lave-vaisselle, qu'il referma avec humeur avant de la regarder dans les yeux.

— Je crois que nous ne devrions plus dormir ensemble.

Le visage de Saoirse se rembrunit brusquement.

— D'accord.

— C'est tout ce que tu trouves à dire ? D'accord ?

Prenant son assiette, elle sauta à bas de son tabouret.

— C'est toi qui l'as dit, pas moi ! Et c'est aussi toi qui n'utilises pas la chambre d'amis que j'avais préparée spécialement pour toi.

— Je vais m'y installer désormais, ne t'inquiète pas pour ça.

— Parfait, répliqua-t-elle, les bras croisés sur la poitrine.

— Parfait, répéta-t-il.

Une vraie réussite, en effet !

Il se frappa brusquement le front. Il se rappelait qu'Angel savait tout de leur projet de mariage. Il allait devoir lui demander de ne pas en parler à ses frères.

— Qu'est-ce qu'il y a, maintenant ? demanda Saoirse. Tu as oublié de me prévenir que tu avais demandé à changer d'équipière ?

Les yeux de Saoirse étincelaient de fureur, et il ne pouvait pas le lui reprocher. Il était en train de faire un beau gâchis.

— Murph…

— Ah ! On revient à « Murph », maintenant ? Juste quand j'allais te délivrer un certificat prouvant que tu prononces parfaitement mon prénom ! Va droit au but, Santi, et dis-moi que tu veux annuler notre mariage.

— Non ! Ce n'est pas du tout ce que je dis, Saoirse.

— En ce cas, voudrais-tu m'expliquer ce qu'il se passe dans le pois chiche qui te sert de cerveau ? Parce que je suis presque aussi déçue que la fille qui s'est fait planter devant l'autel. Je ne subirai pas deux fois cette humiliation, d'autant plus que tout cela n'était dès le départ qu'une comédie.

Il se sentait la poitrine serrée comme dans un étau.

Il ne voulait pas la faire souffrir, c'était même exactement le contraire. Chaque fois que le visage de Saoirse s'illuminait quand elle l'apercevait ou qu'il lançait une de ses blagues pourries, il retrouvait un peu plus le goût de vivre. Il devait repartir de zéro, faire ce qu'un homme fait quand il a rencontré le véritable amour.

— A aucun moment je n'ai voulu dire ça, répéta-t-il.

— Ah bon ? Parce que cela ressemble bien à un discours de rupture.

— Je t'en prie, Saoirse ! J'ai des choses difficiles à régler, en ce moment, et je veux juste que tout se passe bien. Tu as sans doute remarqué que je n'exprime pas facilement mes sentiments.

— J'aurais pu te le dire, répliqua-t-elle. Je ne suis pas assez bien pour toi, c'est ça ?

— Ce n'est absolument pas le problème, *mija*.

— Qu'est-ce que c'est, alors ?

*¡ Oh ! ¡ Dios !* Est-ce qu'il avait perçu un tremblement dans sa voix ?

— Viens là, dit-il en écartant les bras.

— Je ne te laisserai pas poser tes mains sur moi tant que tu ne m'auras pas dit ce qu'il se passe.

— Je veux juste régler les choses avec mes frères. Et avec toi… Les hommes sont rarement capables de faire plusieurs choses à la fois, conclut-il lamentablement.

Elle l'observa un instant, les yeux voilés par les larmes.

— Résumons la situation. Tu ne veux plus dormir avec moi parce que tu serais tellement ensorcelé par mes charmes que tu ne serais plus capable de te réconcilier avec tes frères ?

— C'est ça.

Il allait pousser un soupir soulagement, lorsqu'il la vit lever les yeux au ciel. Mais il avait gagné un peu de temps…

— Pour ta gouverne, dit-elle, sache que les hommes sont surtout stupides.

Lui enfonçant son index dans la poitrine, elle ajouta :

— Profite bien de ta chambre d'amis, *muchacho.*

# 10.

Saoirse descendit de l'ambulance.

La journée avait été très chargée, et elle n'aspirait plus qu'à une bonne douche chaude. Il lui semblait avoir du ciment dans les veines.

Un jour de plus à faire semblant. Un jour de plus à cacher combien elle souffrait de voir Santi s'éloigner de leur petit univers, celui dans lequel ils avaient été ensemble vingt-quatre heures sur vingt-quatre pendant quelques semaines paradisiaques.

Maintenant, il faisait l'inventaire avec ses frères. Il dînait avec ses frères. Il passait bavarder un moment avec ses frères, ou il se rendait dans leur clinique de pointe pour voir s'ils allaient bien.

Peu importe, si seulement elle avait pu faire leur connaissance ! Elle se réjouissait que Santi ait enfin atteint son but. Mais cette exclusion la peinait profondément, d'autant que la date de leur mariage à la mairie approchait. Il s'agissait de son avenir, après tout !

Mais apparemment, elle ne faisait pas partie de la vie future de Santi.

Les jours filaient si vite qu'elle avait presque l'impression qu'ils la narguaient. Son visa n'allait pas tarder à expirer, et son mariage se profilait tristement à l'horizon au lieu de rayonner comme elle l'avait cru. Elle puisait son énergie dans le travail. Elle utilisait tous les prétextes pour faire des heures supplémentaires : elle avait besoin d'une nouvelle combinaison de course, d'un nouveau carburateur, elle devait faire réviser son moteur…

Elle ouvrit les portes arrière de l'ambulance et rassembla les produits de nettoyage.

— On dîne ensemble à la maison, ce soir ? demanda-t-elle avec une indifférence feinte.

Comme elle détestait prendre ce ton d'épouse délaissée !

— Non, désolé, dit-il. Je suis déjà pris ce soir.

Elle se força à sourire.

— Tu sors avec tes frères ?

S'approchant de l'ambulance, il déposa son porte-bloc à l'intérieur, puis il la prit par le cou et lui tapota le haut du crâne — le genre de caresse qu'un homme réserve à un frère ou à une petite sœur.

— Non, on va regarder un match de foot américain à la télé.

A quel instant la situation avait-elle évolué de cette façon ? Ils s'étaient amusés, ils avaient fait l'amour, et quand ils travaillaient côte à côte, ils étaient excellents parce que tout ce qu'ils faisaient ensemble gagnait en qualité. Mais tous ces moments semblaient oubliés. Il était clair que la demande en mariage de Santi était seulement une faveur qu'il lui faisait, en dehors de l'aider à rester à Miami jusqu'à ce qu'il intègre de nouveau le clan Valentino.

Elle comptait se battre, pourtant, parce qu'elle était certaine d'avoir trouvé l'homme de sa vie.

Elle cessa de nettoyer frénétiquement l'ambulance pour faire face à Santi qui la regardait bizarrement.

Depuis quelques semaines, il faisait ça de plus en plus souvent.

Elle plongea son regard dans le sien.

— Tu n'as rien d'autre à faire que de me surveiller ? demanda-t-elle.

La paranoïa la guettait. Bien sûr, elle avait pris un ou deux kilos ces derniers temps. Elle mangeait pour se réconforter, ce qui était assez compréhensible.

Se haussant sur la pointe des pieds, elle vérifia dans le rétroviseur si elle n'avait pas du noir sur le nez.

Après avoir constaté que son visage était propre, elle fit volte-face.

Appuyé contre l'ambulance, les jambes croisées, Santi aurait plus que jamais pu figurer sur une photo de calendrier.

— C'est super, Murph, tu ne trouves pas ? Je suis si content de les avoir retrouvés ! Il me semble être de nouveau entier.

Elle le regarda se perdre dans ce monde lointain qu'elle l'avait vu revisiter encore et encore ces dernières semaines, puis il se rappela qu'il était en train de lui parler.

— Tu les adorerais, dit-il.

— Il suffit d'une invitation, répliqua-t-elle sèchement.

Il resta un instant muet, une lueur de panique dans ses yeux pailletés d'or.

— Merci de la suggestion, *miss* Bonnes Manières. Reçu cinq sur cinq.

Réprimant ses larmes, elle se détourna et se remit à frotter avec ardeur.

Elle ne les rencontrerait jamais. Sauf si elle avait un urgent besoin d'un neurochirurgien, d'un épidémiologiste ou d'un chirurgien spécialiste des greffes.

Cependant, elle ne comprenait pas une chose : Santi n'était pas du genre à s'affoler. C'était un mâle, un macho, un *hombre* musclé. Il aurait pu figurer sur un poster des Marines. Pourtant, elle venait bien de voir de la peur dans ses yeux.

Lui jetant un coup d'œil par-dessus son épaule, elle vit qu'il n'avait pas bougé. Sauf qu'il avait les épaules voûtées.

— Alors, euh…, commença-t-il.

— On se voit plus tard ?

— Oui, sans doute. On mangera un morceau ensemble si je rentre à temps ?

Il lui tapota le dos, déposa un baiser distrait sur sa joue — du genre qu'on donne à sa grand-mère —, puis il s'éloigna, perdu dans ses pensées.

S'agrippant à la portière, elle se laissa aller contre le pare-chocs, envahie par une certitude affreuse.

Il voulait rompre leur contrat !

Maintenant qu'il avait retrouvé ses frères, auxquels il avait soigneusement évité de la présenter, il n'avait plus besoin de faire sa bonne action.

— Hé! Valentino ! cria-t-elle. Ne t'en fais pas pour le dîner ! Je crois que je vais tenter de faire quelques heures sup'. Il paraît qu'ils manquent de personnel, ce soir.

— Oh ! Très bien. A plus tard, alors.

— Santi ?

Lorsqu'il se retourna, il la fixait avec tellement d'espoir dans les yeux qu'elle éprouva un choc. Sa belle bouche était légèrement entrouverte, comme s'il allait lui poser une question. Ses cheveux sombres où elle avait tellement aimé glisser les doigts auraient eu besoin d'un bon coup de peigne... Non que ce désordre ne lui aille pas, au contraire !

Elle sentit un léger tremblement s'emparer de ses mains.

Tous ces détails lui faisaient prendre conscience d'une réalité terrifiante : elle était dans le pétrin.

Elle qui s'était juré de ne plus se laisser blesser de cette façon !

— Fais attention sur la route, dit-elle.

Il laissa échapper un soupir.

— Bien sûr.

Il lui adressa un signe de la main et, si elle ne se trompait pas, un petit hochement de tête bizarre. Puis il tourna les talons et se dirigea vers sa moto à grandes enjambées.

Elle éprouvait une douleur presque insupportable. La tête baissée de façon à ne pas le voir sortir du parking de l'hôpital, les épaules légèrement courbées, elle se boucha mentalement les oreilles pour ne pas entendre non plus le grondement de son engin.

Ça en valait la peine… Ou plutôt, ça en vaudrait la peine.

Oui, il refusait pour l'instant de présenter Saoirse à ses frères. Mais pas pour les raisons qu'elle croyait.

Combien de fois il avait voulu leur parler d'elle… Mais il ne savait pas par où commencer, alors qu'ils s'habituaient tout juste les uns aux autres.

« Voila… J'ai rencontré une fille ».

« Il m'est arrivé un truc marrant, au boulot ».

« Qu'est-ce qu'on obtient quand on met une Irlandaise et un Latino dans une mairie ? ».

Un mariage arrangé. Et ce n'était pas drôle.

Il se rappela la voix triste de Saoirse, quand il l'avait quittée, et son cœur se serra.

C'était sa faute. *¡ Dios !* Quel imbécile il faisait !

Il repartait de zéro, il se construisait un nouvel avenir… Tout ce qu'il lui restait à découvrir, c'était de quelle façon Saoirse allait pouvoir en faire partie.

— Eh ! Y a pas le feu !

— Amanda… Désolée, je ne t'avais pas vue. Tu as terminé ton service ?

Son amie renoua les cordons de son bikini qui dépassaient de son T-shirt.

— Quelle perspicacité !

— Tu vas retrouver James sur la plage ?

— Décidément, le prix d'observation revient à Saoirse Murphy.

Saoirse fixa son amie avec étonnement.

— Tu l'as bien prononcé !

— Quoi donc ?

— Mon prénom ! C'est la première fois.

Amanda arbora un sourire triomphal.

— Pour de bon ? Et je n'essayais même pas ! Hourra pour moi ! Pourquoi tu ne viendrais pas avec nous ? continua-t-elle en la prenant par le coude. On nagera, et ensuite on ira au Mad Ron boire des mojitos.

Saoirse eut un haut-le-cœur. Elle n'était plus retournée au Mad Ron depuis les retrouvailles des frères Valentino.

— Qu'est-ce qui ne va pas ? demanda Amanda en fronçant les sourcils. Tu adores ce bar, et on n'y est pas allées depuis des siècles.

— Je sais. J'étais juste…

Oh non ! Les larmes lui picotaient les yeux.

Elle retint sa respiration, déglutit et retint de nouveau sa respiration.

Par bonheur, les portes s'ouvrirent devant un ascenseur vide. Amanda la propulsa à l'intérieur juste au moment où une famille se présentait, les bras pleins de fleurs.

— Non ! s'écria son amie en les stoppant dans leur élan. Désolée, urgence médicale !

Saoirse voulut protester, mais elle perdit au même moment son combat contre les larmes.

— Allez, Murph, vas-y, tu peux pleurer !

— Et James ?

— Je vais lui envoyer un SMS. De toute façon, il n'avait pas envie de sortir. C'est à peine s'il quitte son bureau. Ce soir, je le lui avais imposé.

Amanda sortit un mouchoir de son sac et lui essuya les joues comme si elle était un petit enfant.

— Que se passe-t-il ?

— Je n'ai pas envie d'en parler.

— C'est Santiago ? Tu es amoureuse de lui ?

— Comment…

— C'est écrit sur ton visage depuis plusieurs semaines, Murph.

— Tu as la permission de prononcer mon prénom, maintenant, dit Saoirse en s'efforçant de sourire.

— Je ne vais pas courir ce risque, dit très sérieusement Amanda. Tout droit, s'il te plaît.

Saoirse hocha la tête, bien qu'elle n'ait pas besoin de cette indication. C'était le premier endroit qu'elle avait visité, lorsqu'elle avait choisi dans quel hôpital elle souhaitait travailler…

Les lumières douces, les sons étouffés, les fauteuils confortables, les moniteurs partout, le ronronnement continuel des équipements destinés à sauver des vies… Elle retrouvait tous les éléments du service où elle avait commencé sa carrière médicale.

Le cœur serré dans un étau, elle pressa son nez contre la vitre du noyau central des soins intensifs en néonatologie. Les joues ruisselantes de larmes, elle appuya sur la poignée de la porte et entra.

Les odeurs familières l'assaillirent avec une force inattendue, imprégnant ses poumons de tout ce qu'elle avait laissé derrière elle. Elle inspira profondément et gagna le milieu de la salle.

A cet instant précis, c'était l'élixir de guérison qu'il lui fallait. Amanda était restée sur le seuil, sachant combien elle avait besoin d'être seule avec les minuscules bébés.

Avant même d'avoir parcouru leurs dossiers, Saoirse savait ce dont ils souffraient. En Irlande, cette connexion avec les nouveau-nés avait fait sa force. Le cœur d'une petite fille nécessitait encore un peu de temps pour grandir. Une transfusion s'imposait pour ce petit garçon manquant de globules rouges. Des jumeaux dont le groupe sanguin était mystérieusement incompatible avec celui de leur mère arboraient une sérieuse jaunisse.

Tous unis dans leurs efforts pour survivre.

Prenant conscience du fait que, neuf mois auparavant, le dernier endroit où elle aurait pensé trouver du réconfort serait le service des soins intensifs en néonatologie, elle laissa échapper un soupir.

Etait-elle vraiment revenue à son point de départ, seule et le cœur brisé ?

Passant un doigt sur la couveuse la plus proche, elle sourit.

Encore des jumeaux, joue contre joue et main dans la main. Ils devaient à peine peser un kilo chacun, ils étaient fragiles et résilients. Elle le devinait à leur connexion dans le sommeil, à leurs petits corps qui luttaient inconsciemment pour survivre.

Les équipes médicales qui veillaient sur eux poursuivaient le même but avec une détermination inébranlable. Des tuyaux minuscules étaient fixés — rose pour l'un et bleu pour l'autre — à leurs lèvres miniatures.

Elle parcourut leurs dossiers.

Détresse respiratoire, un symptôme que présentent souvent les prématurés. Ces tuyaux leur procuraient l'oxygène dont leurs poumons avaient besoin. C'était plutôt bon signe, car les enfants les plus malades étaient sous respirateur en attendant que leurs poumons se développent.

Tous des combattants, des battants…

Tout comme elle devait l'être.

— Tu es moins malheureuse, maintenant ?

Amanda s'approchait, un large sourire aux lèvres.

— Oui, merci. C'est juste que… Tu avais raison au sujet de Santiago.

Les yeux d'Amanda scintillèrent d'excitation.

— C'est une bonne chose, non ? Pourquoi ce ne sont pas des larmes de joie ? Tu veux dire qu'il n'éprouve pas la même chose que toi ?

— C'est ça. Je l'aime, mais je suis presque sûre que ce n'est pas réciproque.

— Presque sûre, ou absolument sûre ?

— Presque absolument. Depuis qu'il s'est réconcilié avec ses frères, il est… Comment te dire ?

— Distant ?

— Oui. On était vraiment connectés, tu sais…

Soudain, tandis que les mots sortaient de sa bouche, elle fut frappée par l'énormité de la perte qu'elle subissait.

Santiago Valentino n'était pas seulement un type canon qui lui faisait connaître l'extase au lit. Il était bien plus que cela. Il était profond, compatissant, perfectionniste. Combien de patients était-il passé voir après qu'ils les avaient amenés à l'hôpital ? Elle en avait perdu le compte. Tous les ambulanciers n'en faisaient pas autant.

— Tu n'as jamais songé à revenir ?

— Tu veux dire, à Miami ? Après qu'on m'aura expulsée parce que ce fichu mariage ne se sera pas fait ?

— Non. Est-ce que tu as envisagé de travailler de nouveau dans une unité de soins intensifs en néonatologie ?

— Pas vraiment. Pourquoi ?

— Pour deux raisons. Et ne crois pas que je te dise ça parce que je suis d'accord avec toi. Je suppose que tu as brûlé beaucoup d'énergie durant ces nuits passées avec ton colocataire, si bien que tu es juste…

— Je ne suis pas fatiguée ni émotive ! chuchota furieusement Saoirse.

— Si tu veux bien te taire un instant et m'écouter… Si tu revenais aux soins pédiatriques, je sais que tu devrais vaincre quelques-uns de tes démons, mais ça te donnerait aussi un peu d'oxygène. Toi et Santi, vous travaillez ensemble toute la journée, et la nuit… Je ne sais pas trop, mais ça fait beaucoup de temps ensemble.

— Toi et James, c'est la même chose, protesta-t-elle.

— Absolument pas. Je travaille ici, et lui dans son cabinet d'avocat. Mon emploi du temps est irrégulier, ce qui implique que je le vois encore moins. Si nous nageons ensemble, c'est justement pour passer au moins une heure ensemble deux ou trois fois par semaine. Je reconnais que la vie n'est pas parfaite, mais on peut toujours trouver le moyen que ça fonctionne si on le veut vraiment.

Amanda marquait un point. Mais pour l'instant, Saoirse avait surtout besoin d'évacuer l'anxiété qui la rongeait.

— S'il en a déjà marre de moi, je ne vois pas pourquoi

il persisterait à m'épouser, ce qui l'obligerait à me supporter deux ans jusqu'à ce qu'on puisse divorcer.

Le seul fait de prononcer ce dernier mot lui faisait mal au ventre.

— En ce cas, commenta Amanda, tu pourrais demander ton affectation à l'unité des soins intensifs en néonatologie de façon à renouveler ton visa d'étudiante. Arrête de secouer la tête ! C'était bien l'idée, au départ. Ou alors, aux greffes…

— Pas question ! C'est là que travaille le frère de Santi. Je ne vais pas passer mes journées avec un autre Valentino.

— Je suis presque certaine qu'il est célibataire, remarqua Amanda.

Saoirse appliqua sa paume contre la bouche de son amie.

— Je ne vais pas modifier mon plan de carrière, pas plus que je ne vais participer à un autre mariage qui tombera à l'eau. Et, c'est clair, je ne me mettrai plus jamais sur le chemin d'un autre Valentino.

— Pour l'amour du ciel, Murphy, essaie de voir le bon côté des choses !

— Pour l'instant, j'en suis bien incapable, répliqua-t-elle avant de se remettre à pleurer.

Si Santi n'était plus dans sa vie, elle ferait aussi bien de retourner en Irlande affronter son destin. Elle resterait vieille fille, à s'occuper des bébés qu'elle n'aurait jamais elle-même.

Un jour ou l'autre, Santi souhaiterait en avoir. Elle le devinait à la façon dont il prenait dans ses bras un enfant malade. Rien que de voir sa grande main se poser sur le petit crâne…

En dépit de ses efforts, elle émit un sanglot.

Jamais elle ne pourrait donner à Santi une famille à lui, alors elle n'avait pas le droit de lui voler deux années de sa vie juste pour obtenir un visa.

Elle s'aperçut vaguement qu'Amanda s'efforçait d'attirer son attention.

— N'oublie pas que je suis ton amie, lui disait-elle.

Saoirse se laissa embrasser sans réagir.

Amanda avait raison. Elle avait une super amie, et son visa lui permettait de rester à Miami encore quelques semaines. Assez de temps pour trouver une solution.

Mais elle le ferait de façon à conserver sa dignité et son orgueil intacts. Ce qui ne lui laissait qu'une seule possibilité…

Sa décision prise, elle adressa à Amanda un sourire triste.

Inutile de tester davantage les limites de son amitié. Pour l'instant, mieux valait donner le change.

— Va rejoindre James, dit-elle en glissant son bras sous le sien. Je t'accompagne dehors.

— Tu es sûre que tout va aller bien ? demanda Amanda avec inquiétude. Tu ne vas pas prendre des virages à cent à l'heure, noyer ton chagrin dans une bassine de margaritas ou faire quelque chose de stupide ?

Tout en marchant d'un pas vif en direction de la sortie, Saoirse la gratifia d'un faible sourire.

— Sûrement pas ! Après tout, on est à Magic City, non ?

# 11.

De nouveau, Santi rapprocha la bague de ses yeux : quand il attrapait la lumière, le diamant brillait de mille feux.

— Elle va l'adorer !

Cette vendeuse connaissait son métier. Elle lui avait d'abord demandé de décrire Saoirse : sa petite taille, son corps mince, son attitude bravache, ses yeux bleus et ses cheveux blonds de fée. Il ignorait si cette femme s'y prenait aussi bien avec tous ses clients mâles, mais cela avait marché avec lui.

Il plissa les yeux de façon à ne voir que la bague.

Elle était belle… Une rose pour sa rose, la femme qui continuerait de fleurir et de s'épanouir si elle acceptait sa demande en mariage. Sa *vraie* demande en mariage.

Une image de Saoirse en combinaison de course ignifugée, son casque sur la tête, s'imposa à son esprit.

— Elle n'est pas du genre *girly*. Je commence à me demander si l'anneau d'or rose ne fait pas un peu trop princesse.

— D'après tout ce que vous m'avez dit, votre fiancée me semble incroyablement féminine, répliqua la vendeuse. D'ailleurs, je n'ai jamais rencontré une seule femme qui ne cache pas une âme de princesse, pour peu qu'elle rencontre le prince charmant.

Il réprima un rire.

Si seulement !

S'il en croyait le dernier regard que lui avait lancé Saoirse, elle le prenait plutôt pour un lâche. Lorsqu'il avait proposé de l'aider à résoudre cette affaire de visa, il ne s'était jamais considéré comme un chevalier blanc. Il savait parfaitement que cette offre avait été une façon de rester à Miami pour affronter son passé. De l'égoïsme déguisé en altruisme…

Mais cette fois, il repartait de zéro. Il voulait un vrai mariage, avec tout ce que cela comporte : l'amour, la passion, les disputes pour savoir qui a vidé le tube de dentifrice…

Il avait réussi à en parler à Alejandro. Le coup de poing sur son bras lui avait dit ce qu'il espérait :

« Vas-y, frangin ! »

Si Saoirse lui disait oui, c'était elle qui le sauverait, parce qu'il ne pensait pas pouvoir combler le vide qu'elle lui laisserait dans le cœur si elle partait.

La vendeuse se pencha en avant.

— Elle va l'adorer, répéta-t-elle. D'après mon expérience, la plupart des femmes sont au septième ciel quand l'homme qu'elles aiment leur offre une bague. Si elle vous aime, elle aimera ce bijou.

Il sentit sa tension monter d'un cran.

Au royaume des Bisounours, les choses étaient simples : un homme aimait une femme, il achetait une bague, il se mettait à genoux. La femme disait « oui », quelqu'un leur offrait un barbecue, et ils vivaient heureux jusqu'à la fin de leur vie. Mais entre Saoirse et lui, c'était un peu plus compliqué. Par sa faute, d'ailleurs. Il l'avait tenue éloignée de ses frères pour la protéger, et elle avait cru qu'il ne la trouvait pas digne de les rencontrer…

— Donc, poursuivit la vendeuse en lui prenant la bague des mains, souhaitez-vous que je la mette dans un écrin et que je l'emballe ?

Soudain, il fut submergé par la panique.

Il s'était battu à mains nues avec des hommes qui auraient voulu l'expédier dans la tombe. Mais acheter une bague de fiançailles…

— Ne vous inquiétez pas, dit la vendeuse en lui tapotant la main. Certains de nos clients s'évanouissent. Attaque de panique… L'un d'entre eux a même cru faire une crise cardiaque dans le magasin. Cinq ans après, il est toujours marié et parfaitement heureux.

— C'est aussi évident que ça ?

— J'exerce ce métier depuis longtemps, vous savez, répliqua-t-elle en glissant le bijou dans un écrin bleu.

Le reste de la transaction se passa relativement sereinement. Dans l'armée, il avait pu mettre de l'argent de côté. Il espérait s'en servir pour acheter une maison… Pourquoi pas celle que Saoirse louait, si le propriétaire voulait la vendre ?

Après que la vendeuse lui eut remis le petit paquet, il le glissa dans la poche intérieure de son blouson de cuir. Un instant plus tard, en sortant de chez le bijoutier, il maintint la porte ouverte pour un homme qui semblait hésiter à y entrer.

— Allez-y, lui dit-il en souriant. Je peux vous dire par expérience que ça en vaut vraiment la peine !

— Du calme, espèce de tigresse !

Saoirse vit les mains de son moniteur se crisper sur le tableau de bord alors qu'elle amorçait un virage à toute vitesse juste après une chicane.

— J'espère que tu ne conduis pas ton ambulance de cette façon, dit-il d'une voix entrecoupée.

— Bien sûr que si, si c'est pour sauver une vie !

Après sa discussion avec Amanda, elle était retournée dans l'unité de soins intensifs en néonatologie, puis dans la maternité. Cette multitude de bébés avait rouvert la blessure qu'elle croyait guérie. Pour la première fois depuis des mois, elle avait repensé à son ex.

Tom l'avait-il quittée parce qu'elle était stérile, ou pour une autre raison, ainsi que Santi l'avait suggéré ?

Appuyant brusquement sur la pédale de frein, elle contraignit sa Murp-mobile à s'arrêter et se mit fébrilement à déclipser les cinq points de sécurité de son harnais.

Soudain, elle avait besoin d'air frais. C'était sans doute

les vapeurs du pot d'échappement, qui lui donnaient mal au cœur…

— On vient d'avoir la preuve qu'une certaine personne va devoir passer pas mal de temps à s'entraîner sur la piste.

— Oui… Eh bien, je crois plutôt que je vais vendre très vite ma caisse.

— Quoi ? Mais tu viens à peine d'arriver aux Etats-Unis !

— J'y suis restée bien assez longtemps.

En tout cas, suffisamment pour tomber amoureuse.

— Je croyais que tu allais t'installer à Miami ! Tu avais l'air de t'y sentir comme un poisson dans l'eau… Murph ? Tu te sens bien ?

Elle ouvrit la portière aussi vite que possible, incapable de réprimer plus longtemps sa nausée.

Elle entendit vaguement le claquement d'une portière, et Hal, son moniteur d'une soixantaine d'années, surgit à son côté et lui tendit un mouchoir.

— Reste là, mon chou. Je vais te chercher un verre d'eau glacée et un vêtement. Tu as conduit comme une furie des enfers, je ne suis pas surpris que tu aies mal au cœur.

Elle hocha péniblement la tête, brusquement épuisée. Quand Hal revint, elle accepta le verre d'eau avec gratitude. Les coudes appuyés sur les genoux, elle continua de fixer le sol en avalant l'eau par petites gorgées, craignant de vomir encore si elle allait trop vite.

— Dis-moi, susurra Hal, tu ne ferais rien d'aussi ridicule que de conduire une voiture de course en étant enceinte, n'est-ce pas ?

A l'instant, elle cessa d'écouter Hal, qui énumérait tous les risques qu'elle prenait si elle attendait un enfant.

Ce n'était pas possible. C'était ce que lui avait dit le médecin… Un spécialiste !

Mais les médecins font parfois des erreurs.

Ces derniers temps, elle se sentait très fatiguée, et ce n'était pas la première fois qu'elle avait des nausées ! Au début, elle avait mis ça sur le compte des tacos au poisson, puis des cafés qu'elle avait bus alors qu'elle avait le ventre vide.

— Je crois que je vais ramener la Murp-mobile au garage, dit-elle.

Glissant de nouveau ses jambes sous le volant, elle voulut rendre son mouchoir à Hal, qui le refusa d'un geste.

— Laisse tomber, j'en ai des douzaines. Mon épouse adorée trouve que ça fait plus classe.

Elle leva les yeux vers lui.

Si elle ne se trompait pas, Hal était marié depuis quarante ans, et très heureux en ménage. Le genre de bonheur qu'elle ne connaîtrait jamais.

Elle ferma la portière et s'efforça de sourire. Après avoir remercié son moniteur, elle redémarra et se dirigea vers le parking.

Etait-elle enceinte ?

Elle ne voulait pas se permettre la moindre lueur d'espoir avant d'avoir fait un test. Mais si c'était vrai ?

*Un bébé !*

Toutes les petites pièces d'un puzzle dont elle ignorait faire encore partie se remettaient peu à peu en place. Ce n'était pas l'avenir qu'elle avait imaginé, mais il serait heureux.

Santi faisait les cent pas devant la chambre de Saoirse. Il était là depuis dix minutes, durant lesquelles il n'avait pas trouvé le courage de frapper à sa porte.

Il voulait la demander en mariage. Pour de bon, cette fois. Et il ne voulait pas tout gâcher.

Il aurait vraiment dû présenter Saoirse à ses frères depuis longtemps. Sur ce point aussi, il avait tout faux.

Qu'est-ce que Saoirse lui avait dit, lorsqu'elle le poussait à aller voir ses frères, quelques semaines auparavant ?

« Le meilleur moment pour faire quelque chose, c'est quand on est le moins préparé. »

Il n'était pas prêt. Son cœur battait la chamade, il avait du mal à respirer, et chaque fois qu'il tentait de sortir ce petit écrin de sa poche, sa main tremblait.

Mais il savait surtout qu'il ne supporterait pas de la perdre, et ces deux derniers jours, la lueur qu'elle avait dans les yeux l'effrayait…

Comme dans un brouillard, il se vit lui-même frapper à la porte, comme si ses doigts appartenaient à quelqu'un d'autre.

— Qu'est-ce que tu veux ? dit Saoirse en entrouvrant la porte.

— Me promener.

— Tu n'as pas besoin de me demander la permission pour ça, ta vie t'appartient, et la plage est publique. Je t'en prie, vas-y.

Il avança le pied pour qu'elle ne puisse pas lui claquer la porte au nez au cas où l'idée lui en viendrait.

— Je pensais que nous pourrions faire quelques pas ensemble, dit-il en lui tendant la main. C'est une belle soirée.

Elle le toisa de la tête aux pieds.

— D'accord, grommela-t-elle. Je vais chercher une veste. On se retrouve sur la plage.

A peine eut-il retiré son pied que la porte claqua.

Ce n'était pas exactement les débuts romantiques qu'il espérait, mais venant de Saoirse, il aurait accepté n'importe quoi.

Saoirse entendit la porte-fenêtre s'ouvrir et se refermer.

Elle avait besoin d'un moment pour rassembler son courage avant de dire à Santi ce qu'elle avait à lui dire.

Les sites qu'elle avait consultés sur Internet disaient vrai : pendant la grossesse, les bouleversements hormonaux provoquaient des sautes d'humeur imprévisibles. Pour contrôler son émotivité, elle n'avait pas trouvé d'autre moyen que de s'enfermer dans sa chambre.

*Un bébé.*

Le test était positif, et sa petite visite en obstétrique avait confirmé le diagnostic. Mais elle n'y avait vraiment cru que la veille, lorsqu'elle avait passé quelques instants dans la maternité. Elle avait sangloté de joie à la vue de toutes ces petites créatures emmaillotées.

Comment le dire à Santi ? Devait-elle même le lui dire ? Il avait ses frères, maintenant, et le lien qui les unissait éclipsait tout le reste.

Bon, elle n'avait plus qu'à y aller.

Le soleil couchant auréolait la silhouette de Santi comme dans un film. Il n'avait d'ailleurs pas besoin de ce décor de rêve pour qu'elle voie en lui l'homme parfait. Même si leur relation avait été de courte durée, il avait été un ami véritable et un amant fantastique.

Le cœur serré, elle posa les mains sur son ventre, consciente de la vie précieuse qu'il abritait. Une vie qu'elle voulait chérir et protéger, quelles que soient les erreurs qu'elle avait commises dans le passé.

— Te voilà ! fit Santi à sa vue.

Quand leurs regards se croisèrent, elle se demanda si elle prenait la bonne décision. Mais cette hésitation ne dura que quelques secondes.

— J'ai quelque chose à te dire, dit Santi en tendant la main vers elle.

Elle garda ses bras collés à ses flancs. Elle ne pouvait pas prendre sa main. Pas avec ce qu'elle allait lui annoncer.

— Moi d'abord, dit-elle, plus sèchement qu'elle ne le souhaitait.

Visiblement blessé, Santi recula de quelques pas, et elle en éprouva un tel chagrin qu'elle faillit le retenir. Mais elle devait se montrer courageuse pour son enfant à naître.

Un peu plus loin, un vieux couple pique-niquait sous les palmiers. Des jeunes gens surveillaient leurs enfants qui gambadaient dans l'eau, leur tendant une serviette quand leur petit corps frissonnant émergeait des vagues. C'était un tableau à la fois joyeux et harmonieux, recelant un bonheur auquel toute famille avait droit…

Tout comme Santi. Il ne méritait pas d'être piégé dans un faux mariage alors que sa vie pouvait être différente.

— Je ne veux plus qu'on se marie, articula-t-elle enfin.

L'espace d'un instant, Santi parut se statufier. Puis elle remarqua un léger frémissement au coin de ses yeux lorsqu'il les braqua sur elle, avec la froideur d'un sniper sur le point de tirer sur sa cible.

— Tu as une raison particulière à me fournir ?

Jamais sa voix n'avait été aussi froide, aussi dépourvue de toute émotion. Le Santi qu'elle connaissait était au contraire quelqu'un de chaleureux… Mais à quoi s'attendait-elle ? A ce qu'il saute de joie, après tout ce qu'il avait fait pour elle ?

— Tes frères…

— Qu'est-ce qu'ils ont à voir là-dedans ?

— Ils sont ta priorité, alors je me suis dit qu'il valait mieux ne pas épouser quelqu'un…

— Que tu n'aimes pas, c'est ça ?

— Non ! Je n'ai rien dit de tel !

— Ton ex ne serait pas réapparu dans le tableau, par hasard ? C'est ce qu'il s'est passé ? Je croyais que tu avais assez de matière grise dans le cerveau pour ne pas commettre la même erreur deux fois.

Elle recula, comme frappée en plein cœur.

Durant ces quelques semaines passées ensemble, elle savait qu'ils étaient devenus des amis véritables. Mais le ton qu'il employait… Serait-il jaloux ?

Non ! C'était impossible. Trop d'émotions lui brouillaient le jugement. Jusqu'à maintenant, elle avait été persuadée que les sentiments de Santi à son égard n'avaient pas pris le même chemin que les siens. Qu'il n'était pas tombé follement amoureux comme elle. Autrement, pourquoi aurait-il mis fin à leur relation physique au moment même où tout s'arrangeait avec ses frères ? Pourquoi aurait-il refusé qu'elle rencontre les personnes qu'il aimait le plus au monde ?

Il lui avait fait clairement comprendre qu'elle n'en était

pas digne. Non, pour rien au monde elle ne voulait le piéger avec un bébé. S'il ne voulait pas qu'elle fasse partie de sa famille, il ne voudrait pas non plus du bébé.

Leur bébé.

Elle enfonça ses pieds dans le sable comme si cela pouvait l'aider à renforcer sa détermination. Et, les mains posées sur son ventre, se força à soutenir le regard de laser de Santi Valentino.

— C'est ma décision. Ça n'a rien à voir avec qui que ce soit d'autre.

— Tu veux dire, en dehors de moi.

*Et de leur bébé.*

— Tu te trompes, Santi ! protesta-t-elle, les larmes aux yeux.

— Tu sais, *Murphy*, j'ai toujours su que j'étais fou de vouloir t'aider. *¡ Totalmente loco !* dit-il en se frappant la tempe de l'index.

Saoirse le fixait, les bras croisés sur sa poitrine.

— Merci de m'avoir prouvé que j'avais raison, continua-t-il. Grâce au ciel, j'ai eu le bon sens de ne pas te présenter à mes frères. Ils accordent de la valeur à la loyauté et à l'engagement, ce qui n'est visiblement pas ton cas.

Il allait trop loin, il le savait, mais il ne pouvait pas s'en empêcher. Comment avait-il pu se tromper à ce point à propos de ce qu'il se passait entre eux ? Bien sûr, des larmes voilaient les beaux yeux de Saoirse, mais ce n'était qu'un artifice destiné à dissimuler un cœur de pierre.

— Serais-tu assez gentille pour m'accorder une dernière faveur, *mi amor* ?

Elle hocha lentement la tête tout en s'essuyant les joues du dos de la main.

Mais pourquoi faisait-elle cela, si elle souffrait autant que lui ?

— Reste dehors vingt minutes pendant que je prends mes affaires.

— Tu n'es pas obligé de partir.

Il émit un rire sans joie.

— Tu penses que je devrais rester au « domicile conjugal » pendant que tu mènes ta petite vie ? Te regarder chaque matin errer à l'aveuglette dans la cuisine jusqu'à ce que tu aies pris ton premier café ? T'aider dans ta quête quotidienne de tes tongs abandonnées n'importe où la veille ? Rester chez toi pendant que tu te retirerais dans ta chambre pour y faire Dieu sait quoi ? Tu as oublié le passé, et tu es prête à reprendre avec ton ex, c'est ça ?

Saoirse devint pâle comme une morte.

— Ce n'est pas ça du tout !

— C'est bon, Murph. Dès le début, tu m'as dit que notre mariage était une comédie. J'imagine que j'ai joué mon rôle d'une façon un peu trop réaliste, tu ne crois pas ?

Elle tenta de parler, mais il ne voulait pas entendre ses explications. A quoi serviraient-elles, sinon à lui déchirer le cœur un peu plus ?

Il sentait remonter à la surface un aspect de lui-même qu'il avait cru laisser sur les champs de bataille, au Moyen-Orient : le côté sombre, celui qui sait sans l'ombre d'un doute que la vie a toujours un autre tour cruel à vous jouer.

Eh bien, il en avait assez.

Saoirse le fixait avec incrédulité.

C'était la femme qu'il aimait. Il aurait pu l'attirer dans ses bras et se battre pour elle. Mais quelque chose était brisé en lui, il en était incapable.

Voyant qu'elle ouvrait la bouche, il leva la main.

— *¡ Cállate !* Il y a une pièce au-dessus de la *bodega*. Je vais m'y installer. Pas la peine de prendre cet air éploré. Tu aurais pu avoir tout ce que tu voulais. C'est ta décision, *cariño*.

Au prix d'un énorme effort, il tourna les talons sans sortir l'écrin de sa poche pour le jeter dans la mer.

Il trouverait le moyen de s'en sortir. Il avait ses frères, maintenant. Il n'était plus seul…

Pourtant, il ne s'était jamais senti aussi abandonné de sa vie.

# 12.

Depuis deux jours, Saoirse était en arrêt maladie.

Le regard incrédule puis méprisant de Santi avait mis à mal le plan qu'elle croyait si logique. Il n'avait pas semblé seulement en colère qu'elle lui ait fait perdre son temps, il avait paru *blessé* ! Comme si elle était la seule à avoir traité leur « romance » avec une légèreté coupable.

Elle était malade à la pensée qu'il avait désormais une aussi mauvaise opinion d'elle.

Lorsqu'elle avait regagné le bungalow, elle ne s'y était plus sentie chez elle pour la première fois depuis son installation. Après une nuit agitée, elle avait erré dans la cuisine à l'aveuglette, mis en marche la machine à café et éclaté en sanglots.

Santi connaissait chacune de ses habitudes. Leurs vies étaient intimement liées, même alors qu'il avait décidé qu'ils feraient chambre à part :

Elle faisait chauffer le lait, il lui tendait une tasse de café.

Il feuilletait le journal, elle attendait que la caféine ait un effet sur ses paupières lourdes de sommeil.

Elle conduisait l'ambulance, il calculait le parcours.

Ils formaient une équipe.

L'odeur insistante du café lui rappela que cette boisson lui était désormais interdite. Pour se donner un peu d'énergie, elle décida de boire un jus d'orange, puis elle se mit en quête de ses tongs.

Il lui fallut quelques minutes pour repérer la première avec ses yeux brouillés par les larmes. Quant à la seconde, qui savait où elle se trouvait ?

Dans ce scénario, Santi était le meilleur. Il était sa seconde moitié, celle sur laquelle elle pouvait compter et sans laquelle elle ne se sentait pas complète… Et elle l'avait stupidement chassé de sa vie !

La sonnerie de son téléphone portable retentit.

Son cœur s'arrêta pendant une seconde.

Santi ?

Elle prit l'appareil et fixa l'écran.

Amanda.

La gorge serrée, elle se força à décrocher.

— Salut ! dit-elle avec une gaieté factice.

— Bonjour, toi. J'ai vu que les équipes avaient été reformées ?

— Quoi ?

Elle se sentit défaillir.

Santi avait déserté le bungalow, mais elle avait caressé l'espoir qu'elle aurait l'occasion de s'expliquer au travail.

— J'ai entendu l'un des types annoncer qu'il avait une nouvelle équipière : toi.

Cette fois, elle cessa carrément de respirer.

— Murphy ? Qu'est-ce qu'il se passe ? Vous vous êtes disputés ?

— Quelque chose comme ça, marmonna-t-elle, regrettant amèrement de ne pas avoir dit à Amanda qu'elle comptait rompre avec Santi avant qu'il ne découvre l'existence du bébé.

Les amies n'étaient-elles pas là pour ça ? Pour vous sortir de la tête les idées ridicules ?

— Eh bien, réconcilie-toi avec lui, dit Amanda.

— Ce n'est pas si facile.

— Bien sûr que si ! On se fiche pas mal que ton orgueil en prenne un coup. Si tu l'aimes, c'est facile.

— Rien n'est aussi simple.

*Je porte son enfant.*

— Ça le sera quand tu décideras que cette dispute n'en vaut pas la peine…

La voix d'Amanda fut presque couverte par des bruits venant des urgences.

— Je dois te laisser. Vas-y, ma biche. Je t'aime.

Saoirse s'effondra sur le canapé.

Les paroles de son amie pénétraient peu à peu son cerveau. Elle aimait Santi, pourtant elle avait tout fait pour saboter leur relation dans l'unique but de protéger…

Son cœur !

Finalement, elle ne valait pas beaucoup mieux que son ex, qui s'était enfui sans aucune explication. Il fallait vraiment être complètement écervelée pour briser son propre cœur à seule fin de le préserver. Etait-ce l'effet d'un dérèglement hormonal ou d'un entêtement stupide ?

Elle connaissait par cœur la liste des recommandations faites aux femmes enceintes. Elle comportait des indications sur ce qu'il faut manger ou non, sur les précautions à prendre, les risques physiques, mais aucune d'entre elles ne concernait les sentiments.

Aujourd'hui, elle avait un nouvel article à ajouter :

« A toutes les femmes qui attendent un bébé, ne croyez pas prendre la bonne décision en rompant avec l'homme que vous aimez. Vous seriez une imbécile. Ne le faites pas. Tant pis si vous avez peur. Prenez ce risque ».

*Prenez ce risque.*

Les mots tournoyaient dans sa tête.

Qu'est-ce qui pouvait lui arriver de pire ? Etre expulsée ? La belle affaire ! Ne plus boire de margaritas au Mad Ron ? Ne plus admirer les levers et les couchers de soleil sur Miami ?

Bien sûr que non ! Il n'y avait que Santi qui comptait, et la question de savoir s'il occuperait une place dans sa vie.

Dans leurs vies. Parce qu'ils étaient deux à être concernés, désormais.

Il était temps d'agir avec courage.

— Tu es sûr de vouloir faire les nuits pendant une semaine entière, Santiago ?

— J'ai toujours adoré travailler la nuit, répliqua Santi, avec une mine sombre qui contrastait avec sa déclaration.

Bertie, le responsable du planning, hocha la tête avec admiration.

— Parfait ! Je t'inscris, alors. Vous autres, les militaires, on a de la chance de vous avoir.

— Ne t'inquiète pas pour ça, répondit Santi en le gratifiant d'une tape amicale dans le dos.

Ces louanges lui rendaient une minuscule portion de la dignité qu'il avait perdue en agressant verbalement Saoirse, l'autre soir. Même si elle n'en savait rien, le service de nuit faisait partie de sa punition. Il n'avait pas non plus manqué de remarquer que son nom avait disparu des registres.

— Tu es content de travailler avec Rodriguez ?

— Très, répliqua-t-il distraitement.

Il ne connaissait pas son nouvel équipier, mais peu lui importait, pourvu que ce ne soit pas Saoirse. La revoir serait une torture. Il avait beau se reprocher son comportement, il ne s'excuserait pas. Pas quand son cœur était criblé de trous de la taille d'un boulet de canon.

Cependant, depuis deux jours, il gardait ce fichu bijou dans sa poche. Pas pour le rendre, non. Mais, parfois, il soulevait le couvercle de l'écrin pour voir si le mauvais sort ne serait pas conjuré au moment précis où le diamant accrocherait la lumière.

C'était fascinant. Tout comme il avait trouvé Saoirse fascinante la première fois qu'il l'avait vue. Et sa lumière ne s'était jamais atténuée, bien au contraire !

Il rabattit le couvercle et remit l'écrin dans une poche de son pantalon-cargo réglementaire.

Il garderait peut-être cette bague pour se rappeler ce qu'il arrive quand on s'engage dans une relation sans être constamment sur le qui-vive…

Non, c'était faux ! On ne peut pas s'empêcher d'aimer quelqu'un uniquement parce qu'on n'a pas obtenu ce qu'on voulait.

Il pensa à ses frères qui lui avaient rouvert leur cœur sans un mot de colère. Qui lui offraient un amour inconditionnel.

Exactement ce qu'il éprouvait pour Saoirse…

— C'est toi, Valentino ?

L'homme qui l'interpellait ainsi devait avoir un peu plus de vingt ans. Il portait un sac de marin.

Santi se força à sourire et lui tendit la main.

— Le seul et l'unique ! A moins que tu ne mettes mes frères dans la balance. Je suppose que tu es Rodriguez ?

— Samuel Rodriguez, dit l'autre en lui serrant la main. Attends un peu. *¡ Caracoles !* Tu es un de *ces* Valentino ?

Le jeune homme émit un sifflement.

— Je ne sais pas trop quoi répondre, répliqua Santi. C'est une bonne chose ou une mauvaise ?

— Ni l'un ni l'autre, mon pote. C'est juste que j'ai habité dans le même quartier que vous autres. Mes parents allaient tout le temps à la *bodega* de tes parents…

Samuel émit un rire et secoua la tête.

— Après ce que vous aviez subi, ma mère vous donnait en exemple chaque fois que je me conduisais mal. « Tu ne vois pas les frères Valentino traîner dans la rue ou regarder la télé toute la journée ! ». « Tu devrais faire comme les Valentino : prendre un livre et étudier ».

L'imitation de Samuel fit rire Santi.

— Si elle nous avait vus tels que nous étions, elle t'aurait probablement conseillé de ne pas nous fréquenter.

— Eh, *Bonco* ! Ne me dis pas que la raison pour laquelle je suis devenu ambulancier ne reposait sur rien ! Si je faisais mes devoirs, c'était à cause de ta famille.

— Content d'avoir été utile.

Et c'était sincère. Les paroles de Samuel lui mettaient un peu de baume au cœur.

— Va ranger tes affaires pendant que j'inspecte le matériel.

Il gagna l'arrière de l'ambulance pour vérifier qu'il ne manquait rien. Normalement, c'était à l'équipe précédente de s'en charger, mais il préférait s'en assurer lui-même.

« Autonomes, toujours ! »

Il entendit clairement la voix de Saoirse dans sa tête.

Il lui avait fait répéter la formule chaque fois qu'elle se glissait derrière le volant sans effectuer un contrôle des fournitures. Pas question d'aller où que ce soit sans être préparé.

Il croyait pourtant l'être, quand il l'avait rejointe sur la plage. Il avait la bague, il l'aimait…

— Je vais mettre mon sac dans mon casier, l'informa Samuel. Et quand tu verras tes frères, remercie-les pour moi.

— Pour quoi ?

— Pour m'avoir mis sur le bon chemin.

Hochant la tête sans répondre, Santi ouvrit la portière arrière.

Lui aussi, il avait de la chance de les avoir. Grâce à eux, il ne céderait pas à ses anciens démons maintenant que…

— Salut, Santi.

Il se pétrifia.

Saoirse ! Elle était assise dans l'ambulance.

— Je ne vais pas tarder à prendre mon service, dit-il.

— Oui. Je savais où te trouver, alors j'ai demandé à Bertie si je pouvais t'attendre ici.

— Autonomes, toujours ! répétèrent-ils ensemble, les yeux dans les yeux.

— Je ne sais pas si c'est une bonne idée. L'autre soir, c'était…

Il se tut, incapable de terminer sa phrase.

Il brûlait d'envie de la toucher, de caresser ses joues roses.

Elle lui sourit gentiment. Ses yeux bleus légèrement bordés de rouge exprimaient l'espoir qu'il allait l'écouter. Sautant à bas du véhicule, elle s'assit sur la large marche, qu'elle tapota pour l'inviter à prendre place près d'elle.

Il laissa échapper un soupir.

Plus vite il lui pardonnerait, plus vite il pourrait avancer. Ses frères l'avaient fait en quelques secondes. Aurait-il la force de les imiter ?

*¡ Dios !* Il ne savait même pas en quoi elle était fautive ! De lui avoir brisé le cœur ? Ce n'était pas comme s'il l'avait ouvert pour lui dire ce qu'il éprouvait. Le moins qu'il pouvait faire était d'entendre ce qu'elle avait à dire.

Lorsqu'il s'assit à son tour, l'écrin lui comprima la jambe. Pour masquer sa gêne, il l'étendit devant lui.

— L'autre jour, je sais que tu n'as pas pu me dire ce que tu avais sur le cœur à cause des choses affreuses que je t'ai lancées au visage.

Saoirse ne pouvait reprocher à Santi de lui en vouloir. Elle avait pris une décision ridicule pour une raison encore plus ridicule.

Inspirant profondément, elle commença.

— Si je t'explique pourquoi je me suis conduite comme une imbécile impulsive, est-ce que tu accepteras de me dire ce que tu voulais me dire ce soir-là ?

Santi la fixa sans répondre, mais au moins il ne lui ordonnait pas de sortir de sa vie comme elle l'avait craint.

— Vas-y toujours, murmura-t-il en tambourinant impatiemment le métal de ses doigts.

— Tout ce que je t'ai dit était dicté par la peur. Après ce qu'il m'était arrivé en Irlande, je ne voulais pas que, en acceptant de m'aider, tu te retrouves piégé. C'est certainement l'impression que mon ex a eue, et la raison de sa fuite. Je n'aurais pas supporté de vivre ça une deuxième fois, quand bien même j'aimerais rester ici et même si j'adore travailler avec toi.

*Même si je t'aime.*

Santi se tourna lentement vers elle.

— Tu as une curieuse façon de me le montrer.

Elle frémit.

— Tu as raison. Seulement, il m'est arrivé quelque chose… Quelque chose d'énorme qui m'a déstabilisée. J'en ai parlé au responsable, qui préfère que je ne travaille plus en ambulance.

Le visage de Santi s'assombrit.

— Tu n'es pas malade, au moins ?

— Non ! Je me sens super bien, au contraire, mais je…

Renonçant à s'expliquer, elle sortit un cliché de son sac et le lui tendit.

L'image n'était pas très claire. Ce n'était qu'un brouillard de lignes grises sur fond noir. Elle n'était enceinte que de sept semaines, si bien qu'il était quasiment impossible de voir les doigts et les orteils miniatures de leur enfant. Mais elle avait pu entendre les battements de son cœur à l'intérieur de son corps pas plus grand qu'une cacahuète. Ses oreilles commençaient à se former, et dans quelque temps il pourrait entendre les voix de ses parents… Du moins si Santi acceptait de faire la paix.

Elle n'attendait rien, elle ne demandait rien. Seulement qu'il comprenne qu'elle avait commis une erreur et qu'elle faisait de son mieux pour la réparer.

Santi se tut pendant un long moment. Entre eux, l'air était chargé d'électricité. Des frissons coururent le long de la colonne vertébrale de Saoirse pendant que les yeux sombres de Santi examinaient le cliché.

A mesure qu'il intégrait sa signification, elle vit des paillettes d'or s'allumer dans ses prunelles.

En haut de la radio, il y avait le nom de la mère et quelques notes rédigées à la main précisant la date probable de conception et la taille du fœtus.

Quand Santi la regarda enfin, elle vit sur son visage ce qu'elle n'avait pas osé espérer : de l'amour, de la compassion et de l'émerveillement.

— Il a l'air grand, remarqua-t-il.

— Il tient ça de son père, répliqua-t-elle d'une voix aussi neutre qu'elle le put.

Santi haussa les sourcils.

— Ou elle, se hâta-t-elle de rectifier.

— Trop tôt pour le dire, dirent-ils en même temps.

— J'espère que tu n'envisages pas une seconde de l'élever sans moi ? déclara Santi.

L'espace d'un instant, elle fut étouffée par les larmes.

— J'étais…

— J'étais…

— Commence !

— Non, toi d'abord.

Elle fut prise d'un fou rire nerveux.

— Je vous en prie, monsieur, parlez le premier.

L'esprit de Santi fonctionnait à cent à l'heure.

Il allait être père ! La plus belle femme qu'il ait jamais vue portait son enfant ! Son cœur était près d'exploser de joie.

— Comment ? demanda-t-il finalement.

Ce n'était pas très élégant, mais cela reflétait bien sa pensée.

— Les médecins n'étaient pas très sûrs, commença Saoirse, les yeux brillants de joie. Je leur ai montré mon dossier médical constitué en Irlande, et ils estiment que mon docteur n'aurait pas dû se montrer aussi affirmatif quand il a annoncé que j'étais stérile…

Elle rougit un peu avant de continuer.

— Ils m'ont dit que, parfois, ce qui ne marche pas avec un partenaire peut fonctionner avec un autre. Il faut juste trouver la personne compatible.

— Et c'est moi ?

— On le dirait bien. Tu veux garder le cliché ? Je t'en donnerai d'autres à mesure que le bébé grandira.

— Qu'est-ce que tu veux dire par là ? gronda Santi.

J'assisterai à la prochaine échographie et à toutes celles qui suivront.

— Oh ! Santi, c'est très gentil de ta part, mais…

Il leva la main pour la faire taire.

— *Dulzura*… Permets-moi de t'interrompre. C'est mon tour, maintenant, et laisse-moi te dire qu'il ne s'agit pas de gentillesse mais de mes sentiments pour toi. C'est ce que je voulais te dire l'autre soir, mais j'aurais dû le faire depuis des semaines, après que les choses se sont arrangées avec mes frères.

Maintenant, c'était au tour de Saoirse, de tomber des nues. C'était précisément parce que Santi avait pris ses distances avec elle après sa réconciliation avec ses frères, qu'elle s'était sentie obligée de le libérer de son engagement vis-à-vis d'elle !

Elle balaya du regard son visage. Ses pommettes hautes, son nez aquilin, sa belle bouche…

Elle était trop troublée pour bien comprendre ce qu'il lui disait. Fronçant les sourcils, elle fit un effort pour écouter sa voix grave.

— J'allais te demander si tu voulais bien m'épouser, quand tu t'es proprement débarrassée de moi.

Elle sauta sur ses pieds.

— Mais c'est faux ! Je voulais juste t'éviter d'être piégé par un mariage dont tu ne voulais pas. C'était pour te sauver !

— Et si je n'avais pas envie d'être sauvé ? répliqua Santi en se levant à son tour.

Elle s'immobilisa, les yeux fixés sur la poitrine de Santi, trop effrayée pour oser croiser son regard. Elle le vit fouiller dans une poche de son pantalon cargo et en sortir…

Dieu du ciel… Une boîte bleue.

D'un geste fluide, il souleva le couvercle, et elle vit la plus belle bague qu'elle ait jamais vue.

— Saoirse Murphy ?

— Tu l'as très bien prononcé.

Elle porta nerveusement la main à sa bouche. Elle en croyait à peine ses yeux : l'homme qui s'était emparé de son cœur mettait un genou sur le sol.

— Tu avais raison sur un point, dit Santi avec un sourire en coin. Je ne voulais pas t'épouser pour que tu aies ta carte verte, mais parce que je t'aimais. Je t'aime de tout mon cœur, et j'espère que tu me feras l'honneur de devenir ma femme.

— Tu en es bien sûr ? Je n'aimerais pas voir tes frères t'amener à l'autel en te braquant une arme dans le dos…

— Pour l'amour du ciel, Murph ! Je ne savais pas que tu étais enceinte jusqu'à maintenant. Tu veux vraiment me casser les pieds jusqu'au bout, c'est ça ?

Elle prit un air penaud, avant d'arborer un grand sourire.

— Je voulais juste être certaine. Tu avais l'air tellement heureux de t'être réconcilié avec tes frères ! Mais plus tu passais de temps avec eux, moins tu m'en accordais.

— Parce que je ne voulais pas que tu les rencontres…

— Ah ! Je le savais !

— Murphy ! Est-ce que tu veux bien te taire jusqu'à ce que j'aie terminé ?

Elle hocha docilement la tête.

— Je ne voulais pas présenter à mes frères ma fausse épouse. Je voulais leur présenter ma vraie fiancée… Ou ma petite amie, rien ne presse.

— Eh bien, quand même un peu…

Santi l'attira dans ses bras.

— Je crois qu'il n'y a qu'un seul moyen, pour que tu la fermes !

— Lequel ? demanda-t-elle avec une innocence feinte.

— Celui-ci.

Se penchant vers elle, il s'empara de ses lèvres.

Leur baiser, d'abord doux et tendre, se fit de plus en plus

ardent et passionné. Des semaines de désir réprimé faisaient leur œuvre.

— Est-ce que je peux considérer le fait que tu es dans mes bras comme un « oui » ? murmura Santi tout contre la bouche.

— Absolument. C'est un « oui ».

Se haussant sur la pointe des pieds, elle embrassa celui qui était dorénavant — elle avait du mal à le croire — son futur mari pour de vrai.

— Qu'est-ce que… ?

Les lèvres de Santi abandonnèrent les siennes avant que Saoirse comprenne qu'ils avaient un public.

— Murph… Je crois que tu connais déjà mon nouvel équipier, Samuel Rodriguez. Samuel, j'aimerais te présenter ma fiancée, Saoirse.

Un sourire gêné aux lèvres, elle tendit la main au jeune homme.

— Vous pouvez m'appeler Murphy.

Pour la seconde fois, Samuel émit un long sifflement.

— Enfin, pas pour longtemps, précisa Santi.

Elle leva vers lui un visage rayonnant de bonheur.

— Qu'est-ce que tu veux dire ?

— C'est bientôt la Saint-Patrick, non ? Ensuite, tu t'appelleras Saoirse Valentino.

AMY RUTTAN

# L'enfant de la seconde chance

*Traduction française de*
CHRYSTELLE POULAIN

BLANCHE

HARLEQUIN

*Titre original :*
ALEJANDRO'S SEXY SECRET

*Ce roman a déjà été publié en 2017.*

# Prologue

*Las Vegas, Nevada*

Le bruit de la fête était assourdissant. Incapable d'en supporter davantage, Kiri Bhardwaj sortit sur la terrasse.

Cet hôtel cinq-étoiles avait beau être superbe, quelle débauche de mauvais goût ! L'alcool à volonté, la musique tapageuse, le gâteau en forme de… *vagin* !

Bien sûr, c'était un enterrement de vie de jeune fille, mais quand même. Sa *naani* aurait poussé des cris d'indignation devant un tel spectacle.

Elle s'assit en soupirant sur un transat au bord de la luxueuse piscine privée.

Sandy, la future mariée et sa meilleure amie, l'avait traitée de rabat-joie.

Eh non, elle ne se sentait pas d'humeur festive ! Elle ne pensait qu'à ses examens. Dans quelques semaines, si tout allait bien, elle ne serait plus interne, mais chirurgienne pédiatrique… En attendant, elle devrait être à New York en train de réviser, au lieu de perdre son temps ici.

Mais Sandy n'avait rien voulu savoir.

— *Tu es mon témoin. On ne peut pas partir sans toi.*

— *Ecoute, Sandy, le Pr Vaughan est hyper exigeant ! Si je veux intégrer son équipe, je dois faire des étincelles.*

— *Tu en feras. Mais en attendant, tu vas venir t'amuser à Las Vegas. Tes deux derniers copains — enfin, c'est un bien grand mot — ont jeté l'éponge parce que tu travaillais trop. Il faut lever le pied, chérie ! D'ailleurs, je ne te laisse pas le choix : j'ai réservé ton billet.*

De guerre lasse, Kiri avait cédé. Elle avait préparé ses affaires, non sans emporter quelques livres, ainsi que sa tablette tactile.

Elle l'extirpa de son sac à main et se pencha sur l'écran. Mais comment se concentrer avec un tel vacarme ?

Refusant d'abdiquer, elle mit les pieds sur une table basse, leva les genoux pour rehausser la tablette puis se boucha les oreilles. Dans le mouvement, ses lunettes lui glissèrent sur le nez, mais elle ne s'avoua pas vaincue et reprit sa lecture là où elle s'était arrêtée dans l'avion.

Quel beau témoin elle faisait ! Heureusement que Janet, la sœur de Sandy, avait pris en charge l'organisation du week-end ! Elle-même avait manqué à tous ses devoirs.

Au fond, elle culpabilisait doublement : elle regrettait de ne pas pouvoir travailler tout en ayant honte d'être un trouble-fête. Avait-on idée, aussi, de convoler à la fin du printemps ? Cette date n'arrangeait personne !

Mais pour le futur marié, Tony, le calendrier importait peu. Celui-ci était déjà chirurgien titulaire. Il n'avait pas de problème d'agenda. A cette heure-ci, il devait se la couler douce avec ses amis en Floride sans se poser de questions.

Elle but une gorgée de son Bellini glacé et frissonna.

— Les gars doivent avoir plus chaud à Miami, maugréa-t-elle en rangeant sa tablette. On gèle, ici…

— C'est normal, *mija*. Vous êtes dans le désert, les nuits sont *muy frias*. Très froides.

La voix masculine, un peu rauque avec une pointe d'accent espagnol, lui provoqua un frisson qui, cette fois, n'avait rien à voir avec le climat.

Pivotant sur son siège, elle resta bouche bée en découvrant le jeune homme adossé à la porte-fenêtre.

Un apollon latino. Voilà le terme qu'elle aurait utilisé si

on lui avait demandé de le décrire. Ce garçon en avait tous les attributs, puissance dix mille.

La taille. La musculature. Un visage mince sans être anguleux, aux contours parfaits. Des yeux noirs, un sourire étincelant. Il avait même une délicieuse fossette sur la joue droite !

Perturbée, elle remonta ses lunettes qui avaient encore glissé. Comme une idiote, elle avait oublié ses lentilles de contact à la maison…

— Qui êtes-vous ? demanda-t-elle.

Le sourire de l'inconnu se fit malicieux.

— Vos copines m'ont demandé de vous distraire. D'après elles, vous êtes trop sérieuse.

Elle scruta le salon d'où provenait une musique de plus en plus forte. Elle vit alors quatre Chippendales aussi minces et bronzés les uns que les autres se trémousser lascivement près de ses amies.

C'était donc la fameuse surprise dont Janet avait parlé un peu plus tôt !

Elle rougit jusqu'à la racine des cheveux quand l'apollon s'avança et la prit par la main.

En moins de dix secondes, ils se trouvèrent au milieu de la fête.

Elle regarda autour d'elle, paniquée.

— Asseyez-vous, *tesoro*, lui chuchota-t-il à l'oreille tout en la poussant vers un canapé. Profitez du spectacle, ajouta-t-il avant de rejoindre les danseurs.

Elle voulut protester mais y renonça.

Elle venait de reconnaître les premières notes d'une chanson pop très sensuelle que ses amies et elle écoutaient en cachette à l'internat.

Jamais la directrice n'aurait autorisé sa diffusion pendant le très sage bal du lycée, et pour cause…

Les cinq danseurs entamèrent une chorégraphie à l'érotisme savamment dosé. Puis l'apollon quitta le groupe et se déhancha devant elle d'une manière si provocante qu'elle sentit son souffle se bloquer dans sa gorge.

A son sourire, elle sut qu'il avait parfaitement capté l'effet qu'il lui faisait. Et quand, d'un gracieux mouvement d'épaules, il ôta sa chemise blanche, révélant un tatouage sur un torse bronzé et musclé, elle se rendit soudain compte de ce qu'il lui manquait dans sa vie.

Un homme.

Cela faisait longtemps. Trop longtemps.

Elle avait l'impression de prendre feu. Son corps tout entier réagissait à l'incroyable magnétisme dégagé par le danseur.

Pourquoi fallait-il qu'il reste planté devant elle ? Il y avait d'autres femmes dans la pièce !

En fait, ça n'avait rien à voir avec elle. Il était payé pour faire son show…

Mais comment s'en convaincre, alors qu'il se tenait si près ? Il ondulait toujours, arc-bouté au-dessus d'elle, l'empêchant de bouger. Puis, soudain, il lui captura la main pour la plaquer sur sa hanche.

Un courant électrique la traversa. Il la tenait à sa merci. Son regard hypnotique l'ensorcelait.

Pensait-il…

Dans un brouillard, elle réalisa que la chanson se terminait. Elle ferma les paupières, le cœur cognant dans sa cage thoracique.

Jamais un homme ne l'avait attirée, pour ne pas dire excitée, à ce point. Depuis combien de temps n'avait-elle pas fait l'amour ? Trois ans, quatre ans ? Impossible de s'en souvenir. C'était au début de son internat, avec Chad, l'imbécile qui lui avait brisé le cœur. Depuis, elle se focalisait sur son travail. Elle avait mis le reste entre parenthèses.

Mais à présent, sa propre solitude lui revenait comme un boomerang. Si elle osait…

S'en aller. Tout de suite. Avant de se ridiculiser.

Les danseurs, « le sien » y compris, faisaient maintenant cercle autour de Sandy.

Tant mieux. Elle pouvait s'échapper. Nul ne s'en rendrait compte.

Elle se leva discrètement et sortit sur la terrasse. Puis elle courut dans le jardin comme si sa vie en dépendait.

— On a été bons, ce soir. Qu'en penses-tu, Alejandro ?

— Comment ?

Alejandro se tourna vers son collègue Fernando.

Après la fête, les danseurs s'étaient réunis au café select de l'hôtel, mais il n'avait rien suivi de la conversation. Il observait la jolie brune qui s'était enfuie dès qu'il avait eu le dos tourné et qui était maintenant assise au bar, seule devant un verre de vin.

Cette sublime créature attirait son regard comme un aimant. Il la trouvait fascinante.

Malgré sa petite taille, elle avait de longues jambes, des courbes sensuelles. Une robe noire, courte et droite, et des escarpins à talons aiguilles mettaient en valeur sa silhouette voluptueuse…

— Hou hou ! Alejandro !

Fernando agitait la main devant lui.

— Excuse-moi. Tu disais ?

— Je parlais de notre soirée. Moi, je nous ai trouvés bien ! Au départ, je me demandais pourquoi Ricky nous faisait venir de Miami pour un enterrement de vie de jeune fille. Quand j'ai vu le cachet proposé, j'ai mieux compris !

— Effectivement, c'est plutôt pas mal…

Alejandro lança un regard autour de la table.

Ses collègues sirotaient leurs cocktails en évoquant l'endroit où ils iraient finir la nuit.

— Désolé, les gars, dit-il. Je suis fatigué, je vais rester ici.

S'il dansait à ses heures perdues, ce n'était pas pour dilapider son argent à des plaisirs futiles. Il économisait chaque dollar afin de payer ses études de médecine. Et après des années de galère, il voyait enfin le bout du tunnel.

Ricky l'ignorait, mais il allait perdre un de ses fameux Chippendales. Ce soir-là, Alejandro avait effectué sa dernière prestation.

Heureusement que ses frères aînés n'avaient jamais su comment il remboursait son énorme prêt étudiant. Ils croyaient toujours qu'il allait décharger des caisses de poisson aux docks la nuit ! Ils avaient maintes fois voulu l'aider financièrement, mais il leur avait opposé un refus catégorique. Ils s'étaient déjà tellement sacrifiés pour lui…

A sa manière, il avait gagné son indépendance. Il avait débuté comme danseur de samba dans un club. Peu après, Ricky l'avait repéré, et il avait rejoint sa troupe. Mais tout ça, c'était terminé. Dans quelques jours, il entamerait sa dernière année d'internat. Et ensuite, il toucherait un salaire confortable en tant que chef de clinique dans le service de transplantation pédiatrique de l'hôpital Buena Vista, à Miami.

Ses amis s'étaient levés. Après qu'il eut de nouveau refusé de les suivre, ils quittèrent le café, et Alejandro reporta son attention sur la fille en noir.

Tout de même, il aurait voulu finir sur une note plus gaie. Jamais une spectatrice n'avait filé comme ça en voyant sa prestation. Il avait fallu que ça lui arrive pour sa dernière danse !

Il avait été un peu agacé que la future mariée l'envoie distraire son bonnet de nuit de copine sous prétexte qu'il était le plus mignon de la bande. Puis il était sorti sur la terrasse, et il avait oublié son énervement.

La « rabat-joie » était aussi la plus belle femme qu'il ait jamais vue ! Elle avait des formes, et il adorait ça. Et puis, elle ressemblait à une princesse exotique avec ses longs cheveux bruns et ses grands yeux noirs. Quelque chose en elle l'avait touché en plein cœur.

C'était d'autant plus inexplicable qu'il côtoyait sans cesse de très jolies femmes. Aucune ne lui avait jamais fait cet effet-là. D'ailleurs, il ne sortait pas avec ses clientes. C'était une règle d'or. En cinq ans, il n'y avait jamais dérogé.

Mieux valait laisser tomber. Il allait s'attirer des ennuis.

Oubliant la voix de sa conscience, il alla s'asseoir au bar.

— Une eau plate avec une rondelle de citron, s'il vous plaît, dit-il au barman.

La fille jeta un coup d'œil de côté. Il vit son regard s'élargir, ses joues mates se teinter de rouge. Puis elle se détourna, signe que sa présence la dérangeait.

— Vous vous êtes sauvée, dit-il doucement.

— Pardon ? Je… Je ne vois pas ce que vous voulez dire, répondit-elle en triturant le pied de son verre.

Pourquoi était-elle si méfiante ? Que cachait-elle ?

Il se pencha, et une délicieuse fragrance de noix de coco vint lui chatouiller les narines.

— Au contraire, *mi tesoro*. Vous le savez très bien.

Elle se tortilla sur son tabouret.

— Et alors ? marmonna-t-elle. Quelle importance ?

— Figurez-vous que je n'ai jamais fait fuir personne jusque-là, au contraire.

— Je vous trouve bien présomptueux !

— C'est normal, je suis un excellent danseur, répondit-il en ponctuant cette réplique d'un clin d'œil.

Quand elle lui sourit, il eut l'impression d'avoir décroché la lune.

Petit à petit, il était en train de percer sa carapace.

— Donc, si une femme quitte la boîte où vous dansez, vous le remarquerez aussitôt ? demanda-t-elle, l'air incrédule.

— Je ne danse jamais dans les boîtes de strip-tease. Les seuls établissements où je me suis produit étaient des bars à samba, et je restais habillé. Maintenant, on loue mes services pour des soirées privées comme celle de votre amie. Et parce que je suis *très bon*, on me paye *très cher* ! N'êtes-vous pas fière de votre métier, vous ?

Elle roula des yeux ronds.

— En fait, si, répondit-elle. Je me bats pour devenir la meilleure dans ma spécialité.

— Vraiment ?

— Oui ! Voilà pourquoi j'ai quitté la fête. J'avais du travail en retard.

— Vous ne décompressez jamais ?

— Décompresser ? Qu'est-ce que ça veut dire ?

Il s'esclaffa.

Si elle était un bourreau de travail, ça leur faisait un point commun. Ses frères lui demandaient souvent d'être raisonnable, mais il ne les écoutait pas. Il avait tant de choses à accomplir dans cette vie…

— Je vous comprends, dit-il. Je suis moi-même très perfectionniste. Donc, quand je vous ai vue partir, j'ai eu l'impression d'avoir mal fait mon travail.

Elle rougit de nouveau.

— Désolée, murmura-t-elle.

— Je vous pardonne si vous me donnez une chance de me rattraper. J'aimerais vous montrer de quoi je suis capable.

Qu'est-ce qu'il fabriquait ? Etait-il tombé sur la tête ?

— Comment ? s'écria-t-elle d'une voix aiguë. Mais… Je ne connais même pas votre nom ! Je ne peux pas…

Il sortit une carte de visite de sa poche.

— Tenez, répondit-il d'une voix douce. Je m'appelle Alejandro. Vous avez ici mes coordonnées professionnelles. Je suis un garçon sérieux, pas un gigolo.

Elle prit la carte du bout des doigts et la lut en fronçant les sourcils.

— Mais pourquoi voulez-vous sortir avec moi ?

— Parce que je n'aime pas laisser une cliente insatisfaite.

Tendant la main, il ajouta :

— Vous avez loupé la fin du numéro, tout à l'heure. Je vous propose une séance de rattrapage.

Pendant un long moment, elle hésita, et il crut qu'elle allait refuser. Mais, finalement, elle plaça sa paume dans la sienne.

— Je dois être folle… Mais on est à Las Vegas. Et d'après l'adage, « tout ce qu'il se passe à Vegas reste à Vegas », non ?

Il eut l'impression que son cœur explosait.

— Absolument, répondit-il. Faites-moi confiance.

# 1.

*Cinq ans plus tard, à Miami*

Alejandro donna une tape amicale sur l'épaule de sa belle-sœur, une beauté blonde irlandaise.

— Pas de chance, ma pauvre Saoirse. Tu as épousé le moins beau d'entre nous !

Son frère Santiago, « Santi » pour les intimes, s'était marié deux jours plus tôt. Comme c'était le premier de la famille, cet événement lui valait de nombreuses taquineries.

— Alors, les vieux auraient dû se passer la corde au cou avant moi, répliqua l'intéressé. C'est votre faute, ajouta-t-il à l'intention de leurs deux aînés. Maintenant, le petit se moque de moi !

Dante et Rafe, les jumeaux les regardèrent en riant, sans se vexer d'être traités de vieux. Ils en avaient l'habitude, tout comme il s'était accoutumé à son surnom de « petit ».

Que serait-il devenu sans ses frères ? se demanda Alejandro A la mort de leurs parents, ces trois-là l'avaient porté à bout de bras.

Il n'avait que dix ans quand la *bodega* familiale avait été cambriolée par des malfrats à la gâchette trop facile. Son père et sa mère étaient morts. Lui-même avait reçu une balle en pleine poitrine. S'il était encore là, c'était parce qu'on lui avait greffé le cœur de son père.

Aujourd'hui, ce dernier continuait de vivre en lui. Il en était fier et prenait cette responsabilité très au sérieux. Voilà pourquoi il se dévouait corps et âme à son travail. Il n'avait d'ailleurs pas choisi au hasard sa spécialité, les transplantations. D'après ses pairs, il était devenu l'un des meilleurs chirurgiens pédiatriques du pays.

Et, justement, le devoir l'appelait.

— Désolé, il faut que j'y aille, dit-il. Ma nouvelle chef de service arrive ce matin. Apparemment, elle est terrible.

Santi secoua la tête.

— Ne te fie pas aux rumeurs, petit. Elle est peut-être sympa.

— Ça m'étonnerait. On la surnomme « la sorcière ».

Sa belle-sœur s'esclaffa.

Il lui prit la main et la baisa.

— Tout le contraire de toi, Saoirse, dit-il galamment. *Felicitaciones. Les deseo a ambos toda la felicidad del mundo.*

— « Félicitations… Je vous souhaite à tous les deux… », traduisit la jeune femme d'un ton hésitant.

— « Tout le bonheur du monde », acheva-t-il.

— *¡ Basta, idiota !* s'écria Santi en lui donnant une claque sur la tête. Arrête de faire l'idiot.

— Au contraire, je suis très intelligent, *moi*, rétorqua-t-il.

Saoirse pouffa. De toute évidence, elle appréciait leurs chamailleries fraternelles.

Les deux aînés le considéraient, l'air faussement navré.

— On devrait être contents qu'il parle espagnol, dit Rafe.

— Oui, mais il n'a pas besoin d'être meilleur que nous, objecta Dante.

— Avec le temps, vous auriez dû vous y faire, les vieux, commenta-t-il.

Il courut vers la sortie de la *bodega* et s'éclipsa, non sans avoir embrassé Carmelita, la fidèle employée qui tenait le bar depuis le décès de leurs parents.

— Sois sage, cria-t-elle dans son dos.

— Toujours, Carmelita !

A l'extérieur, il échangea quelques passes avec les gamins

du quartier qui jouaient au football, puis il alla chercher sa moto garée au coin de la rue.

Il avait choisi de s'installer plus loin, à South Beach, pour prendre de la distance avec les souvenirs douloureux. Mais même s'il ne vivait plus à Little Heliconia, il connaissait tout le monde ici.

En chemin, il eut l'impression qu'un orage se préparait. On était au printemps, mais la chaleur était aussi étouffante qu'en été. Un vent de terre brûlant faisait onduler le feuillage des palmiers le long des grandes artères. Oui, il allait tomber quelque chose.

Au fond, c'était une météo de circonstance. Il ne doutait pas que des cataractes allaient lui tomber dessus au sens figuré avec l'arrivée du Dr Bhardwaj.

D'après la rumeur, celle-ci allait lancer un grand programme d'économies. M. Snyder, le président du conseil d'administration, l'avait recrutée dans ce but car, selon lui, l'hôpital Buena Vista menait trop d'actions sociales et devenait un gouffre financier.

Alejandro remâchait ces perspectives peu réjouissantes lorsqu'il entra dans le vestiaire. Le Dr Micha, pédiatre spécialisé en dermatologie, l'accueillit en écartant les bras de façon dramatique.

— Ça y est, dit-il. La sorcière a commencé à jouer du balai !

Voilà, c'était parti. On entrait dans le vif du sujet.

— Tu l'as vue ? demanda-t-il.

— Non, mais elle a déjà taillé dans mon budget sans crier gare. Et des coupes, il y en aura partout, grâce à ce cher Snyder. J'ai entendu dire qu'il était ami avec le Dr Vaughan, l'ex-patron du Dr Bhardwaj. Elle a fait toutes ses classes en pédiatrie avec lui à New York

Alejandro émit un petit sifflement.

Le Dr Vaughan jouissait d'une renommée mondiale !

— La sorcière a dû être à bonne école, avec lui. Au moins, elle sera compétente !

Il demeurait néanmoins inquiet. Les semaines à venir s'annonçaient compliquées. Il refusait qu'une inconnue, si brillante soit-elle, détruise ce qu'il avait mis en place.

— Chut, elle arrive, marmonna son interlocuteur, l'air nerveux. Elle est à côté, dans la salle des casiers. Je l'ai aperçue par la vitre. Bon, je me sauve…

Courageux mais pas téméraire, Micha, pensa Alejandro, en le voyant sortir par la porte principale.

Les vestiaires n'étaient pas mixtes, mais Alejandro et ses collègues masculins se changeaient souvent à la va-vite dans l'antichambre pour gagner cinq minutes, comme maintenant.

Il se déshabilla, enfila son pantalon de chirurgien. Il n'eut pas le temps de mettre le haut que la porte de communication s'ouvrait derrière lui.

Il jeta un coup d'œil par-dessus son épaule, sursauta, puis se retourna carrément.

Non… Mais si, c'était elle !

*Kiri.* La seule et unique femme pour qui il ait craqué durant sa carrière de Chippendale. Celle qui s'était enfuie au petit matin et qui hantait encore ses rêves.

Sa peau douce. Son parfum. Le soupir bienheureux qu'elle avait poussé lorsqu'il avait butiné son cou… Il n'avait rien oublié.

Son beau regard brun s'était élargi derrière ses lunettes à monture noire. Elle aussi l'avait reconnu.

— *S'il te plaît, ne me prends pas pour une fille facile. Je n'ai jamais couché avec un homme au premier rendez-vous. Jamais.*

— *Moi non plus, ce n'est pas mon genre. Mais tu me plais tellement ! Tu es la plus belle femme que j'aie rencontrée !*

Les pensées se bousculaient dans la tête d'Alejandro, mais il décida de faire semblant de rien.

Il enfila le haut de son uniforme et s'avança, la main tendue.

— Vous êtes le Dr Bhardwaj, je suppose ?

— Hum, je…

Elle le dévisageait comme si elle avait vu un fantôme. Finalement, elle lui serra la main très vite et recula d'un pas.

— Kiri Bhardwaj, dit-elle d'un ton plus ferme.

— Enchanté. Je suis le Dr Alejandro Valentino, chirurgien principal du service de transplantation pédiatrique.

Valentino ? Il était le Dr Valentino, le chirurgien ?

Kiri n'avait pas su le nom de famille de son amant d'un soir. Elle ne s'était pas attardée dans la chambre de Las Vegas où elle avait passé cette nuit magique entre ses bras.

Magique, mais pas sans conséquences. Même s'ils s'étaient protégés, elle était tombée enceinte. Puis, à vingt-trois semaines de grossesse, elle avait fait une fausse couche qui l'avait anéantie.

Elle avait tant désiré ce bébé ! Ce n'était peut-être pas le bon moment pour sa carrière, mais elle avait été ravie. L'étonnement surmonté, elle avait essayé de joindre Alejandro au numéro inscrit sur la carte de visite. Elle était tombée sur Ricky, le patron des danseurs, qui lui avait appris que « son meilleur élément » avait démissionné. Furieux, il avait refusé de lui donner la moindre information. Elle n'avait jamais pu entrer en contact avec le père de son enfant.

Et maintenant, il était là !

Tous ses souvenirs affluaient d'un coup : la perte de leur petit garçon, le chagrin…

Et Alejandro ne se souvenait même pas d'elle ! C'était le coup de grâce.

Mais à quoi s'attendait-elle de la part d'un strip-teaseur ?

— Enchantée, dit-elle, la bouche sèche.

Alejandro esquissa le sourire sexy qui l'avait subjuguée autrefois.

— Nous aurons sans doute l'occasion de discuter plus tard, dit-il. Si vous voulez bien m'excuser, j'ai des consultations.

— Bien sûr. Quand vous aurez fini, nous pourrions parler de votre service ?

— Avec plaisir, docteur.

— *J'ai envie de toi. C'est la première fois que... Que je ressens une chose pareille pour un homme. Fais-moi l'amour.*

— *Avec plaisir.*

Kiri tourna les talons et descendit le couloir d'un pas rapide.

Elle s'en voulait de battre en retraite devant Alejandro. Combien de fois n'avait-elle pas rêvé de tout lui dire ? Elle aurait voulu lui crier son chagrin, le désespoir qui l'avait assaillie quand elle avait perdu leur enfant.

Elle devait se ressaisir. Elle n'était pas une midinette, mais une chef de service. Demi-tour !

Résolument, elle fit volte-face et tomba nez à nez avec Alejandro qui sortait du vestiaire.

En tenue de chirurgien et blouse blanche, il affichait un look très différent du danseur sexy de Las Vegas. Il en imposait. Il avait d'ailleurs la réputation d'être un des meilleurs chirurgiens du pays dans sa spécialité.

Quand ils s'étaient rencontrés, il devait déjà être interne. Pourquoi jouait-il au Chippendale ? C'était bizarre.

— Docteur Valentino ? dit-elle, se plantant devant lui.

— Oui, docteur Bhardwaj ?

— J'aimerais assister à vos consultations.

Elle se réjouit de le voir froncer les sourcils.

Elle l'avait déstabilisé. C'était une bonne chose.

— Pourquoi ? demanda-t-il d'un ton neutre.

— Pourquoi pas ? Je n'ai aucun rendez-vous ce matin, et j'aimerais voir comment vous travaillez. D'après nos chefs, vous êtes la star de cet hôpital.

Plus tôt elle aurait confirmation de ses talents, mieux cela vaudrait. Pour l'heure, elle était un peu sceptique. Elle avait appris depuis longtemps qu'on ne pouvait compter sur personne à part soi-même. Et d'ailleurs, n'avait-elle pas toutes les raisons de se méfier de cet homme ?

Elle réprima un soupir.

Même sans cette histoire personnelle, leurs relations à l'hôpital s'annonçaient compliquées. Alejandro était le médecin qui pratiquait le plus d'opérations caritatives. Or, le conseil d'administration s'était montré clair : les actions sociales devaient cesser. Au Buena Vista, on n'accueillerait désormais que les gens capables de payer leurs frais médicaux. Les autres seraient priés d'aller se faire soigner ailleurs. Elle trouvait ça dommage, mais elle était là pour appliquer les ordres. Elle avait signé en toute connaissance de cause, bien qu'elle ne partageât pas cette vision de la médecine. Plus tard, quand elle serait bien implantée, elle amènerait les directeurs à revoir leurs positions…

Du moins, elle essaierait.

Décrocher ce poste à son âge relevait de l'exploit, avait affirmé le Pr Vaughan, qui l'avait chaudement recommandée à Snyder, l'un de ses meilleurs amis. Le Buena Vista était un excellent hôpital à la pointe de la recherche. Une telle opportunité ne se représenterait pas de sitôt, du moins pas à New York.

Elle s'était laissé convaincre par les arguments de son mentor. Comment aurait-elle pu refuser, alors qu'elle lui devait tout ?

— Très bien. Venez avec moi.

La voix d'Alejandro la ramena à l'instant présent. Elle le suivit sans rien dire.

C'était bizarre de faire comme si de rien n'était, alors qu'ils se connaissaient…

En fait, non. Ils avaient juste couché ensemble.

N'empêche, le souvenir de son corps nu et brûlant restait gravé au creux de sa mémoire, intact. Elle se rappelait ses baisers, ses caresses, sa façon de bouger en elle…

Et dire qu'il ne l'avait pas reconnue ! Pour lui, ç'avait dû être une banale nuit de sexe. Mais devait-elle s'en étonner ? Elle n'était pas du genre à plaire aux hommes. D'ailleurs, l'amour, très peu pour elle. Même si ses parents formaient un couple uni, elle les considérait comme une exception. Elle se disait souvent qu'elle n'aurait jamais leur chance. Du coup, elle se consacrait exclusivement à son métier, dont elle tirait de nombreuses satisfactions.

Quand Alejandro s'arrêta au poste des infirmières pour récupérer ses dossiers, il récolta plusieurs sourires béats qui la hérissèrent malgré elle.

C'était un charmeur. Elle était bien placée pour le savoir. Visiblement, il n'avait pas changé.

Ils reprirent leur chemin, direction les chambres.

— Nous allons voir José Agadore, un garçon de huit ans, expliqua Alejandro. Il souffre d'une fibrose cystique. Il vient du quartier de Little Heliconia, et son cas relève de notre programme d'action sociale. La famille ne parle pas anglais. Comprenez-vous l'espagnol ?

Elle s'efforça d'arborer un masque professionnel.

— Un peu, mais pas assez pour suivre une conversation.

— Dans ce cas, je vais vous briefer avant d'entrer dans la chambre. Comme ça, je n'aurai pas à m'interrompre pour traduire quand je parlerai à ses parents.

Le sous-entendu était clair : elle dérangeait. Mais tant pis. Il ne l'intimiderait pas. Elle avait le droit d'être là !

— Très bien.

— José a une défaillance du foie irréversible. L'obstruction biliaire intra-hépatique a provoqué une détérioration des tissus. Quand le County l'a envoyé chez nous, il n'y avait déjà plus rien à faire. Je l'ai placé sur la liste d'attente pour un don d'organe.

— Rien de compatible pour l'instant ? demanda-t-elle.

— Non, et il ne va pas bien. Son dernier bilan en date d'hier est catastrophique. Voyez plutôt.

Elle parcourut le dossier et soupira.

Si la greffe n'avait pas lieu rapidement, ce garçon allait mourir. C'était une question de jours.

Après les présentations d'usage, elle resta volontairement en retrait tandis qu'Alejandro s'entretenait avec M. et Mme Agadore. Ces derniers devaient se relayer nuit et jour au chevet de leur fils, car on avait installé un lit de camp dans un coin de la chambre.

Des histoires comme celle-là, elle en avait connu des dizaines, mais cela faisait toujours aussi mal.

Alejandro, lui aussi, était touché, comme en témoignait son air abattu lorsqu'ils sortirent de la pièce. Il avait fait preuve d'une grande compassion envers les Agadore, sans rien laisser paraître. Néanmoins, la situation le rendait malade. Elle en était sûre.

— Espérons qu'on trouvera vite un foie compatible, murmura-t-elle.

— Oui…

— Merci de m'avoir autorisée à venir. Je vais vous laisser, à présent. J'ai des coups de fil à donner.

— Vous n'avez pas le droit de me couper les vivres, répondit-il tout à trac.

Elle s'arrêta de marcher, stupéfaite.

— Ce n'est ni le lieu ni le moment d'en parler, docteur.

Avant qu'elle ait pu réagir, il la prit par le bras et l'entraîna vers une porte de service qui donnait sur l'extérieur.

Dehors, la chaleur demeurait étouffante. De gros nuages noirs s'amoncelaient dans le ciel, et le tonnerre grondait au loin.

Elle eut soudain l'impression de manquer d'air.

— A quoi rime ceci ? demanda-t-elle sèchement.

— Vous ne *pouvez pas* tailler dans mon budget !

— En tant que chef de service, j'ai tous les droits.

— Il faudra donc assumer les conséquences de vos actes !

Son regard noir lançait des éclairs. Elle le soutint sans ciller.

— Est-ce une menace ?

— Non. J'essaie juste de vous faire comprendre que, si vous amputez mon budget, le résultat sera désastreux.

— Je n'ai pas l'intention d'amputer votre budget, fit-elle en soupirant. Moi aussi, je préférerais laisser les choses en l'état. Malheureusement, il n'y aura plus d'actions à caractère social. Ce petit garçon, José, est le dernier patient du programme que vous opérerez.

— Quoi ? C'est impossible !

— Le conseil d'administration veut supprimer la gratuité. Ils sont prêts à injecter des fonds dans le matériel, dans la recherche, et même à engager du personnel supplémentaire pour avoir un établissement de pointe. En revanche, les personnes démunies devront aller se faire soigner au County.

— Le County n'est pas équipé pour traiter des patients comme José. Ils nous envoient tous les cas difficiles.

Elle secoua la tête.

— Je sais, mais je n'ai aucun pouvoir là-dessus. Même si c'est regrettable, nous devrons sélectionner les gens en fonction de leur solvabilité...

Sans pouvoir s'en empêcher, elle ajouta :

— La prestation de service aux riches, vous connaissez, non ?

Le regard d'Alejandro se réduisit à deux minces fentes.

— Donc, tu m'as reconnu, marmonna-t-il entre ses dents.

— Oui. Toi aussi, semble-t-il.

Comme si les cinq dernières années n'existaient plus. Comme s'ils s'étaient quittés la veille.

— Tu étais quoi, quand on s'est rencontrés ? Interne ?

Il pesta entre ses dents.

— Oui.

— Nos directeurs savent-ils à quoi leur *cher* Dr Valentino occupait sa jeunesse, avant de devenir un chirurgien réputé ?

— Est-ce une menace ? demanda-t-il à son tour.

— Non !

Cinq ans plus tôt, elle aurait aimé le voir souffrir autant

qu'elle-même avait souffert. Quand elle s'était retrouvée seule après sa fausse couche, sans personne pour lui tenir la main…

Mais plus maintenant.

— Je dansais pour rembourser mon prêt étudiant, dit-il d'un ton rogue. Tout ça, c'est fini.

— Peu importe. Mon seul souci est de protéger la réputation de cet hôpital. Que diraient les gens, s'ils découvraient que tu as été Chippendale ?

— J'ai arrêté il y a cinq ans. Mon dernier show, c'était à Las Vegas.

Cette évocation lui fit monter le rouge aux joues. Elle inspira profondément pour se ressaisir.

— Pourquoi as-tu fait semblant de ne pas me reconnaître ?

— Et toi ?

— Parce que… j'ai été surprise de voir un strip-teaseur en tenue de chirurgien.

— Je n'ai jamais été strip-teaseur, j'étais danseur ! Et maintenant, je suis chirurgien. Point à la ligne. Du moins, je l'étais avant que tu ne veuilles m'empêcher de travailler.

— Personne ne t'empêche de quoi que ce soit ! Tu exerceras tes talents sur les patients solvables de Miami. Cela fait du monde, quand même.

A son air furieux, elle le devina prêt à argumenter. Mais un faible vagissement le coupa dans son élan.

Ils se figèrent, tendant l'oreille.

— On dirait… un bébé ! s'exclama-t-elle. Le bruit vient de derrière les conteneurs.

Alejandro se précipita, et elle courut derrière lui.

Dût-elle vivre cent ans, elle n'oublierait jamais ce moment.

Un carton rempli de journaux avait été déposé derrière une poubelle. A l'intérieur gisait un minuscule nouveau-né. Il avait le corps tout bleu et le cordon ombilical encore en place.

— Oh ! Mon Dieu ! s'écria-t-elle.

— Les crétins ! pesta Alejandro. Qui a bien pu faire ça ?

Elle partageait sa colère. Même si l'abandon d'enfants dans certains lieux publics comme les hôpitaux était légal, on ne laissait pas un nourrisson en pleine chaleur près d'une poubelle. Les gens n'avaient-ils donc rien dans le crâne ?

Quelle injustice ! Dire qu'elle aurait elle-même tout donné pour avoir un bébé ! Mais d'après son obstétricien, elle avait très peu de chances de mener une grossesse à terme…

Alejandro retira sa blouse blanche. Avec une extrême douceur, il y enveloppa le nouveau-né, un garçon, puis se releva. Ils coururent tous les deux vers la porte, qu'elle ouvrit d'une main tremblante.

— A l'aide ! cria-t-il. Une couveuse !

Après, tout se passa très vite. L'équipe, habituée à réagir au quart de tour, apporta le matériel de réanimation dans la chambre où Alejandro avait emmené le bébé. En quelques minutes, celui-ci fut placé sous respirateur, puis on lui posa une perfusion ombilicale. Avant qu'on ne referme l'incubateur, Kiri prit sa main minuscule et la caressa, bouleversée.

— Le pauvre, murmura-t-elle, au bord des larmes.

— Une chance qu'on l'ait trouvé, répliqua Alejandro, l'air furieux. C'est un miracle qu'il ait survécu. Ses constantes sont très mauvaises.

— L'oxygène va l'aider.

— Oui. D'après toi, il est prématuré de combien ?

— Je pense qu'il est né à trente semaines, maximum. Plutôt vingt-huit.

— C'est aussi mon avis. On a dû rater la mère de peu. Je vais prévenir les urgences. Elle va peut-être y aller.

— Bonne idée. Moi, j'emmène ce pauvre bout de chou à la nursery et j'organise son transfert au County.

Alejandro se redressa vivement.

— Au County ?

— Je n'ai pas le choix. Plus d'aide sociale, tu le sais bien.

Il fronça les sourcils, les bras croisés sur la poitrine.

— Le transfert risque de le tuer ! protesta-t-il. Et là-bas, ils n'ont pas de réanimation pour les grands prématurés.

— Alors, on l'enverra au Seaside.

Alejandro secoua la tête.

— Le meilleur service de réanimation néonatale, c'est le nôtre. Ce bébé doit rester ici.

Il prêchait une convaincue, mais que faire ?

— Qui paiera les soins ? demanda-t-elle. Le pauvre n'a pas de famille puisqu'on l'a abandonné.

Une expression étrange passa sur le visage d'Alejandro. Puis il la fixa droit dans les yeux, avec une détermination farouche. Jamais elle n'avait vu un regard aussi noir.

— Moi, répondit-il. Je paye pour lui. On dira que sa famille, c'est moi.

— Quoi ?

Elle n'était pas sûre d'avoir bien compris.

— Je vais payer les frais médicaux du bébé, confirma-t-il d'un ton catégorique. Tu ne l'enverras pas au County.

Sans attendre sa réponse, il tourna les talons et sortit comme un ouragan.

# 2.

Kiri fixa la porte, le cœur battant.

Cinq ans plus tôt, elle avait imaginé une réaction très négative de la part d'Alejandro à l'annonce de sa grossesse. Mais si elle s'était trompée sur son compte ? Après tout, il avait peut-être la fibre paternelle ?

Elle n'avait jamais eu la chance de le découvrir. Néanmoins, il n'était pas trop tard.

Elle courut derrière lui.

— Tu veux adopter ce bébé ? demanda-t-elle.

Il se figea puis se retourna.

— Qu'est-ce que tu racontes ?

— Tu as dit que tu voulais être son tuteur.

— Absolument pas. J'ai dit que j'allais payer ses soins.

Interdite, elle le dévisagea. Elle n'y comprenait rien.

— En général, quand on assume la responsabilité financière d'un enfant, c'est pour l'adopter, non ?

Alejandro fronça les sourcils et secoua la tête.

— Je n'en ai pas l'intention, répondit-il d'un ton sans appel. Je veux juste lui donner une chance de s'en sortir. Dès qu'il sera en bonne santé, on lui trouvera une famille.

Donc, il ne voulait pas d'enfant. L'intuition première de Kiri se confirmait.

Elle n'était pas vraiment surprise, et pourtant cette réponse lui fit l'effet d'une douche froide.

En un sens, sans le savoir, il venait de rejeter le bébé qu'elle avait perdu. *Qu'ils* avaient perdu.

— Je te conseille d'appeler un avocat ! lança-t-elle, furieuse.

Avant de t'embarquer là-dedans, il vaudrait mieux savoir si tu en as le droit. Dans le cas contraire, je ne te soutiendrai pas devant le conseil d'administration.

Elle voulut s'éloigner, mais il la retint par le bras d'une main ferme. Son regard avait de nouveau viré à l'orage.

— Encore des menaces ! gronda-t-il.

— Pas du tout. J'aimerais juste que tu gardes les pieds sur terre. Tu fais partie de mon équipe. Je protège tes intérêts.

— Mes intérêts ? répéta-t-il, l'air méprisant. Il vaudrait mieux défendre le programme d'action sociale. Dans l'intérêt de *tout* le monde.

Elle jeta un coup d'œil autour d'eux.

Quelques médecins et infirmières les observaient à distance, l'air de rien. Si elle laissait passer l'incident, elle n'aurait aucune crédibilité.

D'un mouvement brusque, elle se dégagea puis se redressa de toute sa hauteur.

— Attention, docteur Valentino ! lança-t-elle, assez fort pour que tout le monde l'entende. Si vous tenez à votre carrière, évitez de critiquer la politique du conseil d'administration. Si vous continuez à faire du tapage, je serai contrainte de vous voter un avertissement. Est-ce clair ?

Elle tremblait intérieurement. Jamais, de toute sa vie, elle n'avait parlé à quelqu'un sur ce ton. Pourvu qu'Alejandro ne démissionne pas ! Les directeurs verraient sans doute d'un mauvais œil le départ de leur chirurgien vedette.

— Très clair, gronda-t-il.

Puis il tourna les talons et s'éloigna à grandes enjambées dans le couloir.

L'avocat, Emilio, était un ami d'enfance. Quand Alejandro l'avait contacté à propos du bébé, celui-ci l'avait d'abord traité de fou. Puis, comprenant qu'il était sérieux, il s'était engagé à déposer en son nom une demande de garde provisoire auprès du tribunal. En cas de réponse positive — ce qui avait des chances d'être le cas —, le nourrisson resterait au Buena Vista.

Alejandro n'en demandait pas davantage pour l'instant.

La vision du bout de chou abandonné en plein soleil près d'une poubelle l'avait mis en rage.

Personne ne se battrait pour cet enfant, à part lui. Kiri le lui avait clairement signifié. Il avait d'ailleurs passé une partie de la nuit à essayer de comprendre pourquoi son initiative l'avait énervée à ce point.

En ce qui le concernait, il n'avait pas hésité une minute. Mais quant à aller plus loin et à fonder une famille, c'était non. Son avenir était beaucoup trop incertain.

Le cœur qui battait dans sa poitrine pouvait lâcher à tout moment. Le taux de survie moyen, quand on a été transplanté jeune, est de vingt-deux ans. S'il se fiait à ces données, il ne lui restait plus beaucoup de temps. En cas de problème, il devrait être inscrit sur la liste des receveurs d'organes, évidemment sans garantie.

Dans ces conditions, il refusait la paternité. Ayant connu l'indicible chagrin de perdre ses parents, il n'imposerait pas cette épreuve à un enfant.

S'il avait été raisonnable, il aurait laissé le bébé partir au County. Simplement, il n'avait pas pu se résoudre à l'envoyer vers une mort quasi certaine. Ce gosse n'avait personne. Lui, au moins, il avait pu compter sur Dante, Rafe et Santi quand il s'était retrouvé orphelin.

Tous trois, ils avaient décidé de débrancher le respirateur de leur père en état de mort cérébrale. Et ce, afin que leur « petit » reçoive une greffe de cœur en urgence absolue. Sans eux, il ne serait plus de ce monde…

Un coup frappé à la porte le fit sursauter.

— Entrez !

Avec déplaisir, il vit Snyder, le président du conseil d'administration, pénétrer dans son bureau.

— Docteur Valentino ? dit-il, l'air hautain. Puis-je vous dire un mot, s'il vous plaît ?

Alejandro aurait voulu refuser, mais à quoi bon ? Il s'était attendu à cette visite. Autant liquider la corvée rapidement.

— Bien sûr, répondit-il d'un ton calme. Asseyez-vous.

Le président s'installa face à lui.

— Nous avons eu vent d'une décision surprenante, attaqua-t-il. Apparemment, vous voulez qu'on soigne le bébé abandonné ici. Pourtant, le Dr Bhardwaj vous a transmis les nouvelles consignes, non ?

— Si ! riposta-t-il sèchement.

L'autre eut un sourire mauvais.

— Donc, vous passez outre nos directives ? dit-il en lissant méticuleusement les plis de son costume haute couture.

— Non. Ce bébé ne relèvera pas de l'aide sociale.

— Tiens donc… Je n'ai pas encore vu ses parents. D'après mes informations, c'est un pupille de l'Etat de Floride.

Alejandro dut résister à l'envie de se lever pour frapper Snyder.

Il connaissait ce genre d'individus, qui se croient les maîtres du monde dès qu'on leur donne un peu de pouvoir. Snyder avait développé un complexe de supériorité intolérable. Il rabaissait les gens à la moindre occasion.

Mais là, il était tombé sur un os !

— Pas pour longtemps, monsieur Snyder, contra-t-il. J'ai appelé mon avocat. Dans quelques heures, si tout va bien, je serai le tuteur provisoire de ce bébé. Je paierai donc ses frais médicaux.

— Pourquoi feriez-vous cela ?

— C'est mon argent. Je le dépense comme je veux.

Snyder secoua la tête puis se leva.

— Cette histoire ne donnera rien de bon. L'enfant devrait être envoyé au County, comme tous les orphelins.

— Désolé de vous contredire, mais ça n'arrivera pas. Et maintenant, si c'est tout… Le devoir m'appelle. Je vais aller soigner mes malades. Des patients *solvables*, comme vous les aimez !

Son sourire éclatant, un rien provocateur, fit son effet : Snyder marmonna quelque chose puis sortit en claquant la porte.

Alejandro respira à fond.

Seigneur, quel début de semaine ! D'une, il s'était mis le conseil à dos. De deux, sa nouvelle chef n'ignorait rien de son passé, pas plus que de son anatomie. Les choses auraient-elles pu tourner plus mal ?

On frappa de nouveau.

Il poussa un juron étouffé, croyant que Snyder revenait à la charge. Mais ce n'était « que » Kiri Bhardwaj.

— Bonjour, Alejandro, dit-elle. Ça va ?

— Bien sûr. Pourquoi cela n'irait-il pas ?

— J'ai été obligée de te recadrer, hier, répondit-elle en soupirant. Je n'avais pas le choix. Tu l'as compris, je pense ?

— Mais oui, ne t'inquiète pas. D'ailleurs, je te présente mes excuses. La colère m'a fait dépasser les bornes.

— Je sais... Il n'empêche que ce serait une erreur de prendre ce bébé en charge. Le conseil...

Il leva la main pour l'interrompre.

— Je connais parfaitement la position du conseil. Snyder sort tout juste d'ici. Tu ne l'as pas croisé ?

— Non. Je suis navrée, ajouta-t-elle, l'air triste. Je lui avais demandé de ne pas intervenir. Je voulais t'en parler moi-même.

Il eut un rire sans joie.

— Cet imbécile me déteste, alors il s'est fait une joie de venir me titiller. Je ne lui lèche pas assez les bottes, tu comprends.

— Je comprends. Puis-je m'asseoir ? Je n'aime pas discuter à la porte.

Vraiment, il manquait à tous ses devoirs. Même s'il était contrarié, ce n'était pas une raison pour oublier la galanterie. Carmelita aurait été outrée de voir ça, elle qui avait tenu à lui inculquer les bonnes manières !

Il se leva et tira une chaise pour Kiri.

— Je t'en prie, dit-il galamment.

Après qu'elle fut installée, il reprit sa place derrière son bureau.

— Alors, que dois-je raconter aux membres du conseil ? demanda-t-elle.

— Comme je l'ai dit à Snyder, mon avocat a déposé une demande de garde provisoire en mon nom auprès du tribunal. Nous devrions être fixés dans la journée. J'espère que de ton côté, en tant que chef de service, tu peux retarder le transfert du bébé de quelques heures ?

— Evidemment.

— Merci. Ma démarche est sérieuse. Je ne renoncerai pas.

Une expression étrange passa sur le visage de Kiri. Pour un peu, on aurait pu croire qu'elle était triste. Néanmoins, elle se reprit rapidement.

— Pourquoi te donnes-tu tout ce mal, Alejandro ? Tu risques de compromettre ta carrière.

— Tu veux me renvoyer ?

— Bien sûr que non.

— Tant mieux. Et concernant ta question, je « me donne du mal » pour que ce bébé ait une chance de s'en sortir. Ni plus ni moins. Mon coup de pouce ne sera peut-être que financier, mais il aura déjà quelque chose.

— Comme c'est touchant !

— Je te trouve bien sarcastique. Explique-moi ce qui te met en colère.

Kiri soupira.

— Ecoute, je veux que ce bébé s'en sorte, moi aussi. Mais reconnais que tu m'as mise devant le fait accompli. Et s'il n'y avait que moi ! Le gros problème, c'est le conseil d'administration. Tu leur as déclaré la guerre.

— Absolument pas. J'essaie juste de sauver ce gosse !

— Ça, je l'ai bien compris.

Kiri avait presque honte d'elle-même. Quand avait-elle changé à ce point ?

Pendant longtemps, elle avait été aussi idéaliste qu'Alejandro. Elle avait voulu sauver le monde, ou du moins tous les petits êtres fragiles et innocents qu'on lui confiait. Le réveil avait été brutal. Elle avait perdu des patients et avait été obligée de s'endurcir. Sauf que, à certains moments, c'était mission impossible : découvrir la veille ce bébé abandonné dans un carton l'avait rendue folle.

Elle trouvait la réaction d'Alejandro admirable. Pourtant, au fond d'elle-même, elle était en colère contre lui. Elle lui en voulait de ne pas avoir été là pour leur enfant. C'était ridicule puisqu'il n'avait jamais rien su, mais elle ne pouvait pas s'en empêcher.

Qui plus est, elle l'enviait d'avoir les coudées franches pour monter au créneau. Elle-même était coincée en tant que chef de service. Elle ne pouvait prendre aucune initiative, ce qui l'énervait doublement.

— Je…

La sonnerie du téléphone d'Alejandro l'interrompit au moment où elle allait lui faire ses excuses.

Il décrocha immédiatement.

— Dr Valentino… Oui… Quoi ? Où ça ? D'accord. J'arrive le plus tôt possible.

— Un problème ? demanda-t-elle dès qu'il eut raccroché.

— Il faut que je parte à La Nouvelle-Orléans. On a un foie compatible pour José. Je dois aller faire le prélèvement.

Elle le regarda, surprise.

— Tu t'en charges toi-même ? Tu pourrais envoyer ton chef de clinique.

— Non, je veux contrôler l'opération. L'enjeu est trop important. José n'aura pas d'autre chance.

— Bien sûr, je comprends. Puis-je t'accompagner ?

Il haussa les sourcils.

— Pourquoi ?

— J'aimerais te voir à l'œuvre. J'ai beaucoup entendu parler de tes méthodes. Une fois que j'aurai mes patients attitrés, je n'aurai plus beaucoup de temps.

— Cela ne me gêne pas, mais… Je préférerais que tu restes ici et que tu les empêches d'envoyer mon préma au County.

Elle lui sourit.

— Ne t'inquiète pas, c'est réglé. Ils ne peuvent rien faire sans ma signature.

— Merci pour lui.

Pendant un moment, Alejandro parut réfléchir. Puis, soudain, il se passa une main nerveuse dans les cheveux.

— Oh non ! s'écria-t-il. Je ne peux pas y aller.

— Mais pourquoi ?

— Personne ici ne parle espagnol couramment. Or, il faut préparer José pour l'intervention.

Elle n'hésita pas une seconde.

— J'y vais, si tu veux.

— Toi ? Tu as déjà prélevé des organes ?

Elle lui lança un regard éloquent.

Il se mit à rire.

— Désolé, Kiri, je dis n'importe quoi. Tu me rendrais un fier service. Tu es sûre que ça ne te dérange pas ?

— Sûre et certaine. Prépare José tranquillement, je t'appellerai quand nous aurons fini là-bas.

— Ça marche. Pendant que tu t'occupes de ton vol, je vais descendre et demander à un ambulancier de te conduire à l'aéroport. Rendez-vous en bas dans… quinze minutes ?

— Ce sera parfait.

Elle sortit du bureau, la tête pleine de la mission qui l'attendait.

Elle allait rater une réunion du conseil, mais tant pis. Elle était chirurgienne avant tout. Le reste importait peu.

On ne pouvait pas sauver tout le monde. Néanmoins, il restait une chance pour José. Elle prouverait à Alejandro qu'elle était avec lui dans ce combat. Ensemble, ils pouvaient le gagner !

Depuis longtemps elle n'avait pas senti son cœur se gonfler d'un tel espoir.

# 3.

Kiri détestait ce genre d'intervention. Elle avait choisi la chirurgie pédiatrique générale et pas les transplantations, pour une raison précise : elle n'aurait pas supporté de voir la mort de près tous les jours.

Pourtant, elle s'était préparée mentalement, et dès que ses collègues l'y invitèrent, elle retira le foie du donneur avec minutie.

La tâche délicate de diviser l'organe en deux revint au chirurgien du Parish Hospital, dont c'était la spécialité. José recevrait la moitié droite, tandis que la moitié gauche serait greffée sur un autre enfant.

Après avoir retiré ses gants, elle vérifia une dernière fois le container réfrigérant rempli d'un liquide de conservation spécial qu'elle avait apporté.

Tout était en ordre. Elle appellerait Alejandro sur la route de l'aéroport. Il attendait son feu vert pour emmener José au bloc et superviser l'anesthésie. Tout devait être calibré, minuté avec soin.

Elle s'étonnait encore qu'Alejandro ait voulu exercer dans un domaine si pointu. Ce choix cadrait mal avec l'image du danseur sexy et nonchalant qu'elle avait connu… Mais au fond, elle ne savait rien de lui. Elle connaissait seulement son corps.

— *Joli tatouage. Un aigle, ce n'est pas banal.*

— *Il y a une cicatrice en dessous.*

— *Ah bon ? Une grosse cicatrice, alors !*

— *Oui. Je l'ai depuis mon enfance. Je me suis fait tatouer à dix-huit ans. J'ai voulu avoir un aigle sur la poitrine.*

— *Pourquoi ?*

— *Assez de questions, tesoro...*

— Docteur Bhardwaj ?

Elle hocha la tête, honteuse d'avoir perdu le fil ne serait-ce que quelques secondes. Le moment était mal choisi pour se remémorer cet épisode !

Avec son collègue, ils contrôlèrent l'état du foie et s'assurèrent que l'artère gauche et les voies biliaires n'avaient pas été endommagées. Cela fait, ils le placèrent dans la solution réfrigérante.

Après avoir remercié l'équipe, sans fioritures mais chaleureusement, elle prit congé. Elle se changea puis descendit au parking des ambulances où son chauffeur l'attendait.

Sitôt installée, sa précieuse cargaison à ses pieds, elle contacta Alejandro.

L'ambulancier s'était déjà engagé sur la route, toutes sirènes hurlantes, direction l'aéroport Louis Armstrong. Mais en cette fin d'après-midi, la circulation était très dense dans le quartier français de La Nouvelle-Orléans. Ils se trouvèrent pris dans un bouchon.

Le conducteur pesta entre ses dents, klaxonna de plus belle. Enfin, ils rejoignirent la voie rapide. Le nœud routier desservant l'aéroport n'avait apparemment aucun secret pour le jeune homme. Il longea plusieurs pistes, et très vite elle repéra l'avion affrété par l'hôpital pour la circonstance.

— Le Parish n'est pas bien placé, dit le chauffeur en ralentissant. A cette heure-ci, on roule très mal en ville.

— Oh ! ce n'est pas pire qu'à New York ! répondit-elle gentiment. Et grâce à vous, j'aurai très peu de retard sur l'horaire. Merci beaucoup.

— J'ai fait pour le mieux. Chaque minute compte.

Elle opina gravement puis remercia de nouveau l'ambulancier et courut vers l'appareil, qui ne tarda pas à décoller.

Elle se sentait triste, fatiguée.

Une vie s'était éteinte à La Nouvelle-Orléans. Une famille était en deuil. Mais grâce au donneur, à Miami, des parents désespérés voyaient maintenant une lumière au bout du tunnel. Alejandro allait se battre pour que l'histoire se termine bien, et elle serait la première à l'aider.

José était allongé sur la table d'opération, endormi et intubé.

Alejandro prit une profonde inspiration puis demanda un scalpel.

Le moment clé de l'opération arrivait. Il fallait retirer le foie du patient. C'est sa dernière chance. Il était passé par là, lui aussi…

Il abordait chaque transplantation comme un défi personnel, compte tenu de son vécu. Ces moments mettaient ses nerfs à rude épreuve. Néanmoins, il n'aurait renoncé à sa spécialité pour rien au monde.

Après plusieurs mois passés en réanimation, il s'était rendu dès sa sortie de l'hôpital sur la tombe de ses parents. Là, il avait fait le serment de consacrer sa « nouvelle vie » à sauver les autres. Les enfants de préférence. C'était devenu sa raison d'être.

Comment aurait-il pu en être autrement ?

La porte du bloc s'ouvrit soudain sur une Kiri masquée, qui s'avança en portant le container.

— Ah ! quand même ! On a failli attendre, marmonna-t-il.

— Comme si je pouvais faire voler un avion plus vite ! riposta-t-elle.

James Page, l'interne d'Alejandro, prit le container pour en retirer le foie et le transférer dans le liquide qu'il avait préparé. Kiri, elle, avait déjà tourné les talons.

— Veux-tu m'assister ? proposa Alejandro.

Avec le service qu'elle lui avait rendu, c'était la moindre des politesses. D'ailleurs, elle allait probablement rester, qu'il le suggère ou non.

Elle lui lança un coup d'œil par-dessus son épaule.

— Tu lis dans mes pensées, confirma-t-elle.

Après un rapide passage par le vestiaire, elle reparut habillée, masquée et gantée. Elle prit sa place devant la table, et une infirmière lui tendit le rétracteur.

— Hmm. Tu as très bien séparé les voies biliaires, commenta-t-elle. As-tu retiré la vessie ?

— Bien sûr, pour éviter des complications. Et merci pour le compliment.

— De rien.

— Surtout, merci d'être allée à La Nouvelle-Orléans. Comme cela, j'ai pu rassurer José et sa famille.

— Ta présence a dû leur faire du bien.

— Oui. Ils n'en mènent pas large.

— C'est normal. A leur place…

Elle s'interrompit.

Il eut l'impression qu'elle était troublée sous son masque.

— Enfin, tout s'est bien organisé, reprit-elle d'un ton plus ferme. Et puis, comme ça, j'ai eu l'occasion de voir La Nouvelle-Orléans. Même si, en réalité, je n'ai rien vu.

— Une autre fois, il faudra y aller pour le tourisme. C'est une ville sympa. Les beignets du Café du Monde sont une tuerie.

— Hmm. Je te crois. Personnellement, je préfère le salé. Genre, les frites ! Mes parents ont vécu quelques années en Angleterre avant de s'installer à New York. Quand on partait en vacances, on faisait toujours escale à Londres pour aller voir notre famille. J'ai un souvenir incroyable des « fish and chips » qu'on mangeait au bord de la Tamise.

— Es-tu née en Inde ? demanda-t-il, curieux.

— Non, à Manhattan. Et toi, d'où viens-tu ? Tu parles espagnol couramment…

— Le foie est-il en bon état, James ? s'enquit-il.

Il n'avait pas envie de répondre à la question de Kiri. Parler d'Heliconia, le quartier de son enfance, évoquerait trop de souvenirs douloureux. Il était assez tendu comme cela.

— En parfait état, docteur, répondit l'interne. Je suis prêt.

— Moi aussi. On peut commencer.

Quand le Dr Page lui tendit le récipient en inox contenant l'organe, il sentit son cœur manquer un battement.

Le moment de vérité approchait. Très bientôt, le bambin aurait peut-être, comme lui, la chance de prendre un nouveau départ.

Si la greffe réussissait, José devrait avaler des médicaments antirejet toute sa vie. Il resterait sous surveillance permanente. Mais le jeu en valait la chandelle, lui-même était bien placé pour le savoir.

— Joli travail, commenta-t-il en observant le lobe de foie — le droit en l'occurrence — qu'il devrait implanter.

— Je ne l'ai pas divisé en deux, expliqua Kiri. Je l'ai juste prélevé.

— Peut-être, mais les artères sont intactes, grâce à toi. Bravo.

— J'ai fait de mon mieux. Je voulais mettre toutes les chances du côté de José et de l'autre receveur.

— C'est le meilleur aspect de notre métier, fit-il observer. On se dit que chaque gamin a une chance, et on fait tout pour que ça marche.

— Oui, je... Bien sûr, quand on peut.

Cette réponse hésitante articulée d'un ton morne l'intrigua.

Kiri avait-elle perdu un proche, un enfant de sa famille ?

C'était possible. Il ne savait rien d'elle, même pas si elle avait un fiancé ou un petit ami.

Bien sûr, il n'avait aucun droit sur elle, même si elle hantait ses souvenirs depuis cinq ans...

Depuis leur brève aventure à Las Vegas, il n'avait pas noué de relation sérieuse. Il s'était jeté à corps perdu dans le travail pour essayer de l'oublier, en vain. Il se rappelait tout : son parfum, sa peau douce comme de la soie, sa façon de bouger… Rien qu'à l'imaginer avec un autre homme, il sentait la colère monter en lui.

— Dis-moi, comment ta famille a-t-elle réagi quand tu as décidé de t'installer à Miami ?

Elle haussa les sourcils par-dessus son masque.

— Je suis une grande fille ! Mes parents ont très bien pris la chose. Ils me font confiance pour gérer ma carrière.

— Je pensais plutôt à ton mari, ou à la personne qui partage ta vie.

— Cette personne n'existe pas, répliqua-t-elle sèchement. En voilà, des questions !

— Inutile de m'envoyer sur les roses. C'était juste histoire de parler…

— Parlons plutôt de notre intervention, si tu veux bien, repartit Kiri. De la concentration !

— Je me concentre mieux en bavardant de choses et d'autres, répliqua-t-il.

— Vraiment ?

— Oui. Et toi ? Quel est ton truc ?

— Le silence.

Une vague de rires discrets parcourut l'équipe.

Il secoua la tête en souriant sous son masque.

Sous ses dehors lisses, Kiri Bhardwaj était finalement assez *cash*. Ce côté franc, décidé, lui avait déjà plu lorsqu'ils s'étaient rencontrés, cinq ans auparavant. Elle avait du caractère, et il aimait ça.

Après cet intermède, le travail reprit ses droits. Il se focalisa sur sa tâche, assisté comme il se devait par Kiri et le reste de l'équipe.

A la fin de l'opération, il attendit, le cœur battant.

Au bout de quelques minutes, le foie commença à rosir, signe qu'il recevait de l'oxygène.

Ouf ! L'organisme de José acceptait la greffe. On n'était pas à l'abri d'un rejet, mais pour l'instant, tout allait bien !

Il laissa échapper un soupir de soulagement.

— Beau travail, tout le monde, lança-t-il. Je vais refermer. Ensuite, on le montera en soins intensifs.

— Bien joué, Alejandro, dit Kiri d'un ton appréciateur.

Touché, il inclina la tête, puis il se concentra sur les sutures. En général, il laissait aux internes le soin de recoudre, mais là, il préférait le faire lui-même. N'avait-il pas promis aux parents de tout superviser du début à la fin ?

Il prit son temps pour achever le travail. Puis, satisfait du résultat et des constantes de José, il passa dans l'antichambre du bloc.

Kiri était encore là, en train de se savonner les mains.

— Ton avocat te cherche, dit-elle d'un ton pincé. Il fait les cent pas dans le couloir.

— Ne t'inquiète pas, c'est pour la bonne cause, assura-t-il.

— Je sais, mais ça fait toujours mauvais effet quand ces messieurs viennent à l'hôpital.

— Tu t'inquiètes pour notre image de marque ? ironisa-t-il.

— Oui. Surtout quand on demande un de mes chirurgiens.

Il ne put s'empêcher de rire.

— Donc, je suis *ton* chirurgien ?

— Jusqu'à preuve du contraire, tu fais partie de mon équipe.

— Si tu le dis, répliqua-t-il d'un ton taquin.

C'était plus fort que lui, il ne pouvait pas s'empêcher de la provoquer. Le résultat fut à la hauteur de ses espérances : il obtint un sourire.

— Tu es vraiment casse-pieds ! Pourquoi es-tu aussi pénible ?

— J'ai trois frères aînés qui travaillent tous dans le milieu médical. Avec eux, j'ai été à bonne école.

— Au secours !

— Et toi ? As-tu des frères et sœurs ?

Elle haussa les sourcils.

— C'est reparti pour les questions personnelles ?

— Ce n'est pas de la curiosité mal placée. Je m'efforce de mieux connaître mes collègues, voilà tout.

— Ah oui ? lança-t-elle. Dans ce cas, que peux-tu m'apprendre sur ton infirmière de bloc ?

— Elle s'appelle Elizabeth. Nous travaillons ensemble depuis plusieurs années. C'est la meilleure, et je ne veux personne d'autre quand elle est disponible. Elle est mariée, mère de quatre enfants. Sa couleur préférée est le jaune. Elle adore la salsa et la cuisine cubaine.

Kiri le fixa, l'air incrédule.

— Tu plaisantes ?

— Eh non ! J'aime faire la causette au bloc. On n'a pas besoin d'être sinistres pour bien travailler.

— Sinistres, non. Sérieux, oui. Nous avons de grosses responsabilités.

— Et alors ? Je suis *très* sérieux, comme tu as pu le voir. Mais nous sommes des êtres humains, pas des robots. D'ailleurs, ajouta-t-il, inutile de t'inquiéter pour ma gestion d'équipe. Tu ne viendras probablement pas souvent opérer avec moi.

Il se sécha les mains puis jeta sa serviette en papier dans la poubelle. Après quoi il sortit sous le regard médusé de Kiri.

Si celle-ci désapprouvait ses méthodes de travail, tant pis pour elle, car il n'avait pas l'intention de changer. Il avait toujours fait ce qu'il voulait. Personne ne lui dicterait sa conduite.

Au fond, cette divergence d'opinion l'arrangeait bien. Si Kiri et lui ne s'entendaient pas, il aurait moins de mal à garder ses distances. Or, il devait se protéger à tout prix.

Solitaire, il était, solitaire il resterait. La vie ne lui avait pas donné le choix.

# 4.

Une sonnerie stridente arracha Kiri à un son rêve.

Alejandro était en train de danser pour elle dans un couloir de l'hôpital, à moitié nu. Elle le regardait, subjuguée, attendant un baiser torride…

Elle se réveilla en sursaut, éteignit le réveil d'un coup de poing puis se laissa retomber contre son oreiller en soupirant.

Un soleil éclatant filtrait derrière les stores vénitiens. Oui, il était l'heure de se lever.

Le corps en feu, elle sauta à bas du lit. Elle avait chaud, et pas uniquement à cause du soleil matinal.

Après avoir perdu son bébé, elle avait fait de nombreux cauchemars où Alejandro tenait le premier rôle. Mais depuis qu'elle habitait Miami, ses rêves avaient changé. Ils étaient devenus très agréables…

Elle allait tout de suite descendre se rafraîchir dans la piscine privée de l'immeuble.

Ses cartons attendraient. Elle avait voulu se lever tôt pour s'atteler au rangement, mais rien ne pressait, au fond. Elle était en repos. Depuis son arrivée, dix jours auparavant, elle avait tellement travaillé qu'elle n'avait rien pu faire. Elle méritait de se relaxer un peu !

Depuis des années, elle vivait dans le brouillard. Suite à sa fausse couche, elle s'était repliée sur elle-même. Elle fonctionnait en pilote automatique, avec son métier pour seule raison d'être. Jamais de loisirs. Un ou deux jours de repos par mois. S'arrêter, c'était prendre le risque de s'écrouler…

Si elle avait eu cet enfant, sa vie aurait pris une autre

tournure. Elle n'aurait pas tout misé sur sa carrière. Elle aurait refusé ce poste à Miami pour rester auprès des siens. Son fils aurait grandi entouré de ses grands-parents, tante, oncle, et cousins. Pour lui, elle aurait renoncé à beaucoup de choses. Il aurait été la priorité absolue de son existence...

*Stop !* A quoi bon remuer ces douloureux souvenirs ? Elle ne l'avait que trop fait par le passé.

Elle prit une douche, s'enduisit de crème solaire, puis enfila un maillot de bain et mit ses lentilles de contact. Après quoi, munie de quelques magazines, elle descendit dans le jardin de la résidence.

Après la chaleur de son appartement, le vent frais la surprit. Elle décida d'attendre un peu avant de se baigner et s'allongea sur un transat au soleil.

Un de ses voisins n'avait pas eu les mêmes hésitations, il enchaînait déjà des longueurs dans la piscine. Ses bras bronzés et musclés fendaient l'eau turquoise avec aisance. Il nageait en apnée, comme un poisson.

Quand il émergea du bassin, elle eut un brusque coup au cœur.

Ce corps parfait, ce tatouage...

— A... Alejandro ?

Celui-ci retira ses lunettes de natation et cligna des yeux.

— Kiri ?

— Qu'est-ce que... Qu'est-ce que tu fais là ? bafouilla-t-elle.

— J'habite ici. Et toi ?

Génial. La cerise sur le gâteau.

— Moi aussi, répondit-elle du bout des lèvres.

Alejandro partit d'un grand éclat de rire.

— Quelle coïncidence ! On dirait que nos bonnes étoiles font tout pour nous réunir.

— Dis plutôt notre mauvais karma ! Pour moi, ce doit être une punition quelconque, répondit-elle sur le ton de la plaisanterie.

Riant de plus belle, il prit son drap de bain posé sur une

chaise, se sécha vigoureusement puis s'allongea sur le transat voisin du sien.

— Alors, tu habites où, précisément ? demanda-t-il.

— Au huitième étage.

— Moi aussi. Au 8B.

*Quoi ?* Ce n'était pas possible…

— Je viens d'acheter le 8A, avoua-t-elle, consternée. On est voisins.

— Presque, corrigea-t-il. Je suis en face de toi, avec vue sur l'océan. Ton appartement donne sur la piscine.

— J'aurais préféré l'océan, admit-elle. Je le vois un peu de la fenêtre de ma chambre.

Idiote. Pourquoi parlait-elle de sa chambre ?

— Ah ! Il faudra me montrer ça, un jour, répondit Alejandro avec un sourire nonchalant.

— Je… Hum…

— J'aime vivre au bord de l'eau, enchaîna-t-il, à son grand soulagement. Quand j'étais gosse, on n'avait pas la vue, mais on allait souvent se baigner.

— Donc, tu es de Miami ?

— *Si.*

— Ça doit être sympa de grandir dans cette ville.

Il haussa les épaules.

— Tout dépend. Ici, à South Beach, le cadre est agréable. Moi, je viens d'un quartier moins favorisé, à l'intérieur des terres. Il s'appelle Little Heliconia. Mes parents ont débarqué de Colombie et se sont installés ici avec d'autres immigrants. Nous formons une grosse communauté.

— Ah, je comprends pourquoi tu parles espagnol couramment. Tu es né là-bas ?

— Non, ici, à Miami. Je n'ai encore jamais eu l'occasion d'y aller.

— Je n'avais pas pris conscience que nous étions tous les deux des étrangers…

— Aux Etats-Unis, on vient tous de l'immigration.

Certains sont là depuis longtemps, d'autres moins. C'est la seule différence.

Gênée par le regard scrutateur d'Alejandro, elle prit un magazine et se plongea dans sa lecture. Mais il en fallait plus pour le décourager.

— Apparemment, tu es en repos, commenta-t-il.

— Oui, répondit-elle sans lever les yeux. Toi aussi ?

— Pas vraiment. Même si j'ai posé un jour de congé, je reste joignable. Je suis allé voir José ce matin. Mon interne doit me rappeler à la moindre alerte.

— Bien sûr, je comprends. Et le bébé ?

— J'en ai obtenu la garde provisoire. Mais je ne l'ai pas revu depuis qu'on l'a hospitalisé.

Cette remarque fit mal à Kiri.

Pourquoi avoir pris cet enfant en charge s'il ne voulait pas s'en occuper ? Il refusait de se mettre un fil à la patte. Monsieur aimait trop sa liberté !

— John va lui faire passer des examens en cardiologie pédiatrique, expliqua-t-il. Il soupçonne une malformation congénitale. J'attends le verdict.

— Oh non ! chuchota-t-elle. Pauvre petit… Tu es sûr de vouloir en assumer la responsabilité financière ? Les frais d'hospitalisation risquent d'être vertigineux.

— Sûr et certain, répondit-il d'un ton ferme. Je ne reviendrai pas là-dessus. Et quand il ira mieux, on lui trouvera une famille digne de ce nom.

— Donc, tu ne veux toujours pas l'adopter ?

Il se rembrunit.

— Hors de question ! La paternité, ce n'est pas mon truc. Je ne veux pas d'enfants.

A ces mots, elle eut la nausée.

Cinq ans plus tôt, elle avait désespérément cherché à le joindre. Mais au fond, c'était une chance qu'elle ne l'ait pas retrouvé. Il l'aurait sans doute rejetée. Elle aurait doublement souffert…

N'y tenant plus, elle ferma son magazine.

— J'ai assez pris le soleil pour ce matin, dit-elle sèchement. Je vais aller ranger mon appartement.

— Tu arrives tout juste ! Reste encore un peu…

— J'ai beaucoup de cartons à vider.

Il secoua la tête en souriant, enjôleur.

— J'ai une meilleure idée. Si je te faisais visiter le coin ?

Elle ouvrit la bouche pour refuser. Puis elle se ravisa.

A part Alejandro, elle ne connaissait personne à Miami. Peut-être pourrait-elle accepter son invitation, en mettant leur histoire entre parenthèses ? Elle devrait juste se rappeler qu'ils étaient désormais collègues et rien d'autre.

— Ça ne te dérange pas ? demanda-t-elle.

— Non ! Au contraire, ça me fait plaisir. Sinon, je ne te l'aurais pas proposé !

Il se leva et s'étira, souriant toujours.

— On se retrouve dans l'entrée d'ici une demi-heure. Comme ça, on aura le temps de se changer. Surtout, mets des chaussures confortables et un pantalon.

— Pourquoi ?

— Parce qu'on va circuler à moto, et que les jupes ne font pas bon ménage avec ces engins. Dommage pour le spectacle…

Il ponctua cette remarque d'un clin d'œil malicieux, et elle ne put s'empêcher de rire.

Sa bonne humeur était contagieuse.

Elle prit ses affaires et remonta avec empressement se changer, ravie à la perspective de la journée qui s'annonçait.

Elle était venue à Miami pour le travail, mais pas seulement ! Il fallait qu'elle commence à profiter des plaisirs simples de la vie. S'enfermer chez elle comme elle l'avait fait à New York, ce n'était pas une solution.

Parce que sortir avec le père de son bébé, c'était mieux ?

Enervée, elle ouvrit son dressing.

Elle ne devait pas considérer Alejandro Valentino comme

un ex-amant. Aujourd'hui, il était un collègue. Un ami sympa qui voulait lui servir de guide. Rien de plus.

Depuis cinq minutes, Alejandro faisait les cent pas devant l'ascenseur du hall.

Dans quel pétrin s'était-il fourré ? Pourquoi avait-il invité Kiri ?

En rentrant de l'hôpital ce matin-là, il avait décidé d'aller nager. Il s'était dit qu'ensuite, il classerait ses dossiers en retard, qu'il ferait le ménage, et qu'il retournerait voir José en fin d'après-midi — si on ne l'appelait pas avant. Une balade avec Kiri Bhardwaj n'avait jamais figuré à l'ordre du jour !

La porte de l'ascenseur s'ouvrit, et il resta bouche bée à la détailler.

Qu'elle était séduisante !

Suivant ses recommandations, elle avait revêtu un pantalon corsaire beige et des sandales plates lacées aux chevilles. Sa peau mate était mise en valeur par la tunique orange, largement fendue au col, qu'elle arborait. Elle avait tressé sa longue chevelure brune en arrière, une coiffure qui rehaussait son petit visage aux proportions parfaites.

— Pourquoi me regardes-tu comme ça ? demanda-t-elle, l'air inquiet. Il y a un problème ? Je n'avais que des pantalons d'hiver sous la main à part celui-ci. Mes tenues d'été sont dans les cartons.

— C'est parfait ! Très mignon…

Une touche de rose colora les joues de Kiri, ce qui la rendit encore plus adorable.

— Merci, murmura-t-elle. Alors, où va-t-on ?

— Je vais te faire découvrir un joli quartier. On pourra peut-être y déjeuner, si ça te tente. Je connais un super restaurant. Il s'appelle Mad Ron, « Ron le Fou » !

— Oh ! la la ! Dois-je m'inquiéter ?

Il s'esclaffa.

— Tout dépend si Ron est là ou pas. Ce sera la surprise.

Ils gagnèrent le parking couvert où il garait sa moto. Après avoir rangé le sac de Kiri dans la sacoche, il l'équipa du casque qu'il avait pris pour elle, puis ils se mirent en route.

Lorsqu'il s'engagea sur la passerelle MacArthur, au-dessus de l'eau, Kiri le serra plus fort. Il sentit qu'elle lui enfonçait les ongles dans les côtes et grimaça.

— Du calme, il ne va rien t'arriver ! cria-t-il. Détends-toi. Profite de la vue.

Il n'aimait rien tant que rouler sur cette passerelle. C'était le meilleur endroit pour admirer les villas cossues avec ponton privé et les superbes bateaux amarrés le long du quai.

Comme il aurait aimé vivre sur un yacht ! Il pourrait faire le tour du monde, libre et insouciant…

Mais jamais il ne franchirait le pas. Il devait se montrer digne du cœur qui battait en lui. Le cœur de son père.

Ses parents avaient travaillé dur pour se faire une place au soleil. Ils avaient tout donné pour leur famille. Maintenant qu'ils n'étaient plus là, il voulait leur rendre hommage par son travail. Et ce n'était pas un sacrifice. Il aimait se battre pour sauver des vies ! Rien n'aurait pu le motiver davantage.

Il ralentit, gara sa moto devant chez Ron, puis aida Kiri à descendre.

Quel mal y avait-il à relâcher un peu la pression ? D'autant qu'il était en excellente compagnie ce matin !

Ils flânèrent dans le quartier en bavardant de choses et d'autres. Puis, vers midi, ils reprirent le chemin du restaurant, une bonne adresse qu'il partageait avec ses frères…

Il croisa les doigts pour ne pas tomber sur Santi, Dante ou Rafe. S'ils le voyaient avec Kiri, ils se feraient probablement un film. Et surtout, ils seraient capables de deviner qu'il s'était déjà passé quelque chose entre eux.

Moins ils en sauraient, mieux cela vaudrait.

La serveuse leur dénicha une table sur la terrasse en bambou, à l'ombre des palmiers.

Après un rapide coup d'œil alentour, il poussa un discret soupir de soulagement.

Pas de frères ni de Ron, en vue. Il avait bien fait de tenter sa chance.

Kiri se rejeta en arrière sur sa chaise en souriant.

— C'est super, ici ! déclara-t-elle.

— Ah, tu vois ! Ça valait le déplacement à moto, non ?

— Hmm… Pas sûr. J'appréhende déjà la traversée au retour, avoua-t-elle en lui jetant un regard inquiet.

Il se mit à rire.

— Je suis sûr que tu as fermé les yeux tout le temps !

— Euh… Oui, je l'avoue.

— Si tu avais regardé autour de toi, tu aurais profité de la vue sublime qu'on a sur les îles depuis la passerelle. Avec les villas, les grands yachts…

— Visiblement, tu adores la mer. Tu as un bateau ?

Il haussa un sourcil moqueur.

— Etant ma patronne, tu es bien placée pour savoir combien je gagne. Je ne suis pas Crésus !

— Je pensais que tu avais mis de l'argent de côté pendant ta carrière de danseur…

Elle rougit et porta une main à ses lèvres.

— Excuse-moi, je n'aurais pas dû mettre ça sur le tapis. C'est indélicat.

— Sans problème, répondit-il gentiment. Je ne suis pas vexé. Et pour répondre à ta question, mes cachets ont servi à payer l'université, puis une partie de mon logement. Donc, il n'en reste pas grand-chose.

— Qu'ont dit tes parents lorsqu'ils ont su comment tu finançais tes études ?

— Rien, hélas ! Ils sont morts quand j'avais dix ans.

Kiri se pencha et lui pressa la main par-dessus la table.

— Alejandro, je suis désolée… Avais-tu de la famille pour prendre soin de toi ?

— Oui, mes frères aînés. Dante et Rafe, les jumeaux,

étaient tout juste majeurs. Santiago avait treize ans. Ils m'ont pris sous leur aile. On a traversé des moments difficiles.

— J'imagine, répondit-elle d'un ton plein de compassion. Donc, ils travaillent dans le milieu médical ?

— Eh oui ! Nous sommes tous médecins.

Comme lui, ses frères n'avaient pas ménagé leur peine pour réussir. Leurs parents auraient été fiers d'eux.

— Dante est neurochirurgien, et Rafe, épidémiologiste, expliqua-t-il. Quant à Santi, il s'est d'abord engagé dans l'armée comme médecin militaire. Maintenant, il est urgentiste. Il s'est marié la semaine dernière, précisa-t-il.

— Et les jumeaux ? Sont-ils mariés ?

Il s'esclaffa.

— Non ! Ce sont des célibataires endurcis, ils vont finir vieux garçons. Et puis, ils sont trop laids pour trouver une femme, ajouta-t-il, riant toujours.

— Si tu dis ça devant eux, ils doivent être ravis.

— Oh ! ils ont l'habitude ! Moi, je suis leur « petit », le bébé. Je suis parfait…

— Ha ha ! C'est ça ! On doit bien rire, chez vous…

— En effet, il y a de l'ambiance. Ce n'est pas la même chose chez toi ?

Elle secoua la tête en souriant.

— Disons que c'est — enfin, que c'était — plus calme. Je n'ai qu'une sœur. Elle a huit ans de plus que moi. Elle est mariée et a deux enfants, une fille et un garçon. Ils vivent à New York. Ils me manquent beaucoup.

Il la considéra, intrigué.

— Pourquoi es-tu partie, alors ?

— Ce poste était une trop belle occasion. Je ne pouvais pas la laisser filer. Et puis, mes neveux grandissent. Ils allaient finir par trouver assommant de se balader avec leur tatie.

Kiri, « assommante » ? N'importe quoi ! Elle était délicieuse, pleine de vie…

L'arrivée de la serveuse l'empêcha heureusement de

formuler ces réflexions incongrues à haute voix. Il commanda l'apéritif, un *mojito* normal pour Kiri et un sans alcool pour lui-même.

Après le départ de l'hôtesse, elle lui lança un regard intrigué.

— J'espère que ces cocktails ne sont pas trop forts, dit-elle. Tu es raisonnable parce que tu conduis ?

— Non. Je ne bois jamais d'alcool.

— Ah oui, c'est vrai, murmura-t-elle, les joues empourprées.

Elle plongea le nez dans la carte.

— Que me conseilles-tu ? Je ne connais rien à la cuisine sud-américaine. Mais j'aime la nourriture épicée.

— Ah bon ? répliqua-t-il d'un ton volontairement provocant. Tu vas être servie.

— Arrête de sourire comme ça ! Tu me fais peur.

— Si tu es une aventurière, ce restaurant est celui qu'il te faut.

— Va pour l'aventure ! Je mange de tout sauf du bœuf, vu mes origines indiennes.

— Dans ce cas, tu vas goûter le poulet.

Quand la serveuse revint avec les apéritifs, il commanda deux *pollos asados*. Puis il prit son verre et dégusta quelques gorgées de son cocktail.

— Hum, ça fait du bien, déclara-t-il. Je n'étais pas venu ici depuis une éternité. Avec les tracasseries du conseil d'administration, je n'ai pas eu une journée de libre.

— Cette histoire me déplaît autant qu'à toi, tu sais. Mais hélas ! je n'ai aucune marge de manœuvre. Snyder a verrouillé toutes les lignes budgétaires. On a sauvé José, on va s'occuper du petit préma, mais pour le reste…

— On devrait pouvoir les sauver *tous* ! s'insurgea-t-il.

— Même avec tout l'or du monde, on n'y arriverait pas, Alejandro. Ce n'est pas toujours une question d'argent.

Pour la seconde fois en quelques jours, il perçut une pointe de tristesse dans sa voix et ressentit de nouveau la même impression bizarre.

— Qui as-tu perdu ? demanda-t-il.

— Je... Comment ?

— En général, j'ai beaucoup d'intuition, répondit-il d'un ton calme. Tu as l'air toute triste, par moments. Et je sais quel effet cela fait de perdre quelqu'un. Alors...

Kiri haussa les épaules, les yeux baissés sur son verre.

— Je n'ai perdu personne. Je déteste voir des gamins souffrir, c'est tout.

— Bien sûr. Moi aussi. C'est normal.

Pourtant, il était presque sûr qu'il y avait autre chose.

Mais avant qu'il ait pu insister, son portable sonna.

— C'est l'hôpital, dit-il en scrutant le cadran.

— Décroche vite.

— Dr Valentino... Quoi ? Vous êtes sûr ?... D'accord. Merci de m'avoir appelé. Je passerai le voir en fin d'après-midi.

Il raccrocha, les yeux rivés sur son téléphone.

Après la discussion qu'ils venaient d'avoir, il avait peur d'annoncer la mauvaise nouvelle à Kiri.

— C'est José ? demanda-t-elle d'un ton pressant.

— Non, c'était le cardiologue. Il voulait me parler du bébé.

— Ah, d'accord. Je vois.

Elle avait compris sans même qu'il ait besoin de s'expliquer.

Le nourrisson avait besoin d'une greffe de cœur. Son cœur présentait de nombreuses malformations, avait expliqué le cardiologue. Il était en trop mauvais état pour qu'on essaie de le soigner. S'il ne recevait pas un organe compatible de toute urgence, leur petit protégé allait mourir.

# 5.

Le repas se déroula dans une ambiance morose.

— Je n'arrive pas à croire qu'il ait survécu, dit Alejandro d'un ton triste. Sa seule chance, c'est la greffe. Mais le temps presse.

Kiri savait que les dons d'organes étaient rares chez les nouveau-nés, par définition. Ce genre d'intervention était peu courant sur des enfants si jeunes. Le bébé avait peu de chances de s'en sortir. Néanmoins, un spécialiste chevronné pouvait la mener à bien sans problème.

— Ne baissons pas les bras, répondit-elle, cherchant à se rassurer elle-même autant qu'Alejandro. Les mentalités évoluent. La mortalité infantile est heureusement très basse, mais quand il n'y a plus d'espoir, certains parents font aujourd'hui le choix du don d'organes.

— Et on ne les remerciera jamais assez…

Alejandro la considéra un moment en silence avant de reprendre :

— Même si nous avons un organe compatible, je n'aurai pas le droit d'opérer le bébé puisque je suis son tuteur. Pourtant, les transplantations cardiaques infantiles sont ma spécialité. Au Buena Vista, je les fais toutes sans exception. Et là, ce sera encore plus pointu. Il va falloir toucher aux vaisseaux sanguins d'un prématuré…

— Oui, ça risque d'être tendu, confirma-t-elle. Mais tu pourras venir au bloc et donner tes directives à ton chef de clinique.

— Hors de question ! Je ne laisserai pas un interne opérer ce bébé !

— Mais qui, alors ?

Quand il la fixa de nouveau, elle sentit son cœur s'emballer.

— Toi, Kiri.

— Moi ? Oh non !

Même si elle avait déjà pratiqué ce genre d'intervention, elle se sentait trop proche d'Alejandro pour opérer « son » bébé. Emotionnellement, ce serait difficile.

— Tu es chef de service en chirurgie pédiatrique. Je veux que ce soit toi, insista-t-il.

— Mais… Je ne suis pas spécialiste des transplantations. Un membre de ton équipe serait beaucoup mieux placé pour le faire.

— Pas du tout. Tu es une excellente chirurgienne.

— Qu'en sais-tu ? Je ne t'ai assisté qu'une fois.

— Ton prélèvement d'organe était digne des meilleurs spécialistes. Et de toute manière, j'ai mes sources, ajouta-t-il avec un sourire en coin.

— Que… Tu t'es documenté sur moi ?

— Bien sûr. C'est primordial de pouvoir évaluer ses concurrents. Tu étais la meilleure interne du Dr Vaughan. Comme il choisit ses étudiants parmi l'élite, je sais de quoi tu es capable.

— Nous ne sommes pas concurrents, mais collègues !

— Même entre collègues, il y a toujours une rivalité sous-jacente. Je l'ai appris très tôt, crois-moi. Quand on vient d'un milieu défavorisé et qu'on doit gagner sa place dans un domaine hyper-sélectif, il faut se défendre !

Elle opina, sachant parfaitement de quoi il parlait.

Elle-même avait cumulé les a priori négatifs. D'abord, elle était une femme. Ensuite, elle était d'origine indienne. Enfin, sa petite taille et son allure fragile n'avaient pas joué en sa faveur.

Pourtant, à force de volonté, elle s'en était sortie. Quand

elle se fixait un objectif, elle ne renonçait jamais. Sauf pour une chose : elle avait abandonné l'idée de devenir mère. Son utérus n'était pas fait pour porter des enfants, lui avait expliqué le gynécologue.

Elle s'était donc dit, une fois pour toutes, qu'elle ne recommencerait pas. Si, par extraordinaire, elle rencontrait l'homme de sa vie, ils devraient adopter.

Mais elle n'en prenait guère le chemin…

— Hou hou ! fit Alejandro, l'arrachant à ses réflexions. Je t'ai perdue. Où étais-tu partie, pour avoir l'air si triste ?

Elle se plaqua sur le visage un sourire de commande.

— Je ne suis pas triste.

— A d'autres ! Quelque chose te tracasse, je le vois bien.

— En fait, je… New York me manque un peu, improvisa-t-elle. J'y ai toujours vécu. Je n'ai pas beaucoup bougé, sauf pour ce week-end à Las Vegas…

Rien qu'à y penser, elle eut soudain très chaud.

Elle inspira à fond et poursuivit.

— J'ai aussi voyagé avec mes parents quand on allait voir notre famille. Mais c'est la première fois que je me retrouve seule, sans eux et sans mes amies.

— Ah oui, tes fameuses copines ! lança Alejandro d'un ton taquin. Comment s'est passé le mariage, au fait ? Tu étais bien témoin ?

— Absolument. On a fait une belle fête, et comme j'avais fini mes examens, cette fois j'ai pu en profiter, expliqua-t-elle en souriant. Ils doivent venir me voir bientôt, d'ailleurs. Je pense qu'ils apprécieront le climat.

— S'ils veulent faire du tourisme, je vous recommande le tour des marécages en barque. Avec un peu de chance, vous tomberez sur un bon vieil alligator en goguette.

— Beurk ! Je ne suis pas fan des reptiles, et encore moins des gros. On s'en tiendra à la ville, je pense. Il y a suffisamment de choses à faire ici, et au moins c'est sans danger.

Alejandro lui lança un regard énigmatique.

— Pas toujours, répondit-il.

Il s'était rembruni sans qu'elle comprenne pourquoi.

— Evidemment, la sécurité absolue n'existe pas. Mais j'imagine mal un alligator prendre l'ascenseur et venir frapper à ma porte, répliqua-t-elle.

Elle avait voulu détendre l'atmosphère, et elle fut soulagée de le voir sourire.

— A Miami, tout est possible, déclara-t-il.

Ils avaient fini de déjeuner. Sans doute allait-il la raccompagner chez elle, à présent. Mais il la surprit par sa question :

— Si ton *mojito* ne t'a pas donné envie de faire la sieste, aimerais-tu continuer la promenade ?

— Je suis en pleine forme. Mais je ne voudrais pas abuser…

— Tant qu'on ne m'appelle pas pour une urgence, je suis libre comme l'air. Et j'ai encore quelques surprises en réserve, ajouta-t-il d'un ton mystérieux.

— Oh oh !… Dois-je m'inquiéter ?

— N'as-tu pas confiance en moi ?

— Hum. Ça dépend.

La première fois qu'elle lui avait fait confiance, les choses s'étaient mal terminées.

Voyant qu'il sortait son portefeuille, elle ouvrit son sac à main.

Il l'arrêta du geste.

— Je t'invite.

— Mais non ! protesta-t-elle. Tu as déjà eu la gentillesse de m'amener ici…

— Justement, tu es mon invitée. La prochaine fois, ce sera ton tour, si tu veux

— D'accord. Merci beaucoup. C'était délicieux.

Il plaça plusieurs billets sur la table et les coinça sous

son verre. Puis, se levant, il lui prit la main pour la faire lever à son tour.

Un contact bref, qui l'électrisa pourtant des pieds à la tête.

Elle se traita d'idiote.

Cette fois, elle n'atterrirait pas dans le lit d'Alejandro. Elle passait la journée avec lui, point. D'ailleurs, il était de bonne compagnie, et elle appréciait ces moments à leur juste valeur. Pour la première fois depuis longtemps, elle éprouvait un réel bien-être. Avec lui, elle se sentait moins seule.

Cinq ans plus tôt, son cœur et son âme s'étaient vidés de leur substance. Par manque de courage, elle s'était interdit de vivre. Elle avait survécu en travaillant comme une forcenée. Sans doute était-il temps de trouver un nouvel équilibre ?

Alejandro lui plaisait toujours. Elle le désirait encore, peut-être même plus qu'avant.

Son cœur se mit à battre plus vite lorsqu'elle se retrouva sur la moto. Le souvenir de ses lèvres tièdes sur sa peau lui déclencha un long frisson. Elle effleura machinalement ses abdominaux musclés puis remonta vers sa poitrine, jusqu'au creux de la cicatrice que le tatouage dissimulait si bien…

Elle l'entendit reprendre son souffle, mais il ne fit aucun commentaire. Il se contenta d'accélérer brutalement, et elle se cramponna à sa taille tandis qu'il sortait du parking pour s'engager dans le flot de la circulation.

Cette fois, elle garda les yeux ouverts pour profiter pleinement du paysage.

L'architecture d'influence espagnole était un ravissement pour les yeux, et lorsqu'il franchit un grand portail stylé, elle se demanda où ils pouvaient bien se trouver.

L'endroit ressemblait à un grand domaine. Alejandro se gara dans le parking réservé aux visiteurs, et elle lui confia son casque en regardant autour d'elle avec curiosité.

— Où sommes-nous ? demanda-t-elle.

— A Vizcaya. C'est une villa d'inspiration européenne, et pour moi l'un de plus beaux endroits de Miami. J'y viens tellement souvent que tu n'auras pas besoin d'audioguide, précisa-t-il en riant.

— Donc, c'est un musée ? Génial !

— Je pensais bien que ça te plairait.

— Pourquoi ? J'ai l'air si poussiéreuse que ça ?

Il pencha la tête de côté et lui fit un clin d'œil.

— Non, murmura-t-il. Au contraire.

Les joues en feu, elle le suivit dans les jardins de la propriété.

L'endroit dégageait une impression de beauté et de calme. Il lui fit penser à Barcelone, dont elle avait vu des photos et où elle rêvait d'aller un jour. La maison, elle aussi, tint toutes ses promesses. Les pièces, de style Art Déco, renfermaient des meubles superbes de valeur inestimable.

— Qui a fait construire cette merveille ? demanda-t-elle.

— James Deering. C'était sa résidence secondaire au temps de la Prohibition.

Quand ils sortirent sur la terrasse, elle se récria d'admiration en découvrant le panorama. Les eaux calmes et limpides de l'Atlantique scintillaient au soleil. A cette distance, les nombreux yachts qui croisaient au large semblaient presque immobiles.

— Je me demande où ils vont, dit-elle, songeuse, en s'accoudant à la balustrade de pierre.

— Aux Bahamas, dans les Caraïbes. Ou simplement dans la baie.

— Quelle chance ! Comme je les envie…

Alejandro se surprit à sourire.

Kiri admirait les bateaux avec une fascination presque enfantine. Son enthousiasme était contagieux.

Cela faisait longtemps qu'il n'avait pas passé une aussi bonne journée. Il venait souvent à Vizcaya, mais chaque fois, il était seul. Aujourd'hui, il était heureux de montrer à Kiri cet endroit qui tenait une place particulière dans son cœur. Ses parents le lui avaient fait découvrir. Ensemble, ils avaient beaucoup arpenté les jardins, que sa mère affectionnait tout particulièrement.

Pendant que ses parents marchaient main dans la main, il se cachait dans le labyrinthe de buis. Il réapparaissait en criant : « Bouh ! », et eux faisaient semblant d'avoir peur.

Des jours comme celui-ci, il avait l'impression de sentir leur présence. Il se rappelait ce samedi, le jour où tout avait basculé, comme si c'était la veille…

La *bodega* fermait à midi. Son père s'apprêtait à verrouiller les portes. Ses frères avaient déjà regagné l'appartement au-dessus du commerce.

— *Tu veux retourner à Vizcaya, chérie ? On va finir par prendre un abonnement…*

— *Oui ! Quand il fait beau comme aujourd'hui, cet endroit me rappelle Heliconia. Ça me fait du bien de marcher dans la verdure.*

— *Tes frères aiment mieux rester ici, Alejandro. Tu veux venir quand même ?*

— *Oui ! Je veux aller courir !*

— *Cet enfant a besoin de sentir l'herbe sous ses pieds nus. Gamine, j'étais exactement pareille.*

— *D'accord, vous avez gagné ! On va aller à Vizcaya tous les trois.*

Son père avait pris sa mère dans ses bras et l'avait embrassée. Une dernière vision du bonheur avant le cauchemar. Ensuite, il y avait eu les cris, les coups de feu. Il s'était réveillé orphelin dans une chambre d'hôpital.

Lui aussi aurait dû mourir ce jour-là…

Allons, il ne devait plus y penser. Pas maintenant !

Sans réfléchir, il captura la petite main de Kiri, la serra dans la sienne puis l'entraîna vers le grand escalier.

— Descendons, suggéra-t-il. On pourrait marcher dans le parc jusqu'à la mer ?

— Avec plaisir.

Le contact de sa paume dans la sienne lui provoquait un trouble délicieux. Il n'avait pas oublié à quel point ses mains étaient douces, caressantes, ensorcelantes.

Il avait failli perdre son self-control et s'arrêter pour l'embrasser sauvagement quand elle lui avait effleuré le torse, sur la moto. Cinq ans s'étaient écoulés, mais il la désirait toujours aussi fort. Le pouvoir qu'elle exerçait sur lui était incroyable. Il n'avait jamais ressenti cela pour une aucune femme, ni avant elle ni après.

Oh non ! Qu'est-ce qu'il lui prenait ?

Paniqué, il lâcha la main de Kiri.

Passer du temps avec elle était une erreur monumentale. A quoi bon lui donner de faux espoirs ? Il l'aimait bien et ne voulait pas la blesser — chose qui arriverait fatalement s'ils continuaient à se voir. Il devait s'en tenir à de strictes relations de travail.

Il tourna à droite et emprunta un chemin qui débouchait sur le parking.

— En fait, je vais aller voir le bébé à l'hôpital, dit-il. Même si je n'ai pas le droit d'intervenir, j'aimerais parler au cardiologue.

Kiri eut l'air un peu déçu.

— Bien sûr. Je comprends, répondit-elle néanmoins.

— Je vais te raccompagner d'abord.

Elle haussa les épaules.

— Pas la peine, j'irai avec toi. J'avais l'intention d'y passer, de toute manière.

— Je ne sais pas combien de temps je vais rester…

— Ne t'inquiète pas, je rentrerai en taxi.

Il se dirigea vers sa moto, l'esprit confus.

Cette fois, Kiri s'accrocha à lui du bout des doigts. On aurait dit qu'elle voulait elle aussi mettre de la distance entre eux.

Le trajet vers l'hôpital dura moins de dix minutes. Après avoir récupéré son sac à main, elle lui tendit son casque.

— Merci pour cette bonne journée, dit-elle d'un ton calme. C'était très sympa.

— De rien. A plus tard…

Il n'était qu'un imbécile. Il se répéta pour la énième fois que la journée en question ne se reproduirait pas.

A compter de maintenant, il éviterait Kiri au maximum.

# 6.

Kiri n'avait pas vu Alejandro depuis trois jours. Après Vizcaya, il avait changé d'attitude, il était devenu distant. Elle était sûre qu'il l'évitait.

Au fond, c'était préférable.

Elle savait maintenant qu'il ne pourrait rien se passer entre eux. Il ne voulait pas s'engager dans une relation durable. Par ailleurs, elle était sa chef de service. Entretenir une liaison avec un collègue serait catastrophique dans la mesure où il n'y avait rien à espérer. Elle avait travaillé dur pour en arriver là. Elle ne mettrait pas sa carrière en péril inutilement.

Se secouant, elle balaya Alejandro de ses pensées et pénétra dans le service de réanimation néonatale.

— Comment vont mes deux opérés, ce matin ? demanda-t-elle à Samantha, l'infirmière de garde.

Celle-ci l'accueillit par un salut enjoué.

— Les constantes de Maya sont bonnes, expliqua-t-elle. La tension et la saturation en oxygène sont stables. Elle supporte bien le traitement. C'est une battante !

Maya était née avec les organes génitaux à l'extérieur. Kiri avait procédé la veille à la première d'une longue série d'interventions. Avec le temps, les choses rentreraient dans l'ordre.

— C'est super, répondit-elle. Voyons un peu.

Elle saisit son stéthoscope, ausculta la puce endormie. Après quoi elle inspecta les organes protégés par un sac stérile.

Satisfaite, elle se rendit au chevet de son deuxième patient.

Elle avait opéré le petit Marcus d'une fente palatine l'avant-veille. Pour lui aussi, tout s'était parfaitement déroulé.

— Est-ce qu'il tète bien ? voulut-elle savoir.

Samantha soupira.

— Très bien, mais quelque chose m'inquiète… Sa mère ne descend plus pour lui donner le biberon. Elle n'admet pas qu'il ait un bec-de-lièvre.

Elle jeta un coup d'œil au bébé abandonné qui dormait dans sa couveuse.

— Quoi ? Mais il s'agit d'une affection bénigne ! S'il n'avait eu qu'un ennui de ce genre, tout aurait été pour le mieux… La mère souffre peut-être de dépression postnatale ?

— Hmm. Possible. Elle vient d'une famille très riche de Fisher Island. Ses parents ont fait fortune dans les cosmétiques. Ils ont un reality-show à la télévision, et ils voulaient présenter le bébé au public le mois prochain. Tout est tombé à l'eau, alors elle doit déprimer pour ça.

Kiri secoua la tête, peu convaincue.

— Faites venir le psychologue. Souvent, la dépression postnatale occasionne ce genre de symptômes.

— L'obstétricien l'avait appelé, mais Snyder est intervenu. Le père de Marcus est un de ses amis. Ce monsieur a soutenu que c'était ridicule, que sa femme allait très bien. Donc…

— Où va-t-on, si les administrateurs se mêlent de notre travail ? Vous avez bien fait de me le dire. On va régler ça.

Elle sourit en voyant Samantha hocher la tête d'un air approbateur.

Snyder faisait l'unanimité contre lui parmi le personnel. Elle n'avait pas envie qu'on la mette dans le même sac que cet imbécile !

Son regard tomba sur le prématuré qu'elle avait découvert avec Alejandro.

Une force irrésistible l'entraîna vers la couveuse. Même s'il était sous la responsabilité du Dr Robinson, elle avait besoin de savoir comment il allait.

— Le pauvre, murmura-t-elle. On le voit à peine, avec tous ces tuyaux…

— Lui aussi, c'est un battant, déclara Samantha. Quel dommage que le Dr Valentino ne vienne jamais le voir ! Ça me fend le cœur de penser qu'il est seul au monde.

— Je vais le prendre un peu. Après tout, je l'ai trouvé, moi aussi. Et si on arrive à l'opérer, je deviendrai son médecin traitant.

Elle n'avait pas besoin de se justifier. Samantha, ravie, avait déjà ouvert l'incubateur. Ensemble, elles écartèrent les fils du monitoring, puis Kiri enfila une paire de gants, enveloppa le bébé dans une couverture stérile et le souleva délicatement.

Il était si minuscule, si fragile, qu'elle en fut bouleversée.

— Regardez, son rythme cardiaque se stabilise, chuchota Samantha. Il aime être dans vos bras.

— Oui, on dirait, répondit Kiri avec un sourire ému.

Le nouveau-né n'était pas le seul à apprécier ce contact. Elle se sentait toute chose.

Cela lui arrivait rarement avec ses patients. Elle leur témoignait de la gentillesse, de la compassion. Néanmoins, elle se montrait prudente. Les bébés, en général, devaient être manipulés le moins possible, sauf par leurs parents.

Mais celui-ci n'avait aucune famille, et elle avait l'impression d'agir pour son bien. Il lui semblait tout naturel de le tenir et de le bercer…

Soudain, des larmes brûlantes lui montèrent aux yeux.

Elle n'avait eu que quelques minutes pour serrer son fils contre son cœur. Puis une infirmière l'avait emmené. Il n'avait jamais bougé, jamais crié. Il n'avait eu aucune chance de survivre…

— Je… Je vais le remettre dans sa couveuse, murmura-t-elle. J'ai des consultations.

Sa voix tremblait. Elle inspira à fond pour ne pas pleurer.

— Attendez, docteur Bhardwaj, je replace les tuyaux, répondit gentiment Samantha. Voilà... Allez-y.

— Merci beaucoup. Vous faites de l'excellent travail dans ce service. Nos bébés sont en bonnes mains.

— Merci à vous, docteur. Vous avez réussi à réconforter ce petit bonhomme. Si seulement le Dr Valentino pouvait venir de temps en temps, lui aussi !

— Je lui en toucherai un mot, je vous le promets.

Encore bouleversée, elle quitta la pièce.

Sa propre réaction l'agaçait. Elle s'en voulait de ne pas avoir su mieux se contrôler.

La vision d'Alejandro qui descendait le couloir d'un pas tranquille ne fit rien pour calmer sa nervosité.

Si elle était dans cet état-là, c'était aussi sa faute. Ils avaient conçu leur bébé à deux, même s'ils ne l'avaient pas fait exprès !

— Dis donc, toi ! lança-t-elle en arrivant à sa hauteur.

Il s'arrêta, l'air surpris.

— Qu'est-ce qu'il t'arrive ?

— Tu es le tuteur légal du bébé abandonné. Alors, par pitié, va le voir. Consacre-lui du temps. Prends-le dans tes bras. Je me demande ce que tu as dans le crâne. En tant que pédiatre, tu sais que le contact humain est vital quand un grand prématuré a des ennuis de santé !

Elle s'éloigna sans lui donner le loisir de répondre. Si elle s'attardait, elle risquait de fondre en larmes.

Le poste des infirmières était vide. Elle s'adossa au mur et ferma les yeux pour se ressaisir.

— Docteur Bhardwaj ?

Le Dr Prescott, le médecin chef des urgences, était planté devant elle et la regardait d'un air inquiet.

— Vous avez un problème ? demanda-t-il.

— Non, non, ça va ! Je... réfléchissais. Avez-vous besoin de quelque chose ?

— Je viens vous annoncer une bonne nouvelle : nous

avons identifié la mère de votre préma. Une jeune femme s'est présentée chez nous ce matin. Comme elle souffre d'une infection post-partum, on a fait une analyse de sang, et bingo !

Elle sourit à son collègue.

— Bien joué ! Est-elle encore là ?

— Oui, on l'a hospitalisée pour la journée. Mais elle ne parle qu'espagnol. Elle a dû nous montrer par signes là où elle avait mal.

C'était bien sa chance.

— Ne vous inquiétez pas, je vais chercher le Dr Valentino. On arrive.

Elle mobilisa tout son courage pour aller trouver Alejandro.

Il était dans son bureau, occupé à remplir des dossiers. Quand elle entra, il la fusilla du regard.

— Quoi, encore ? gronda-t-il. N'as-tu pas autre chose…

— La mère du bébé est aux urgences.

— Quoi ? Tu en es sûre ?

Elle lui résuma ce qu'avait dit le Dr Prescott.

A la fin de son récit, il secoua la tête.

— A-t-elle demandé à voir son fils ?

— Je n'en sais rien, elle ne parle qu'espagnol. Tu pourrais peut-être…

Il se leva d'un bond.

— Evidemment. Allons-y.

Le Dr Prescott les accompagna à la chambre de la mère.

C'était une toute jeune femme, qui leva sur eux un regard effrayé. Kiri eut l'impression qu'elle allait s'enfuir en courant.

— *¡ Hola, soy el Dr Valentino ! ¿ Cuál es su nombre ?*

— Luciana, répondit la patiente, à qui Alejandro venait de demander son nom.

Elle avait l'air soulagé. Sans doute était-elle heureuse de comprendre enfin ce qu'on lui racontait.

Alejandro lui expliqua le diagnostic d'infection post-partum. Il détailla ensuite le traitement prescrit par son collègue.

Alors, sur un regard entendu, le Dr Prescott quitta la pièce : ils étaient convenus qu'Alejandro gérerait « l'interrogatoire » seul, avec Kiri en stand-by.

— *¿ Cuándo ha dado a luz, Luciana ?*

La première question était logique : Alejandro voulait savoir quand la mère avait accouché. Mais le visage de la jeune fille se ferma. Elle répondit du bout des lèvres, comme si elle voulait en dire le moins possible.

Alejandro reprit la parole d'un ton ferme.

Luciana secoua la tête puis se détourna vers le mur.

Les espoirs de Kiri s'envolèrent d'un coup. Elle avait rêvé d'une issue heureuse. Selon toute vraisemblance, ce ne serait pas le cas.

Alejandro se leva. Elle fit de même et le suivit dans le couloir.

— La mère ne veut pas du bébé, expliqua-t-il. Je vais demander qu'elle bénéficie d'une assistance juridique. Elle doit renoncer à ses droits parentaux.

— Pourquoi ne veut-elle pas le garder ?

Il soupira.

— Elle a été violée pendant une soirée. On a dû la droguer, elle ne se souvient de rien. Maintenant, elle aimerait juste oublier. Apprendre que son gosse était malade n'a fait aucune différence. Elle a dix-huit ans, elle est perdue. Je vais demander à Prescott de faire venir le psychologue.

— C'est une gamine, observa Kiri, navrée.

— Oui, en effet. Et son bébé va devenir pupille de l'Etat de Floride. Je lui ai demandé si ses parents pourraient le prendre en charge, mais non. Apparemment, ils sont dans une situation précaire. Sa mère l'a accouchée et a déposé le bébé à l'hôpital sans se préoccuper de lui. Luciana ne savait pas que c'était chez nous. Autrement, elle serait allée se faire soigner ailleurs.

Sans perdre de temps, Alejandro partit rejoindre le Dr Prescott, et Kiri réfléchit à ce qu'elle venait d'entendre.

D'une certaine façon, malgré le côté désespérant de la situation, ce pauvre gosse avait de la chance. Jamais sa famille n'aurait eu les moyens de le faire soigner. Mieux valait qu'il reste sous la tutelle d'Alejandro jusqu'à ce qu'il puisse être adopté et qu'une mère aimante et dévouée lui ouvre ses bras et son cœur…

*Pourquoi pas elle ?*

Alejandro réussit à éviter Kiri pendant quatre jours consécutifs.

Il savait que l'histoire de Luciana l'avait révoltée, comme lui. Il se doutait également qu'elle était en train de s'attacher au bébé. Son attitude en témoignait, quand elle lui avait ni plus ni moins ordonné d'aller s'occuper de lui.

Elle ignorait qu'il l'avait vue avec le nourrisson dans les bras quelques minutes avant. Posté à la fenêtre d'observation, il l'avait regardée longuement. Depuis, son sourire doux et triste à la fois hantait ses rêves.

Comme elle serait jolie, en train de bercer *leur* enfant ! Mais ça n'arriverait jamais, hélas ! Il n'avait pas le droit de fonder une famille.

Pour ne plus penser à ça, il s'était abruti de travail, comme chaque fois qu'il était préoccupé. Mais la politique de l'autruche avait ses limites. Il ne pouvait plus se tenir à l'écart du bébé. Il s'inquiétait trop pour lui.

Tout était calme dans le service de réanimation néonatale.

Il s'approcha de la couveuse et observa son protégé. Puis, incapable de s'en empêcher, il enfila une paire de gants stériles et ouvrit la couveuse.

Il effleura le crâne duveteux du nourrisson, lui caressa doucement le ventre.

Alors, l'incroyable se produisit : un poing minuscule se referma sur son index avec une force surprenante.

Bouleversé, il ferma les paupières.

— Vous voulez le prendre ? Ça lui ferait du bien…

La voix de Samantha, l'infirmière, le fit sursauter.

— Je… Oui, répondit-il malgré lui. Je vais le prendre.

— Super, docteur Valentino ! Avec ces petits bouts de chou, les contacts peau contre peau font souvent des miracles.

Trop perturbé pour répondre, il s'assit dans un fauteuil près de l'incubateur et retira sa blouse.

Mais Samantha secoua la tête.

— Pour faire du « peau contre peau », il faudrait retirer votre chemise, docteur.

— Vous croyez ? Je veux dire… Je ne suis pas son père, même pas un parent proche…

L'infirmière lui décocha une œillade sévère.

— Et alors ? Vous êtes son tuteur légal pour l'instant. Il n'a personne d'autre !

Protester encore aurait été malvenu.

Il s'exécuta et vit le regard de Samantha s'élargir à la vue de son tatouage.

Elle ne fit néanmoins aucun commentaire — dans son métier, elle avait sûrement vu pire. Avec une extrême délicatesse pour ne débrancher aucun fil, elle souleva le nourrisson. Elle le couvrit ensuite d'un petit plaid polaire et le lui mit dans les bras.

Alejandro le nicha confortablement contre sa poitrine.

L'effet de ce câlin improvisé ne tarda pas à se faire sentir. Malgré ses défaillances, le cœur du bébé se mit à battre de façon plus régulière. Le monitoring affichait une stabilisation très nette du rythme cardiaque.

— Vous voyez que les miracles se produisent, fit observer Samantha avec un sourire heureux. Quelle chance que vous l'ayez trouvé ! Tout le monde ici sait ce que vous faites pour lui. On veut vous aider, et on ne vous laissera pas payer les soins tout seul. Le personnel a lancé une collecte de fonds.

Touché, il sourit à l'infirmière.

— Merci beaucoup. C'est très gentil…

— Mais de rien ! Personnellement, je connais le problème, vous savez. Mon fils est né avec une déficience cardiaque. Les médecins nous ont cent fois préparés au pire. Mais avec mon mari, on n'a jamais baissé les bras. John a reçu une transplantation à l'âge de dix ans. Il vient d'entrer à l'université.

— C'est super ! répondit gentiment Alejandro. Je suis content pour vous et pour lui…

Un prématuré commençait à pleurer à l'autre bout de la pièce. Sur un dernier sourire, Samantha s'éloigna, le laissant seul avec son protégé dans les bras.

Un dénouement heureux était possible pour ce petit bonhomme. Du moins voulait-il désespérément le croire.

— Accroche-toi, mon petit gars, murmura-t-il. On va te trouver un cœur, et après tu iras mieux.

— Tu devrais lui trouver un prénom !

Il releva la tête.

Kiri était plantée devant lui, les mains dans les poches de sa blouse blanche. En dessous, elle arborait un tailleur noir. Il remarqua qu'elle portait aussi des talons aiguilles d'une hauteur vertigineuse.

— Comment peux-tu marcher avec ça ? la taquina-t-il, incapable de s'en empêcher.

— Très mal. Crois-moi, je préfère mes sandales plates et ma tenue de chirurgien. Mais j'ai besoin de me grandir pour affronter le conseil d'administration. Snyder, en particulier.

Il s'esclaffa.

— Si tu dois passer ta journée en réunion, que fais-tu ici ?

— Je suis venue voir mes patients, répondit-elle en montrant deux couveuses au fond de la salle. Ils ne sont pas aussi mal en point que celui-ci, ajouta-t-elle en soupirant.

— Ce bébé bat tous les records, hélas ! Mais tu as raison, pour le prénom. Il faut lui en trouver un.

— Absolument ! Même aussi petit, il a besoin d'une identité pour avoir la force se battre. La route sera longue.

Il crut qu'elle allait caresser le visage du bébé, mais elle recula d'un pas et enfonça de nouveau ses mains dans ses poches.

Quelle drôle d'attitude ! Ça n'avait aucun sens. Quelques jours plus tôt, elle l'avait tenu dans ses bras…

— Alors, as-tu des idées ? demanda-t-elle.

— Ma mère disait toujours qu'un prénom doit donner confiance à l'enfant, et aussi rendre hommage à notre culture. On pourrait chercher tous les deux, non ? Après tout, on l'a découvert ensemble, ce petit bonhomme.

Une expression étrange passa sur le visage de Kiri.

— Non, je n'ai pas d'idées, murmura-t-elle. Trouve quelque chose, toi.

— Gervaso ! dit-il après une minute de réflexion. Ça veut dire « qui mérite la considération ». C'est de circonstance.

— Très original, commenta Kiri en souriant. Je ne l'avais jamais entendu avant. J'aime beaucoup.

— C'est mon deuxième prénom, en fait. Ma mère l'adorait.

— Un excellent choix ! Cela sonne mieux que « mon petit gars ».

— Tu es sûre que tu ne veux pas lui donner un prénom aussi ?

— Certaine… Bon, allez, je vais voir mes patients.

Elle se détourna, prit une paire de gants stériles dans un tiroir puis gagna l'autre bout de la pièce.

Kiri avait visiblement un problème. Néanmoins, il préférait ne pas savoir lequel. Moins il se poserait de questions sur elle, mieux cela vaudrait. Sa priorité était Gervaso. Il voulait croire, de toutes ses forces, que cet enfant s'en sortirait malgré les obstacles.

Il eut un coup au cœur à l'idée qu'une famille allait l'adopter et qu'il ne le verrait plus.

Il pourrait le garder, lui. Qu'est-ce qui l'en empêchait ?

Idiot ! *Tout* l'en empêchait, à commencer par sa propre

espérance de vie. Gervaso méritait de grandir dans un environnement stable et durable.

— Samantha ?

L'infirmière se matérialisa près de lui.

— Oui, docteur Valentino ?

— On m'attend aux consultations externes. Pouvez-vous m'aider à le recoucher, s'il vous plaît ?

— Bien sûr.

Avec douceur, elle souleva le bébé pour le remettre dans la couveuse. Il replaça tous les fils avec soin puis referma le couvercle.

— Je l'ai baptisé Gervaso, ajouta-t-il. G-E-R-V-A-S-O. Il faudra enregistrer cette modification dans son dossier.

Il renfila sa chemise, sa blouse, puis sortit en évitant soigneusement de regarder Kiri.

En voyant Alejandro cajoler le bébé, peau contre peau, Kiri s'était sentie bouleversée. Ce spectacle lui avait évoqué des souvenirs pénibles. Elle s'était dit que cet homme aurait fait un papa exceptionnel s'ils avaient eu la chance de pouvoir fonder une famille.

Mais ils en étaient loin. Elle ne pouvait pas avoir d'enfants, et lui de son côté n'en voulait pas.

Elle avait donc refusé de donner à Gervaso un deuxième prénom et s'était éloignée, sachant qu'elle ne devait pas s'attacher à lui.

Cet enfant n'était pas le sien. S'il survivait, il serait adopté par une famille. Elle ne le reverrait plus. A quoi bon prendre le risque de souffrir ?

Vu ses propres réactions, elle était maintenant sûre que garder ses distances avec Alejandro était la meilleure solution. D'ailleurs, il semblait avoir conclu la même chose. Tout avait changé après la promenade à Vizcaya : ils étaient conscients des risques qu'ils couraient à se rapprocher l'un de l'autre.

Dire qu'elle avait quitté New York pour fuir son passé douloureux ! Comment aurait-elle pu prévoir qu'elle allait tomber sur lui ? C'était injuste…

Perturbée, elle quitta la réanimation néonatale et se rendit dans son bureau. Mais à peine s'était-elle assise devant l'ordinateur que son téléphone sonna : on avait besoin d'elle aux urgences.

Quand elle arriva en bas, la zone de tri ressemblait à un champ de bataille. Un accident de car scolaire venait d'avoir lieu, et on ne comptait plus les enfants blessés. Une seule fillette, néanmoins, semblait grièvement touchée.

— Box 3 ! cria la surveillante.

Kiri se rua dans la pièce au moment où un interne administrait un choc électrique à la patiente : celle-ci venait de faire un arrêt cardiaque.

— On a un rythme, annonça-t-il d'un ton soulagé.

— Sait-on ce qu'il lui est arrivé ? demanda Kiri.

— Elle a été éjectée du bus puis percutée par une voiture.

— Oh non !… Je veux un scanner complet, tout de suite. Il y a peut-être un trauma crânien ou des lésions internes.

Elle leva le drap qui protégeait la fillette.

L'abdomen présentait de multiples contusions. Après un examen rapide, elle fut quasiment certaine de devoir enlever la rate.

Soucieuse, elle prit un stéthoscope.

Comme elle le craignait, il y avait un épanchement au niveau des poumons.

— Intubation ! cria-t-elle par-dessus son épaule.

Une main s'avança pour lui donner un tube endo-trachéal. Dès qu'elle l'eut inséré, il se remplit de sang.

— On fonce au scanner, ordonna-t-elle.

Quelques minutes plus tard, elle était fixée sur la marche à suivre.

Le crâne de la fillette était heureusement intact. En revanche, elle avait plusieurs côtes cassées et un poumon perforé. De plus, l'éclatement de la rate avait déclenché une hémorragie interne.

Chaque minute comptait.

— Appelez un chirurgien cardio-thoracique ! demanda-t-elle à l'interne qui l'accompagnait. Moi, je fonce au bloc.

Elle courut au vestiaire et se changea rapidement.

# 7.

— Aspiration !

Kiri se préparait à enlever la rate de sa jeune patiente. Kyle Robinson, le chirurgien cardio-thoracique, s'était déjà occupé du poumon. Par chance, l'organe n'avait pas été trop endommagé. Il avait donc pu le réparer et remettre les côtes en place assez aisément. Mais le plus compliqué restait à venir.

— Cette petite a de la chance, commenta-t-il. Si l'accident avait eu lieu plus loin de l'hôpital, ç'aurait été une autre histoire.

— En effet, répondit Kiri.

Fidèle à son habitude, elle se borna à ce commentaire laconique. Elle n'aimait pas parler pendant les interventions difficiles, et c'en était une.

— Les reins sont touchés, annonça-t-elle. Quel est le débit d'urine ?

— C'est vide, répondit une infirmière après avoir contrôlé le sac relié à la sonde.

Oh non ! Si les deux reins cessaient de fonctionner, on devrait recourir à une greffe. Mais elle allait tout faire pour l'éviter. Et même si elle ne voulait plus voir Alejandro, elle avait besoin de lui.

— Appelez le Dr Valentino, ordonna-t-elle.

Quand celui-ci arriva au pas de charge, moins de cinq minutes plus tard, elle lui résuma la situation.

— Je vois un saignement derrière le rein gauche, expliqua-t-elle. J'aimerais que tu t'en occupes pendant que j'enlève la rate.

— Sans problème.

Une fois devant la table, il pesta entre ses dents.

— Eh bien ! Elle a dû recevoir un sacré choc pour que les reins soient touchés, marmonna-t-il. Le gauche est dans un sale état, je ne suis pas sûr de pouvoir faire quelque chose. Le droit est intact, heureusement. Il n'y a qu'une minidéchirure au niveau de l'urètre. Mettons-la tout de suite sous bypass pour que les toxines ne s'accumulent pas.

— J'ai presque terminé, répondit Kiri. Je vais te laisser la place.

— Tu ne me gênes pas. Je peux contourner tes mains.

Ils se mirent à travailler à l'unisson, chacun focalisé sur sa tâche. C'était comme s'ils collaboraient depuis des années, même s'ils n'avaient opéré qu'une seule fois ensemble. Elle ne s'était jamais sentie en osmose professionnelle à ce point, sinon avec le Dr Vaughan, son maître.

— Comment s'appelle-t-elle ? demanda Alejandro, rompant le silence.

— Casey. Pourquoi ?

— J'aime bien connaître le nom de mes patients pour m'adresser à eux. Tu vas t'en sortir, Casey, ajouta-t-il, d'une voix si douce que Kiri en eut les larmes aux yeux.

— Tu sais y faire avec les gosses, chuchota-t-elle.

— Je les aime bien.

Peut-être. Sauf qu'il n'en voulait pas…

Elle faillit lui demander pourquoi, mais le moment aurait été mal choisi.

La splénectomie touchait à sa fin, à présent. Elle contrôla une dernière fois le site de l'ablation puis recula légèrement. Alejandro essayait toujours de réparer le rein gauche. Elle eut un coup au cœur en le voyant secouer la tête.

— Il est trop atteint pour que je puisse le sauver, dit-il d'un ton triste. Je dois le retirer. Je n'ai pas le choix.

— Et l'autre ?

— Aucun problème. Je vais poser un shunt rénal pour

favoriser le drainage. On gardera Casey quelques semaines à l'hôpital sous diurétiques, le temps que l'urètre cicatrise.

Soudain, il leva la tête et la dévisagea par-dessus son masque.

— J'espère que ses parents ont une bonne mutuelle et qu'on ne devra pas l'envoyer au County, ajouta-t-il.

Agacée par cette pique, elle fronça les sourcils.

— Je n'y suis pour rien, tu le sais ! Et heureusement, elle a une famille. Elle n'est pas orpheline.

— Tant mieux. Quoi qu'il en soit, je *veux* qu'elle reste ici.

— Tu ne peux pas payer pour tout le monde !

Il marmonna une réponse qu'elle ne comprit pas.

S'il avait su à quel point elle était d'accord ! Elle aussi voulait que Casey continue d'être traitée au Buena Vista.

On avait conduit la fillette ici parce que l'hôpital était le plus proche du lieu de l'accident. Snyder envisageait de fermer purement et simplement les urgences pour éviter l'afflux de vagabonds et de malades insolvables. En revanche, il ne pouvait pas refuser d'accueillir des victimes de la route dans son établissement, l'un des meilleurs en traumatologie. Si les parents de Casey n'étaient pas assez riches, Kiri arguerait que soigner cette enfant était une bonne publicité. On en parlerait dans les médias. Snyder pourrait tirer la couverture à lui, il adorait ça.

— Je vais voir les parents, dit-elle. Ils doivent être morts d'inquiétude en salle d'attente.

— Bonne idée, approuva Alejandro. Je leur parlerai, moi aussi, dès que j'aurai terminé.

— Ça marche.

Elle quitta le bloc et se changea rapidement, le cœur serré.

Rencontrer les familles n'était jamais simple en de pareilles circonstances mais, au moins, elle avait une bonne nouvelle à leur annoncer : Casey allait vivre. La route serait longue, mais elle allait s'en sortir. Rien d'autre n'avait d'importance.

Finalement, l'intervention dura plus longtemps que prévu.

Alejandro dut attendre que les saignements s'arrêtent dans la cavité rénale où il avait enlevé le rein gauche. Ensuite, il voulut s'assurer que le droit, celui qu'il avait sauvé, recommençait à fonctionner. Ce fut le cas, grâce au shunt et aux diurétiques qu'il avait fait administrer à la patiente par intraveineuse.

On peut très bien vivre avec un seul rein. Casey n'aurait pas à être inscrite sur la liste des malades en attente d'un organe. A terme, elle se rétablirait. Elle serait suivie par un néphrologue et pourrait mener une vie normale.

Comme lui. Il pourrait vivre une vie normale. Simplement, il avait peur.

Il balaya cette pensée importune. Il n'avait pas le temps de s'apitoyer sur son sort, il devait aller voir la famille de Casey.

Après s'être changé, il gagna la salle d'attente, surpris de constater que Kiri s'y trouvait encore. Elle était assise entre les parents et discutait avec eux, cherchant visiblement à les réconforter.

Elle l'accueillit par un sourire.

Les parents, le voyant devant eux, se levèrent d'un bond, l'air terrifié.

Il connaissait trop bien ce scénario pour l'avoir vécu des centaines de fois. Il se hâta de les rassurer en insistant sur les aspects positifs de la situation. Ils en discutèrent longuement, après quoi Kiri les emmena voir leur fille en soins intensifs.

Il se sentait épuisé, à présent. Il avait besoin d'un café bien fort pour accompagner son médicament antirejet, garant de sa survie, qu'il absorbait tous les jours.

Il quitta l'hôpital sans tarder.

La nuit tombait, et il se prit à rêver d'être déjà chez lui, en train d'admirer le coucher de soleil.

Le crépuscule était son moment préféré de la journée. L'heure délicieuse où il pouvait enfin ralentir le rythme.

A South Beach, la vie s'accélérait le soir, mais c'était

différent. Les gens sortaient, heureux, insouciants. Depuis quand n'était-il pas allé danser ?

Il s'arrêta au kiosque à boissons installé sur l'esplanade de l'hôpital, où l'on servait jour et nuit un délicieux café cubain.

— Bonsoir, docteur Valentino ! dit la serveuse d'un ton enjoué. Que prendrez-vous, aujourd'hui ?

Comme beaucoup de médecins, il était devenu un client régulier de l'endroit.

— Un double expresso bien serré, s'il vous plaît.

Une fois servi, il alla s'asseoir sur un banc et ferma les paupières.

Il était mort de fatigue après cette opération compliquée, mais satisfait du devoir accompli. Kiri et lui avaient sauvé cette petite fille. Cela valait bien une nuque raide, non ?

Les paupières closes, il écouta les bruits de la ville.

Miami demeurerait à jamais son port d'attache. Son unique passion avec la médecine.

Son seul amour ?

Malgré lui, il pensa à Kiri.

Il avait essayé de la retrouver après le week-end à Las Vegas, mais en vain. Ricky ne savait rien d'elle. Ou plutôt, il avait fait de la rétention d'information. Il aurait pu lui donner les coordonnées de la personne qui avait organisé cet enterrement de vie de jeune fille, mais non. Fâché de perdre son meilleur danseur, il s'était vengé à sa manière.

— Tu reviendras, lui avait-il déclaré d'un ton méprisant. Vous revenez tous quand vous avez besoin de fric !

Mais Alejandro n'était jamais revenu. Fidèle à la promesse qu'il s'était faite, il avait bâti sa carrière à la force du poignet, jusqu'en haut de l'échelle. Et, finalement, c'était une bonne chose qu'il n'ait pas pu revoir Kiri. Qu'aurait-il pu lui offrir, avec son espérance de vie limitée ? Elle méritait mieux qu'un homme tel que lui.

— Puis-je me joindre à toi ?

Quand on parle du loup…

Il ouvrit les yeux.

Elle était là, devant lui. Elle semblait fatiguée, et aussi un peu triste. Il n'eut pas le cœur de refuser.

— Bien sûr. Assieds-toi.

— Je ne m'attendais pas à faire une splénectomie aujourd'hui, murmura-t-elle.

— On ne s'attend jamais à ça, répondit-il gentiment.

— Si, quand c'est une intervention programmée liée à une maladie particulière. Mais là, dans ces conditions… Je ne m'y ferai jamais, je pense. C'est terrible de voir des gosses dans cet état.

Il but une gorgée de café et lui lança un regard perplexe.

— Pourquoi avoir choisi cette spécialité, alors ?

— Je n'en sais rien. Parce que ça vaut le coup de se battre pour les enfants, je suppose.

— Et pas pour les adultes ?

Elle eut un petit rire.

— Si, bien sûr… Mais c'est différent. J'aime les petits, alors je veux les aider. Pourquoi as-tu choisi les transplantations pédiatriques, toi ?

Après quelques instants d'hésitation, il posa son gobelet sur le banc et souleva son T-shirt.

— Tu vois ce tatouage ?

— Parfaitement, répondit-elle en rougissant.

— Il cache une cicatrice. Touche-la, et dis-moi à quoi tu penses.

Elle lui palpa le torse de manière très professionnelle, en fronçant légèrement les sourcils.

— Pour moi, tu as été opéré du cœur, déclara-t-elle.

— Bien vu. J'ai été transplanté à l'âge de dix ans.

Elle porta une main à sa bouche, l'air consterné.

— Alejandro ! Je suis désolée…

— Tout va bien, rassure-toi. Je voulais juste t'expliquer pourquoi je suis devenu chirurgien transplanteur. Je voulais rendre un peu de ce que l'on m'a donné le jour où j'ai reçu cette greffe.

— Je comprends. Mais pourquoi avoir choisi un aigle ?

— Pour me donner le courage de monter toujours plus haut, sans jamais baisser les bras… Et aussi parce que j'imaginais que les femmes trouveraient ça sexy !

Elle s'esclaffa.

— Oui, sûrement.

Entendre son rire chaleureux lui fit du bien. Il eut l'impression que sa fatigue s'évaporait d'un coup.

Ce soir, il avait besoin de compagnie, et pas n'importe laquelle. Avec Kiri, il n'avait pas à faire semblant. Elle le connaissait. Il pouvait être lui-même.

Il était fou, ou quoi ? C'était sa patronne. Et il avait décidé…

— Que fais-tu de beau, ce soir ? demanda-t-il.

Elle lui jeta un coup d'œil circonspect.

— Rien de spécial. Pourquoi ?

— Dans ce cas, je t'emmène danser.

— Danser ? s'exclama-t-elle. Je ne crois pas…

— Tu as raison, admit-il. Logiquement, on ne devrait pas sortir ensemble. Mais on a sauvé une vie ensemble. Ça se fête, non ?

— Kyle Robinson a participé aussi à l'opération. Il faudrait l'inviter.

Il éclata de rire à cette idée.

— Je l'aime beaucoup, mais tu l'as déjà vu sur une piste ?

— Non répondit-elle, hilare. Et toi ?

— Oui. C'est une catastrophe.

— Sûrement pas pire que moi.

— Sans me vanter, je suis un excellent professeur. Tu sais de quoi je suis capable…

Il s'amusa de la voir rougir et lui tapota l'épaule.

— Je connais un bar à samba génial près de chez nous. On n'aura même pas besoin de prendre la moto. A pied, ça nous fera une balade sympa. Qu'en penses-tu ?

Il attendit, submergé par des émotions contradictoires. D'un côté, il espérait que Kiri refuse mais, de l'autre, il rêvait qu'elle accepte. Il avait envie de passer du temps avec elle.

— Ce n'est pas raisonnable, commença-t-elle, mais… D'accord. Si tu veux.

— *¡ Excellente !* Je viendrai te chercher à 22 heures. N'oublie pas de mettre une robe.

Il termina son café, se leva puis jeta son gobelet dans une poubelle.

— On va bien s'amuser, dit-il. Fais-moi confiance.

— Des promesses, des promesses ! Tu as intérêt à les tenir.

Sans pouvoir s'en empêcher, il captura sa main et y déposa un baiser.

— Je tiens toujours mes promesses, Kiri.

# 8.

Kiri observa d'un œil critique son reflet dans le miroir.

Elle n'avait pas porté depuis des lustres cette robe verte, courte et moulante. Elle se sentait bien dans cette tenue, mais n'était-elle pas un peu démodée ?

De toute manière, sortir avec Alejandro était un mauvais plan. Elle ferait mieux d'annuler tout de suite !

Au moment où elle prenait son téléphone, on frappa à sa porte.

Trop tard !

Elle prit une profonde inspiration puis alla ouvrir.

— *¡ Hola !* Je…

Alejandro s'interrompit et la contempla, l'air médusé.

Prisonnière de ce regard de braise, elle sentit son cœur s'emballer. Elle avait très chaud, tout à coup.

— Tu es époustouflante, dit-il d'une voix rauque.

— Merci. Tu m'avais demandé de mettre une robe, alors…

— Elle te va très bien.

Il la regarda de nouveau puis s'éclaircit la voix.

— Alors, tu es prête à explorer South Beach ?

— Je… Oui, je pense.

— Tu « penses » ? Tu n'as pas l'air très emballée.

— Je me demande vraiment si on peut… Vu qu'on est collègues…

Il leva une main.

— Justement, on va sortir *entre collègues* en tout bien tout honneur, pour fêter un succès professionnel. On est amis, non ?

— Je… Oui.

— Alors, on y va ?

Incapable de résister davantage, elle opina.

En route pour l'aventure ! Cela faisait si longtemps qu'elle n'était pas sortie !

La brise tiède qui soufflait de l'océan lui fit l'effet d'une caresse sur sa peau.

— On va loin ? demanda-t-elle.

— Non, pas du tout. Reste bien avec moi.

A cette heure-ci, les noctambules avaient commencé à envahir les rues de South Beach. Elle devait presque se coller à Alejandro pour ne pas le perdre dans la foule. Il marchait vite, au point qu'elle avait du mal à le suivre.

— Ralentis, s'il te plaît ! J'ai des petites jambes, moi.

Il s'arrêta, un sourire taquin aux lèvres.

— Petites, mais jolies, déclara-t-il. J'aime beaucoup tes jambes. Tu as bien fait de mettre une robe courte…

— Allons, un peu de sérieux.

Elle protestait pour la forme, car ce compliment la touchait. Le regard appréciateur d'Alejandro lui donnait confiance en elle. Elle se sentait bien dans son corps de femme, une sensation très agréable qu'elle n'avait plus éprouvée depuis Las Vegas.

— Mais la danse est une chose très sérieuse, répondit-il en riant. Et justement, je suis pressé de t'emmener sur la piste. Ce soir, on a toutes les raisons de faire la fête !

Comme pour appuyer cette déclaration, il lui captura la main, la fit tournoyer sur elle-même et l'entraîna dans la rue la plus animée du quartier.

C'était comme si la foule s'écartait devant eux ! songea-t-elle, médusée.

Alejandro ne passait pas inaperçu. Il aurait fallu qu'elle soit aveugle pour ne pas remarquer les dizaines de regards féminins qui se tournaient vers lui, puis vers elle.

Se sentir évaluée de la sorte la mit un peu mal à l'aise. Cela lui rappela l'époque où, gamine potelée, elle détestait tout chez elle, de la coiffure trop longue aux lunettes de myope, en passant par les vêtements hérités de sa sœur, qu'on lui faisait porter par souci d'économie…

Mais elle avait changé, elle n'était plus la même ! A présent, elle était une chirurgienne estimée, chef de service dans un hôpital prestigieux, et n'avait pas à rougir de son physique. Et puis, comment empêcher les autres femmes de s'intéresser à Alejandro ? En jean noir et chemise blanche, il dégageait un charisme incroyable. Elle le trouvait sexy, renversant. Irrésistible.

Néanmoins, à ses yeux, il était bien autre chose. Sa personnalité en faisait un être hors du commun. Il avait le don d'attirer la sympathie des gens, et elle ne doutait pas qu'il savait en jouer à son avantage.

Elle en eut la preuve lorsque, arrivés au bar, le portier fit de grands signes en le voyant. Elle se sentit entraînée vers le rideau rouge, qui s'ouvrit en grand pour eux sous les protestations de la foule.

— Comment as-tu fait ? s'enquit-elle. Il y a trente mètres de queue !

— Le vigile et le propriétaire sont des amis d'enfance. Et puis, j'ai commencé à danser dans des clubs comme celui-ci à Little Heliconia.

Elle se figea.

— Tu veux dire…

Il secoua la tête en riant, lui prit la main et l'entraîna vers la salle aux lumières tamisées.

— Ce n'est pas ce que tu crois. J'étais payé pour faire de la danse de salon. Je servais de cavalier à des dames sans partenaire. C'est là que, un soir, Ricky m'a repéré et m'a demandé si je voulais travailler pour lui.

Abasourdie, elle regarda autour d'elle.

La piste était noire de monde. Un groupe de danseurs vêtus de costumes à paillettes et à plumes se déhanchaient sur une estrade à côté de l'orchestre, juste devant le bar. Jamais elle n'avait vu un spectacle aussi étonnant.

Elle se cramponna à la main d'Alejandro, tous les sens en alerte.

Même si elle se trouvait loin de son univers, elle vibrait littéralement sous l'effet de la musique latino. Elle avait appréhendé cette sortie, mais au fond, elle s'amusait déjà.

A condition, bien sûr, d'occulter son attirance pour Alejandro.

— Pourquoi es-tu allé chez Ricky ? demanda-t-elle d'une voix forte pour se faire entendre.

— Parce que c'était beaucoup mieux payé que dans les clubs de samba. Grâce à ce job, j'ai pu rembourser mes prêts étudiant dès la dernière année de fac.

Ils arrivaient sur la piste.

Quand Alejandro la prit par la taille pour la plaquer contre lui, elle sentit son cœur s'emballer sous le coup d'une émotion violente. Elle manqua un pas.

Il la serra plus fort pour l'empêcher de tomber.

— Tu as les jambes en coton parce qu'on a marché trop vite ? fit-il d'un ton taquin.

— Non, je suis juste nulle en danse. Avec ces talons hauts, c'est pire. Je n'ai pas l'habitude d'en porter.

— Arrête ! Tu te débrouilles comme un chef. Suis-moi, et ça ira encore mieux.

Joignant le geste à la parole, Alejandro arrondit les paumes sur ses hanches pour la faire bouger en rythme.

— Ferme les yeux, conseilla-t-il. Oublie tout. Laisse-toi porter par la musique.

Tout oublier ? Comment pourrait-elle oublier l'effet qu'il produisait sur elle, alors qu'ils étaient collés l'un à l'autre ? La couche de vêtements qui les séparait lui paraissait bien mince, et les points de contact entre leurs corps la brûlaient.

— Là, tu vois, c'est génial ! s'exclama-t-il.

Elle rouvrit les paupières, croisa son regard brun pétillant de malice, et frissonna.

Cette fossette au coin de sa bouche était vraiment irrésistible. Quant à sa façon de bouger…

Que ce soit sur une piste ou dans un bloc opératoire, Alejandro évoluait avec la même grâce féline. A l'hôpital, elle prenait plaisir à observer le ballet de ses grandes mains, si habiles et si délicates. Au fond, elles étaient le prolongement naturel de son corps : tout, chez lui, respirait l'élégance et la fluidité.

Il était le seul homme à éveiller de telles choses en elle. A Las Vegas, elle avait eu l'impression d'être désirable et sexy, et c'était de nouveau le cas maintenant…

Soudain, il la fit tournoyer dans les airs. Les spots, les lumières, les danseurs se mirent à valser sous ses yeux dans un éclaboussement de couleurs.

Ivre de joie, elle éclata de rire. Elle n'aurait pas été plus gaie si elle avait bu deux cocktails.

La petite lueur familière était apparue dans les yeux d'Alejandro. Si elle n'y prenait pas garde, elle allait se laisser emporter dans son tourbillon…

Quand la musique s'arrêta, elle se détacha de lui, hors d'haleine. A l'instar des autres danseurs, elle applaudit l'orchestre. Puis elle voulut quitter la piste.

Mais Alejandro ne lui en laissa pas le temps et l'enlaça de nouveau.

Le rythme de la musique était cette fois plus lent. Elle croisa son regard et vit qu'il l'observait intensément.

— Quoi ? murmura-t-elle.

De manière inattendue, il baissa les yeux.

— Rien. Je pensais à notre samba. Tu es douée.

— N'importe quoi !

Pour le contredire, elle lui marcha volontairement sur le pied. Ils s'esclaffèrent en même temps, et elle sentit une vague de chaleur déferler sur elle.

Alejandro lui faisait du bien. Avec lui, elle pouvait être elle-même sans avoir besoin de jouer un rôle.

— Hmm. Tu fais vraiment des progrès ! déclara-t-il.

En voyant son sourire dangereusement proche, elle se demanda s'il n'allait pas l'embrasser.

Si oui, elle serait incapable de résister…

— On étouffe, ici, dit-elle. On fait une pause ?

— Bonne idée. Veux-tu boire quelque chose ?

— Je paierais cher pour une eau minérale. J'ai vraiment chaud.

— Adjugé, vendu. Allons là-bas, ajouta-t-il en l'entraînant vers une porte latérale. Il y a un bar plus calme.

Dans cette petite pièce, les sons ne parvenaient qu'atténués. Elle s'installa sur un sofa et attendit, les paupières closes, qu'Alejandro revienne avec leurs boissons.

— Merci beaucoup, dit-elle, après avoir bu avidement plusieurs gorgées d'eau fraîche. J'étais déshydratée. Je n'ai jamais vu autant de monde.

Il s'esclaffa.

— Ce club est l'un des plus connus de South Beach. Tous les guides touristiques le mentionnent, d'où l'affluence. Et franchement, dans cette cohue, tu t'en es bien sortie. C'est très agréable de danser avec toi.

Son regard appréciateur lui donna le vertige.

Elle but une autre gorgée pour se donner une contenance.

— C'est sans doute parce que tu es un excellent professeur, répondit-elle d'un ton neutre.

— *Gracias*. Je donnais des cours autrefois, avant de travailler pour Ricky. Mais j'ai dû laisser tomber. Je n'avais plus assez de temps.

— Tu n'as pas peur que quelqu'un te reconnaisse un jour ?

Il haussa les épaules,

— C'est peu probable. J'évitais Miami, de peur que mes frères ne découvrent le pot aux roses. Ils n'ont jamais su comment je payais mes études. Je leur ai fait croire que j'étais manutentionnaire sur les docks.

— Bravo, belle mentalité ! le taquina-t-elle. Qui t'a appris à danser ?

— Ma mère. J'ai commencé tout petit et, à sa mort, j'ai continué. Elle rêvait que je devienne danseur comme son frère George resté en Colombie. Elle en parlait souvent.

— Et tes frères ?

— Ils n'avaient pas la moindre idée de ce qu'il se tramait à la maison pendant qu'ils jouaient dehors avec leurs copains. Sinon, ils se seraient bien moqués de moi ! C'était notre secret, à maman et moi. Et plus tard, quand j'ai commencé à en vivre, c'est resté un secret.

— Personne ne t'a jamais reconnu ?

— Non. Franchement, les visages n'intéressent pas les femmes. Elles se concentrent sur autre chose !

Gênée par son expression intense, elle détourna les yeux. S'il savait… Elle avait tellement rêvé de lui qu'elle aurait pu dessiner ses traits de mémoire !

Elle finit son verre d'eau puis se rejeta en arrière sur son siège. Alejandro lui tendit la main.

— On y retourne ? proposa-t-il.

Même si elle brûlait de danser à nouveau dans ses bras, elle secoua la tête.

— Je crois que je vais rester là un moment.

Il se pencha sur elle en fronçant les sourcils.

— Si tu trouves qu'il y a trop de monde, on peut sortir !

— Oui. Je suis un peu claustrophobe, en fait.

— Dans ce cas, allons marcher sur la plage. La journée a été fatigante. Respirer nous fera du bien.

Elle n'osa pas se dérober quand Alejandro lui prit la main pour la faire lever. Elle le suivit à l'extérieur, les tempes bourdonnantes, l'esprit confus.

Plus elle côtoyait cet homme, plus elle s'attachait à lui, ce qui était dangereux car ils n'avaient pas les mêmes attentes.

Cette relation ne donnerait rien. Si les choses allaient trop loin, plus dure serait la chute.

Ils traversèrent la rue, où un embouteillage s'était formé. Les gens affluaient toujours plus nombreux pour faire la fête dans le quartier.

Après avoir traversé une grande pelouse, ils se retrouvèrent au bord de l'eau. Pieds nus dans le sable, ils offrirent leur visage à la caresse de la brise marine.

— Même si on n'y voit pas grand-chose, je crois qu'un orage se prépare, remarqua Alejandro.

— On va se mettre à l'abri ?

— Ne t'inquiète pas, il est encore loin. Veux-tu qu'on rentre en longeant la mer ?

— Excellente idée ! Ce sera plus agréable que de traverser cette foule.

Ils commencèrent à marcher, laissant les vagues leur éclabousser les chevilles.

Après la fournaise du club de samba, cette sensation de fraîcheur était merveilleuse. Néanmoins, ils avaient intérêt à se dépêcher, car un gros éclair venait d'illuminer le ciel au-dessus d'eux.

— C'est magnifique, commenta-t-elle.

— Oui, je trouve aussi. Je ne m'en lasserai jamais.

— As-tu déjà vu un ouragan arriver ?

— J'ai seulement observé les crêtes blanches sur les vagues. Quand on voit ça, il faut rentrer. Je ne suis pas assez fou pour rester dehors. Les anciens disent que ce n'est pas le vent qui est dangereux, mais ce qu'il t'envoie sur la tête.

— Ils ont raison.

— Cela dit, je reste derrière ma fenêtre pour profiter du spectacle. Les tempêtes me fascinent.

Elle s'arrêta de marcher pour observer Alejandro. Dans ce clair-obscur, tous ses repères avaient disparu. Elle avait l'impression de se trouver face à une énigme.

— Tu aimes vivre dangereusement, murmura-t-elle.

— Non… Mais j'aimerais pouvoir le faire de temps à autre. La seule fois où j'ai pris un risque, c'est quand je t'ai abordée, à Las Vegas.

Du bout des doigts, il lui releva le menton.

Ce fut comme si la foudre l'avait touchée : une chaleur intense l'irradia des pieds à la tête.

C'était la preuve qu'Alejandro n'avait rien perdu de son pouvoir sur elle. Elle était incapable de résister à cette alchimie exceptionnelle. Et pourtant, elle devait lutter. N'avait-elle pas déjà assez souffert ?

Le repousser, tout de suite !

Ses bonnes résolutions s'envolèrent à la seconde où il se pencha sur elle et lui captura le visage entre ses mains. Elle ferma les yeux, sidérée par la puissance de son propre désir.

Ils échangèrent un baiser très tendre, comme s'ils ne s'étaient jamais quittés. La douleur, la tristesse, la frustration étaient encore là, mais cette étreinte les repoussait aux confins de sa mémoire.

Après sa fausse couche, elle avait accepté deux rendez-vous sans suite. Elle n'avait jamais refait l'amour. Alejandro Valentino était le seul homme capable de donner un sens à sa vie…

Mais qu'est-ce qu'elle faisait ?

Prise d'un sursaut de lucidité, elle le repoussa.

— Non… Je ne peux pas.

— Je suis désolé, *tesoro*, chuchota-t-il.

Elle inspira à fond puis recula.

— Inutile de t'excuser, nous étions deux, articula-t-elle péniblement. Mais s'il te plaît, ne m'appelle pas comme ça. Je ne suis pas ton « trésor » et ne le serai jamais.

Il l'enveloppa d'un regard étrange.

— Bien sûr, tu as raison. Excuse-moi.

Elle haussa les épaules.

— N'en parlons plus. Allez, dépêchons-nous de rentrer. Je me lève tôt demain, j'ai une réunion. Fatiguée comme je suis, je n'aurais pas dû sortir. J'aurais mieux fait d'aller me coucher.

— Tu as raison, répéta Alejandro d'un ton neutre. Allons-y.

Cette fois, ils ne s'attardèrent pas. Quelques minutes plus tard, ils atteignaient leur immeuble dans un silence tendu.

La montée dans l'ascenseur jusqu'au huitième étage tourna à l'épreuve.

Kiri n'avait pas le courage de regarder Alejandro. Si elle posait les yeux sur lui, elle risquait de fondre en larmes. Ou, pire, de faire une énorme bêtise.

Ils étaient voisins, hélas ! A l'arrivée, ils furent obligés de se suivre dans le couloir.

— Kiri, je t'ai mise mal à l'aise. Je suis désolé, dit doucement Alejandro.

— Il n'y a pas de quoi. Tout va bien.

Il se frotta la nuque en soupirant.

— Je me suis laissé emporter, ce soir. Mais il faut que tu saches… Je n'ai eu aucun regret, pour Las Vegas. Et je n'en aurai jamais.

A ces mots, elle sentit le sang lui pulser aux tempes.

Elle non plus ne regrettait rien. Dans ses bras, elle avait passé la plus belle nuit de sa vie de femme. Mais il n'avait jamais su la vérité. Sinon, il aurait sans doute vu les choses sous un angle moins positif.

Après tout, quelle importance ? Ils n'allaient rien faire, rien construire tous les deux. Et puis, il avait le droit de savoir. Cinq ans, c'était très long. Elle lui devait la vérité autant qu'elle avait besoin d'alléger sa conscience.

— Alejandro, dit-elle d'une voix morne, il y a cinq ans, après cette nuit, je me suis retrouvée enceinte.

— Je… Quoi ?

Il était devenu livide sous son hâle.

Elle s'obligea à poursuivre.

— Quand je l'ai appris, j'ai voulu retrouver ta trace, mais je n'ai pas réussi. Et… Et j'ai perdu le bébé.

D'un revers de main, elle balaya les larmes brûlantes qui s'étaient mises à rouler sur ses joues.

— Je ne veux plus revivre une pareille souffrance. Jamais. Je suis… Tellement désolée. Tu avais… le droit de savoir.

Cette dernière phrase mourut dans un sanglot.

Ivre de chagrin, elle tourna le dos, chercha ses clés puis ouvrit sa porte d'une main tremblante.

— Kiri…

Elle ne voulait pas lui parler ni même le regarder. A quoi bon ? Elle ne supportait pas de voir son air hébété. Elle refusait de lire le chagrin dans ses yeux.

— Je suis désolée, marmonna-t-elle par-dessus son épaule.

Puis elle entra chez elle et claqua la porte.

Maintenant, il savait. Tout était dit. Elle allait pouvoir tourner la page, avancer dans la vie. Seule. Car il y avait fort à parier qu'Alejandro Valentino ne veuille plus jamais entendre parler d'elle.

# 9.

« Enceinte, enceinte, enceinte… »

Le mot résonnait comme un leitmotiv dans l'esprit d'Alejandro. Il était choqué. Bouleversé.

Après avoir fixé la porte de Kiri un moment, il rentra chez lui.

Mais il avait du mal à rester là, tout seul. Il aurait voulu aller la voir, lui poser mille questions. Et, surtout, il aurait aimé la prendre dans ses bras pour apaiser son chagrin.

L'idée qu'elle avait traversé cette épreuve terrible sans lui le rendait fou. Cette femme était la seule qui ait compté à ses yeux. Après elle, il n'avait eu que très peu d'aventures, toutes sans lendemain. Il ne l'avait jamais oubliée. Maintenant qu'il l'avait retrouvée, il ne souhaitait qu'une chose : être avec elle. Apprendre qu'elle avait été enceinte, qu'elle avait perdu leur enfant ne changeait rien. Au contraire, il se sentait encore plus proche d'elle.

Ce soir, sur la piste de danse, il avait eu envie d'elle comme un possédé. Les regards masculins égarés sur sa magnifique silhouette l'avaient mis en rage. De quel droit les autres la reluquaient-ils ? Elle lui appartenait ! avait-il pensé, furieux.

Il n'était pourtant pas du style jaloux, encore moins possessif. Mais avec Kiri, tous ses repères volaient en éclats. Conscient que rien n'était possible, il ne pouvait pourtant pas s'empêcher de la désirer comme au premier jour. Et même beaucoup plus.

Incapable de résister, il l'avait embrassée. Elle lui avait rendu sa passion au centuple. Ils avaient perdu la notion du temps et du monde… Jusqu'à ce qu'elle les ramène tous les deux à la réalité.

La chute avait été brutale au retour.

Kiri avait perdu leur enfant !

Il redoublerait de prudence, à l'avenir. Il ne devait pas la blesser, elle qui avait déjà tant souffert. Elle méritait de rencontrer un homme bien, capable de fonder une famille. Ce qui n'était pas son cas et ne le serait jamais. Il refusait de lui infliger le chagrin qu'il avait connu lui-même quand il avait perdu ses parents. Car il allait mourir jeune, c'était presque sûr.

Fort de cette certitude, il verrouillait soigneusement ses émotions. Il n'était jamais tombé amoureux. Il n'avait jamais laissé à une femme le temps de s'attacher à lui.

Mais Kiri Bhardwaj avait l'art et la manière de briser ses défenses. Il avait craqué, cinq ans plus tôt. Et malgré toutes ses bonnes résolutions, il craquait encore.

*Va la voir. Tu as besoin d'elle. Elle a besoin de toi.*

Le front appuyé contre la fenêtre, il observa un moment le ciel zébré d'éclairs.

Il se sentait électrique, presque fébrile. Il allait sans doute commettre la plus grosse erreur de sa vie, mais c'était plus fort que lui. A présent qu'il connaissait la vérité, Kiri faisait encore plus partie de lui-même. Elle coulait dans ses veines pour toujours. Il ne l'oublierait jamais…

Les tempes bourdonnantes, il se précipita dans le couloir. Il claqua sa porte puis, résolument, frappa à celle d'en face.

Kiri ne mit pas longtemps à ouvrir. Elle avait dénoué et brossé ses longs cheveux et enfilé une nuisette.

— Alejandro ? chuchota-t-elle, l'air étonné. Qu'y a-t-il ?

Son cœur se serra lorsqu'il vit ses yeux rougis. Au lieu de répondre, il s'avança, la prit dans ses bras et l'embrassa sauvagement. Un baiser résumant à lui seul les sentiments confus qui l'habitaient : la souffrance, le doute, mais aussi le désir.

Kiri devait comprendre qu'il tenait à elle malgré tout et qu'il voulait obtenir son pardon. Elle s'alanguit contre lui, les bras autour de son cou, les doigts glissés dans ses cheveux.

Alors, sans interrompre le baiser, il la poussa à l'intérieur de l'appartement.

Il s'attendait presque à ce qu'elle le rejette, mais ce ne fut pas le cas.

Il referma la porte d'un coup de pied.

— Je suis tellement désolé, Kiri, murmura-t-il. Ça me rend malade de ne pas avoir été là pour toi. Je donnerais n'importe quoi pour effacer ton chagrin. J'ai envie… d'être avec toi. Encore plus qu'à Las Vegas.

— Alejandro, chuchota-t-elle, blottie contre sa poitrine. A quoi joue-t-on, là ?

— Je n'en sais rien.

Il captura tendrement son visage, dont il dessina les contours de ses pouces.

— J'ai envie… J'ai besoin de toi, avoua-t-il. Mais je ne veux pas te faire de fausse promesse. Je suis incapable de m'engager dans une relation. Alors, si nous ne sommes pas sur la même longueur d'onde, dis-le, et je m'en irai. C'est à cause de ma transplantation, pas à cause de toi, précisa-t-il en soupirant.

— Tu crains que ton cœur lâche ?

— Oui… Mes parents tenaient une *bodega* à Little Heliconia. Nous avons été victimes d'un cambriolage qui a mal tourné. Ma mère est morte sur le coup. Mon père a fait une hémorragie cérébrale sur la table d'opération, il n'a pas pu être sauvé…

Il déglutit péniblement puis enchaîna.

— Moi, j'avais reçu une balle en pleine poitrine. Quand mon père a été déclaré en état de mort clinique, mes frères ont pris la décision d'arrêter l'assistance respiratoire pour que les médecins puissent me greffer son cœur. Alors, tu comprends, je porte une part de l'homme que j'admire le plus au monde. C'est une grosse responsabilité. Tous les jours, je me dis que j'ai une dette envers lui et que je dois être irréprochable. Ma vie, c'est la médecine.

Il faillit ajouter qu'il ne voulait pas lui faire de peine en mourant prématurément, mais il s'abstint. Cet aveu était au-delà de ses forces.

Le magnifique regard de Kiri s'embua de larmes.

— J'ai beaucoup de peine pour toi, dit-elle d'une voix rauque. Si tu savais à quel point… Ton histoire me bouleverse. Je t'admire énormément, et je te respecte. Tu as fait le meilleur choix de vie possible. Tes parents seraient fiers de toi, Alejandro.

— Je ne considère pas ce choix comme un fardeau, tu sais. Et je ne t'en ai pas parlé pour que tu aies pitié de moi. Simplement, il fallait que tu saches. Que tu comprennes pourquoi je suis incapable d'avoir une relation suivie. Maintenant, tu peux te décider en toute connaissance de cause, conclut-il, le cœur battant.

Son sourire lui donna l'impression de fondre. Elle aplatit les mains sur son torse.

— Je n'ai pas besoin de promesses, répondit-elle d'une voix douce. J'ai juste peur que cela se sache.

— Personne ne le saura. Nous pouvons avoir une nuit bien à nous.

— Rien qu'une nuit, chuchota-t-elle. Pour tout oublier. Ici et maintenant.

Galvanisé par sa réponse, il la souleva dans ses bras. Ayant trouvé d'instinct le chemin de sa chambre, il la déposa doucement sur le lit, il se laissa tomber près d'elle.

Mais soudain il se figea, consterné.

— Que se passe-t-il ? demanda-t-elle.

— Je n'ai pas de préservatif. Je suis loin d'être un séducteur, Kiri.

— Ne t'inquiète pas, je n'ai aucun risque de tomber

enceinte, répondit-elle d'un ton triste. D'après mon gynécologue, je ne peux plus avoir d'enfants.

Il l'étreignit de toutes ses forces, bouleversé.

— Tu es sûre d'en avoir envie, *tesoro* ?

Elle commença à défaire les boutons de sa chemise.

— Sûre et certaine. Fais-moi l'amour.

Le contact de ses paumes tièdes sur son torse l'électrisa complètement. Il comprit alors qu'il était perdu.

Il allait peut-être y laisser son cœur, son âme et sa raison, mais il ne pouvait plus faire marche arrière. A Las Vegas, il s'était accordé une nuit de bonheur. Deux nuits en cinq ans, était-ce trop demander ?

Il se pencha sur Kiri, l'embrassa passionnément et posa les mains sur ses fesses pour l'attirer plus près.

— Je n'ai pensé qu'à toi pendant cinq ans, chuchota-t-il. A toi et rien qu'à toi.

— Oh ! Alejandro ! Toi, tu étais dans tous mes rêves…

Lorsqu'il lui butina le cou, elle gémit de plaisir.

N'était-il pas en train de vivre un songe merveilleux ? Il la désirait si fort qu'il risquait de perdre tout contrôle sur lui-même.

— Si je ne fais pas attention, je vais aller trop vite, marmonna-t-il.

— En quoi est-ce un problème ? susurra-t-elle, provocatrice, en laissant courir les mains sur son dos.

— Je veux prendre le temps de t'embrasser partout. Je veux te goûter, te savourer, te dévorer !

Avec douceur, il l'allongea contre les oreillers. Puis il se mit à parcourir son corps avec fièvre.

Sa peau douce, ses courbes tendres, ses cheveux soyeux lui faisaient perdre la tête. Il la trouvait si belle qu'il s'arrêta pour la contempler.

— Caresse-moi encore, chuchota-t-elle.

— Avec plaisir.

Il arrondit les paumes sur ses seins, lui arrachant un

nouveau gémissement. Mais il rêvait maintenant d'un contact peau contre peau.

Kiri dut le comprendre, car elle se redressa et enleva sa chemise de nuit d'un mouvement fluide. Elle acheva ensuite de le déshabiller, avec une frénésie qui lui fit comprendre à quel point elle était impatiente elle aussi.

— J'adore quand tu me touches, murmura-t-il.

— Oui, j'avais cru deviner…

Elle traça un sillon sur son torse, son ventre, descendit plus bas encore. Il laissa échapper un cri lorsque ses doigts se refermèrent sur son sexe douloureux.

— *¡ Dios !*

— Tu es à ma merci, chuchota-t-elle, en le serrant plus fort. Je peux faire de toi ce que je veux.

— *Si.*

Ses caresses subtiles l'entraînaient dans un tourbillon vertigineux. Son corps le brûlait, il ne s'appartenait plus. Bientôt, des gémissements rauques s'échappèrent de sa gorge sans qu'il puisse les retenir.

— *¡ No te detengas !*, implora-t-il, les reins cambrés.

— Qu'est-ce que tu racontes ? demanda-t-elle d'un ton taquin.

— Ne t'arrête pas… S'il te plaît.

— J'avais bien l'intention de continuer !

Rampant sur lui, elle le prit entre ses lèvres. Il lui agrippa les cheveux, s'entendit prononcer des paroles incohérentes en espagnol. Le plaisir allait le balayer d'une seconde à l'autre, mais c'était beaucoup trop tôt…

Au prix d'un énorme effort, il s'arracha à l'étreinte de Kiri, l'agrippa par les épaules puis la plaqua contre les oreillers.

— Alors, *tesoro*, qui est-ce qui commande, maintenant ?

Elle voulut lui nouer les jambes autour des hanches, mais il l'en empêcha d'une main glissée entre ses cuisses.

— Alejandro… J'ai envie de toi.

— Un peu de patience, mon cœur. J'ai des choses à faire.

— Quelles choses ? Oh…

De sa langue, il taquina le point le plus sensible de son intimité.

— Comment dit-on… « Je te veux en moi maintenant » ? gémit-elle.

— *Te quiero dentro de mi ahora.*

— *Te quiero dentro de mi ahora.*

— *Si.*

— C'était un ordre, pas une question !

— Ah ? Tu m'en diras tant…

Il se redressa, chercha son regard. Elle attira sa tête à elle, et ils échangèrent un baiser furieux.

Quand il vint en elle, ce fut comme si l'univers se désintégrait. Elle était si douce, si chaude. Leurs corps fusionnaient avec une telle perfection…

Ils cheminèrent ensemble de plus en plus haut, de plus en plus loin. Il eut du mal à se retenir, mais il y parvint cependant jusqu'à ce que Kiri s'abatte sur son épaule en criant son nom. Alors, il jouit à son tour, le corps secoué de tremblements, hors d'haleine.

Elle aussi haletait.

Il roula sur le côté en l'entraînant avec lui et ferma les paupières, médusé. Jamais il n'avait connu un tel séisme. Jamais il ne s'était laissé entraîner aussi loin. Et le pire, c'est qu'il en redemandait.

— C'était… Waouh, chuchota Kiri, le souffle court.

— Waouh, en effet, murmura-t-il. Tu es merveilleuse.

Elle lui sourit dans la pénombre.

Dehors, la tempête faisait rage, le vent hurlait, mais il n'en avait cure. Il était bien, là, avec elle. Il sentit son désir se réveiller et l'étreignit plus fort.

Jamais il ne pourrait se rassasier d'elle. C'était mission impossible.

Il comprit à ce moment-là qu'il était perdu.

Kiri s'éveilla en sursaut, l'esprit embrumé.

Son premier réflexe fut de chercher Alejandro à tâtons dans le lit.

Il n'était plus là. Parti. Comme elle, cinq ans plus tôt.

A quoi s'attendait-elle ? Elle savait que cette nuit d'amour était sans lendemain. Elle l'avait accepté en toute connaissance de cause. Quelques moments volés seraient mieux que rien, s'était-elle dit. Et elle ne les regrettait pas. Oh non !

Le jour s'était levé sur un ciel bas et gris. L'océan était agité, la plage jonchée d'algues. La journée s'annonçait morose.

Elle n'avait pas le choix, pourtant. Elle devait aller travailler. Reprendre le cours de son existence après cette parenthèse qui, hélas ! n'en appellerait pas d'autres.

Quel dommage ! Maintenant qu'elle connaissait mieux Alejandro, faire l'amour avec lui avait pris une autre dimension. Elle le comprenait. Elle adorait passer du temps en sa compagnie. Il était devenu un ami précieux…

Il était beaucoup plus que ça ! Elle était amoureuse de lui. Elle l'avait toujours été. L'évidence qu'elle s'était obstinée à nier lui éclatait au visage : elle aimait passionnément Alejandro.

Après Las Vegas, elle avait eu moins de mal à se raisonner. Malgré ses sentiments — car elle en avait déjà —, elle s'était persuadée d'avoir vécu une nuit sans lendemain avec un bel inconnu. Maintenant, c'était impossible car elle avait découvert une foule de choses sur lui.

Sa capacité de résilience la laissait sans voix. Malgré le drame qu'il avait vécu enfant, il s'était reconstruit de manière exceptionnelle. Elle admirait le chirurgien brillant et passionné qu'il était devenu. Elle fondait devant son charisme, son originalité, sa gentillesse. Plus elle y pensait, plus elle était convaincue d'avoir trouvé l'homme idéal.

Il y avait un problème, néanmoins : l'homme en question ne voulait pas d'elle. Ou plutôt, il refusait de s'engager.

*Tu lui as dit que ça te convenait. Pourquoi regretter, maintenant ? Grandis un peu, Kiri !*

Elle était une femme libre, indépendante. Elle avait su avancer malgré les obstacles. Elle continuerait.

Ce poste à Miami représentait une occasion unique de promouvoir sa carrière. Elle n'allait pas tout gâcher pour une relation qui ne lui apporterait que des déconvenues.

A compter de ce jour, elle ne penserait qu'au travail.

Il n'y avait rien de mieux pour garder les pieds sur terre.

# 10.

— Vous êtes en retard, docteur Bhardwaj.

Kiri s'avança dans le bureau directorial. Elle salua Snyder d'un bref : « Bonjour » et le gratifia d'un regard glacial.

Pour qui cet idiot se prenait-il ? Il n'allait pas faire tout un plat pour cinq minutes ?

— Asseyez-vous, docteur. Heureusement, j'ai pu recevoir le Dr Prescott le temps que vous arriviez, ajouta Snyder d'un ton sec. Il est venu signer sa lettre de démission.

Elle eut l'impression qu'une chape de plomb s'abattait sur ses épaules.

Ainsi, les rumeurs étaient fondées ? Le pauvre Prescott ne méritait pas qu'on supprime son service, lui qui se dévouait sans compter !

— Croyez-vous que la fermeture des urgences soit une bonne décision ? demanda-t-elle.

— Nous ne fermons rien du tout. Prescott a trouvé un poste ailleurs, point à la ligne. Je lui cherche un successeur, alors si vous connaissez quelqu'un, dites-le-moi. Pour le reste, la manière dont nous gérons les services ne vous concerne pas, docteur. Vous dirigez très bien le vôtre, c'est l'essentiel. Le conseil d'administration approuve vos choix à cent pour cent.

Elle inspira à fond puis s'obligea à compter jusqu'à cinq pour rester polie.

— Tant mieux, répondit-elle du bout des lèvres.

Snyder était odieux, et elle se moquait bien que le conseil

la félicite. Elle aurait préféré maintenir le budget de pédiatrie au lieu de rogner sur tout !

— Nous avons tout de même un petit souci avec le Dr Valentino, reprit Snyder, l'air mauvais.

L'estomac de Kiri se contracta douloureusement. Elle s'efforça au calme.

— Quel est le problème ?

— Le Dr Valentino est l'un des meilleurs chirurgiens du pays, déclara Snyder. Pour cette raison, je tiens à le garder dans l'équipe. Mais il doit arrêter de faire du social.

— Il a arrêté après l'opération de José Agadore.

— Ah oui ? Expliquez-moi pourquoi il paye les médicaments antirejet du patient, dans ce cas.

— Quoi ? s'exclama-t-elle, abasourdie.

— J'ai un double de facture, si vous ne me croyez pas. Et le bébé abandonné ? enchaîna le président du conseil. Pourquoi est-il encore ici ?

— Le Dr Valentino est devenu son tuteur provisoire. Il paye les soins. Le petit a besoin d'une transplantation cardiaque.

Snyder releva ses lunettes, se frotta les yeux puis secoua la tête.

— Il faut mettre le holà à tout cela. Sinon, on ne s'en sortira jamais.

Révoltée, elle crispa les poings.

— C'est son argent, contra-t-elle. Je ne peux pas l'empêcher de le dépenser.

— Non. Mais quelqu'un doit lui parler. En tant que chef de service, cela fait partie de vos attributions, souligna Snyder d'un ton éloquent.

Son regard torve accentua l'irritation de Kiri.

— Je m'en charge, dit-elle en se levant. Et maintenant, si c'est tout, mes patients *solvables* m'attendent, conclut-elle.

Snyder fit un geste en direction de la porte, comme s'il renvoyait une servante.

— Oui, allez-y. A plus tard.

Elle quitta le bureau, furieuse.

Elle avait l'intuition que le conseil n'avait rien à voir là-dedans et que Snyder nourrissait une rancune personnelle contre Alejandro. Comment le Pr Vaughan, gentil et humain comme il l'était, pouvait-il fréquenter un pareil imbécile ? Il ne devait pas le connaître sous ce jour-là, ou c'en aurait été fini de leur amitié !

Elle allait essayer de voir les administrateurs sans Snyder, le plus vite possible. L'action sociale devait être remise au goût du jour. Cela faisait partie de la mission de tout établissement hospitalier. Avec de solides arguments, peut-être pourrait-elle les convaincre.

En attendant, une mission difficile lui incombait : aller trouver Alejandro, qui effectuait ses visites matinales.

Suivant les indications d'une infirmière, elle s'orienta vers la chambre du petit José. Arrivée à la fenêtre donnant sur le couloir, elle vit Alejandro extraire une boîte de médicaments de sa poche.

Snyder n'avait donc pas menti.

Obtenir la tutelle d'un bébé était une chose, acheter des médicaments pour un malade en était une autre. Alejandro risquait sa carrière, rien moins !

Irritée, elle frappa et passa la tête dans l'encadrement de la porte. Après avoir salué les Agadore, elle dévisagea Alejandro.

— Pourrais-tu m'accorder un moment ?

— J'arrive dans une minute.

Quand il la rejoignit en salle des médecins, elle évita soigneusement son regard.

— Ferme la porte, s'il te plaît, dit-elle.

Elle lui en voulait terriblement de s'être mis en fâcheuse posture. Si l'hôpital le renvoyait et que Snyder en divulguait la raison, il aurait du mal à retrouver un poste. Et alors, qui s'occuperait de Gervaso ?

— Eh ! fit-il. Tu me parais bien énervée.

— Je sors du bureau de Snyder !

— Ça s'est mal passé ?

— Oui, confirma-t-elle en soupirant. Je suis désolée, mais… J'ai un message à te transmettre. Ils n'apprécient pas que tu aies obtenu la tutelle de Gervaso. De plus, ton comportement envers José les inquiète.

Il fronça les sourcils.

— Je ne vois pas pourquoi. Tout est très clair.

— Peut-être, mais ils n'aiment pas que tu débourses autant d'argent. D'un point de vue déontologique, ils y voient un conflit d'intérêts. Si la presse le découvre, cela fera mauvais effet pour l'hôpital.

— Ces imbéciles récolteront ce qu'ils ont semé !

— Ecoute, je suis d'accord avec toi. Il n'empêche que tu ne pourras pas sauver tout le monde.

Elle s'en voulait de tenir ce genre de propos, mais elle n'avait guère le choix. Elle devait ramener Alejandro à la raison avant qu'il ne passe les bornes et n'en subisse les conséquences.

— C'est loin d'être le cas, objecta-t-il. Je n'ai pris en charge que Gervaso.

— Et José ? Snyder m'a dit que tu payes ses médicaments. Apparemment, il a vu passer une facture qui lui a mis la puce à l'oreille. Et moi, il y a cinq minutes, je t'ai vu par la vitre manipuler une boîte de cachets…

L'air exaspéré, il sortit la boîte en question de sa poche.

— Tu parles de ça ? Ce sont les miens, Kiri ! J'expliquais aux Agadore ce qu'est un traitement antirejet. José en prendra toute sa vie. Ils doivent digérer l'information, ce n'est pas simple ! Quant à la facture, ce n'est évidemment pas ce que Snyder imagine. Les Agadore ont une petite mutuelle qui fonctionne avec leur pharmacie à Little Heliconia. Mais José devra rester à l'hôpital tant qu'ils n'auront pas acheté ses médicaments…

Il la fusilla du regard.

— C'est la règle. Tu la connais.

— Oui, bien sûr.

— Comme ces gens ne conduisent pas, ils s'apprêtaient à payer un taxi pour aller là-bas. Une dépense bien inutile, vu leurs faibles moyens. Nous avons donc trouvé un arrangement : ils m'ont donné du liquide, et je suis allé chercher les cachets pour eux à la pharmacie, en bas. Jim, notre pharmacien, ne parle pas un mot d'espagnol.

Elle se sentit fondre.

Non seulement Alejandro n'avait rien fait de mal, mais il s'était de nouveau montré formidable. Comment avait-elle pu croire un instant les allégations de Snyder ?

Elle baissa le nez sur ses chaussures, honteuse.

— Je suis désolée. Je m'excuse d'avoir douté de toi. Et, sincèrement, je suis soulagée.

Il hocha la tête, un demi-sourire jouant sur ses lèvres.

— Je comprends, répondit-il d'un ton calme. Snyder t'a mis la pression. Si tu veux, je parlerai aux administrateurs.

— Ne t'embête pas avec ça. Je vais m'en occuper.

— Toutes leurs histoires, ça commence à bien faire, maugréa-t-il.

— Oui, je trouve aussi…

Un silence gêné tomba.

Comme elle ne savait plus quoi dire ni quoi faire, elle s'apprêtait à quitter la pièce, quand Alejandro se rapprocha.

— Puisque nous sommes seuls…

Il n'acheva pas et déposa un baiser sur ses lèvres.

— Qu'est-ce que tu fais ? balbutia-t-elle, sidérée.

Il sourit franchement.

— Je t'embrasse.

— Pourquoi ? Tu as dit hier soir que nous aurions une nuit, et rien d'autre.

— Je voulais te faire comprendre que j'ai adoré la nuit en question.

— Il ne faut pas, Alejandro. Sinon, j'aurai encore plus envie de toi.

— Tu as envie de moi ?

Incapable de s'en empêcher, elle agrippa sa blouse blanche, l'attira vers elle et l'embrassa furieusement. Elle allait sans doute le regretter, mais c'était plus fort qu'elle.

Espèce de folle ! Ils étaient à l'hôpital, en service !

Elle le repoussa, paniquée.

— On ne peut pas, dit-elle.

— Si, on peut. J'ai envie de toi, moi aussi.

Sous le regard enfiévré d'Alejandro, elle oublia le reste du monde. Elle avait vécu dans le brouillard pendant trop longtemps. Avec lui, elle se sentait enfin heureuse, libre, vivante. Elle l'aimait, et tant pis s'ils ne construisaient rien ensemble. Quelques instants volés suffiraient à son bonheur.

Comme si une autre agissait à sa place, elle gagna la porte et tourna le verrou.

A présent, ils étaient dans leur bulle, à l'abri du monde extérieur.

Alejandro se rapprocha, la plaqua contre le mur. Ils se déshabillèrent mutuellement avec frénésie, mus par la même impatience. Il lui semblait n'avoir vécu que pour ce moment depuis qu'elle s'était réveillée le matin.

Avec un grognement sourd, Alejandro la souleva de terre. Elle noua d'instinct les jambes autour de ses hanches pour le recevoir en elle et retint de justesse un cri de plaisir.

— Kiri, chuchota-t-il, tu me rends fou.

Elle se mordit la lèvre jusqu'au sang pour ne pas faire de bruit.

Il la rendait folle aussi. N'en avait-il pas conscience ?

— C'est merveilleux… *Dios*, gémit-il dans son cou.

Elle aurait voulu lui avouer son amour, mais à quoi bon ? Mieux valait ne pas s'engager sur le terrain des sentiments.

Partagée entre bonheur et tristesse, elle s'efforça de ne

plus penser à rien. De vivre l'instant présent, ici, dans ses bras. Elle était si bien…

Quand le plaisir l'inonda, elle se laissa tomber sur son épaule.

Il jouit à son tour en la serrant de toutes ses forces. Puis, au bout d'un moment, il la remit sur ses pieds en douceur.

Quelle folie ! Pourquoi était-elle si faible ? Les larmes roulaient sur ses joues, à présent.

— Kiri… Ça va ?

Elle les balaya d'un revers de main.

— Parle-moi, insista Alejandro d'un ton suppliant.

— Que veux-tu que je te dise ?

— Je voudrais savoir, pour notre bébé. C'est important. Qu'est-il arrivé ?

Elle hésita. Penser à ce drame lui faisait mal. Mais Alejandro avait le droit de savoir…

— J'ai fait une fausse couche à vingt-trois semaines de grossesse, expliqua-t-elle d'un ton morne. Ils ont décelé une anomalie de l'utérus, qui a provoqué une béance du col. Le gynécologue n'a rien pu faire.

— Etait-ce une fille ou un garçon ?

— Un garçon… C'était trop tôt. Il n'avait aucune chance. Il est enterré… à Manhattan.

Elle sanglotait, à présent.

Alejandro la reprit dans ses bras et l'étreignit.

— Si tu savais comme je suis désolé, Kiri… Là, là, je suis là… Laisse sortir ta peine.

Alejandro berça Kiri jusqu'à ce qu'elle se calme.

Il s'en voulait d'avoir refait l'amour avec elle, qui plus est sur leur lieu de travail.

Au petit matin, il s'était avoué la vérité : il aimait Kiri. Profondément, irrévocablement. Il était tombé amoureux d'elle, et cela l'avait paniqué. Il avait résolu de garder ses distances.

Lui qui s'était promis de l'éviter, c'était réussi ! Il n'avait tenu que trois heures !

Fallait-il s'en étonner ? Il avait besoin d'elle comme de l'air qu'il respirait. Elle était devenue indispensable à son existence, ni plus ni moins.

Maintenant, il voulait rattraper le temps perdu, l'aider à surmonter son chagrin. Il aurait dû être là pour elle. Il culpabilisait. S'il avait su !

Et comment allait-il faire ? Le problème était insoluble, espèce d'idiot !

— Je suis désolé pour ce qu'il vient de se produire, chuchota-t-il. Je ne voulais pas…

— Je sais. Moi non plus, répondit-elle d'un ton calme.

Ils se rajustèrent en silence. Voyant qu'elle se recoiffait d'une main, il lui sourit tendrement.

— Ça va être compliqué, dit-il.

— Quoi donc ?

— Nous deux, dans le même hôpital.

— C'est vrai. Il va falloir faire plus attention.

— Ou alors… sortir ensemble.

Kiri le fixa d'un air stupéfait.

Lui-même était sous le choc.

Les mots lui avaient échappé. Il avait parlé sans réfléchir. Mais il ne pouvait pas, il ne *devait pas* s'engager dans une relation. Sans ce problème cardiaque, il aurait été trop heureux de le faire, mais là, c'était impossible. Il risquait de mourir bientôt, ou au moins d'avoir besoin d'une nouvelle greffe.

— Alejandro…

Le portable de Kiri se mit à sonner, l'interrompant. Elle le prit dans sa poche, consulta l'écran et releva la tête, les yeux agrandis par la panique.

— C'est Gervaso, souffla-t-elle. Il est en urgence vitale.

— Oh non !

Il courut vers la porte, Kiri le suivant de près. Ils se ruèrent vers l'ascenseur et montèrent en réanimation néonatale.

Le Dr Robinson et son équipe s'affairaient autour du bébé. Voyant le cardiologue manipuler un défibrillateur, Alejandro sentit sa gorge se nouer.

Gervaso ne pouvait pas mourir, c'était impossible ! Il avait déjà perdu un fils sans le savoir, et maintenant…

Il fallait faire quelque chose. Il ne l'avait pas sauvé pour qu'il meure !

Il s'avança vers la couveuse, mais Samantha l'arrêta d'une main posée sur son épaule.

— Restez ici, docteur Valentino, dit-elle doucement.

— Je suis son chirurgien ! protesta-t-il.

— Non, intervint Kiri. Tu es son tuteur. Le règlement t'interdit de le soigner.

— Vous êtes sa seule famille, renchérit Samantha. Les familles doivent rester à l'écart.

En entendant cela, il eut l'impression de recevoir un uppercut en pleine poitrine.

Au départ, il avait refusé de s'impliquer. Il avait juste voulu donner une chance à Gervaso. Mais, là encore, il s'était retrouvé dépassé par les événements. A croire qu'il ne maîtrisait plus rien…

Il pesta entre ses dents. Il se sentait nerveux, tendu à l'extrême.

— Que va-t-on faire ? s'exclama-t-il. Cet enfant a besoin de moi. Je suis spécialiste des transplantations cardiaques infantiles !

— Chaque chose en son temps, répondit Kiri d'un ton calme. Pour le moment, on n'a pas de cœur à lui transplanter, et tu ne peux pas le soigner toi-même.

— Mais… Il lui faut une présence…

— Je vais y aller. Ne t'inquiète pas, je veillerai sur lui. Sors, s'il te plaît.

Il s'exécuta et regarda à travers la vitre Kiri s'approcher de la couveuse.

Sa seule chance de fonder une famille se trouvait là, derrière cette baie vitrée. Malheureusement, elle ne tenait plus qu'à un fil.

— On va le perdre ! Préparez-moi un centième d'épinéphrine, tout de suite. Bon sang, je n'ai jamais vu des veines aussi minuscules !

Postée près de la couveuse, Kiri croisa les mains si fort qu'elle en eut mal aux jointures.

Il lui semblait vivre un film catastrophe au ralenti. Le petit cœur de Gervaso était en train de lâcher, et elle ne pouvait pas faire grand-chose pour aider le Dr Robinson.

Malgré elle, ses pensées repartirent cinq ans en arrière.

Elle se rappelait le jour de sa fausse couche comme si c'était la veille. Et même si Gervaso n'était pas son enfant, cette situation la rendait malade.

La réaction d'Alejandro avait été sans équivoque. Il aimait ce gosse. Il tenait à lui comme à la prunelle de ses yeux. A l'idée qu'il allait perdre un autre bébé, le deuxième en cinq ans, elle sentit son ventre se contracter douloureusement.

S'il lui arrivait malheur, elle ne se le pardonnerait jamais. Elle était tellement impuissante…

Elle ferma les paupières, formulant une prière muette.

*Mon Dieu, faites qu'il s'en sorte. Allez, Gervaso, bats-toi !*

Le *bip* du moniteur lui fit brusquement rouvrir les yeux. Elle vit un tracé sur l'écran et poussa un profond soupir.

— On l'a récupéré ! annonça le Dr Robinson.

— Est-il sorti d'affaire ?

— Pour cette fois, oui. Mais si son cœur flanche à nouveau, il n'y survivra pas. La greffe devient urgentissime.

— Je vais rappeler le service des dons d'organes.

— Expliquez-leur ce qu'il vient de se produire. Sachant

cela, ils le remonteront en tête de liste. Ce gamin est une priorité absolue, maintenant.

— Bien sûr.

Le minuscule visage de Gervaso l'émut au plus profond. Elle caressa son poing serré, au bord des larmes.

Il fallait qu'elle sorte, maintenant. Elle ne supportait plus de le voir dans cet état. Et s'il lui arrivait malheur, elle ne supporterait pas davantage le chagrin d'Alejandro. Elle avait assez souffert par le passé. Elle ne voulait pas revivre le même tsunami émotionnel.

Alejandro faisait les cent pas dans le couloir. Il se précipita vers elle.

— Alors ? demanda-t-il d'un ton pressant.

— Gervaso est stable, mais il faut l'opérer au plus vite. Je vais téléphoner pour le faire remonter en tête de liste.

Il opina, la mine sombre.

Elle lui pressa le bras.

— C'est un battant, tu sais.

— Tu crois qu'il va s'en sortir ? Sois franche, Kiri !

— Tant qu'il y a de la vie, il y a de l'espoir, répliqua-elle d'un ton ferme. Tu le sais aussi bien que moi.

Elle s'étonnait elle-même de sa réponse, car elle n'y croyait guère. Mais Alejandro avait besoin de réconfort. Et puis, un miracle était toujours possible…

— Si on a un cœur, c'est toi qui vas l'opérer, décida-t-il.

— Non ! S'il te plaît, ne m'y oblige pas.

— « T'y obliger » ? Qu'est-ce que tu racontes ?

— Je ne veux pas toucher Gervaso.

— Mais pourquoi ? Vous n'avez aucun lien de parenté, donc…

Il se figea et la regarda droit dans les yeux.

— Tu t'es attachée à lui ? C'est ça ?

— Je… Peu importe. Demande à ton chef de clinique ou à un chirurgien néonatal.

— Gervaso n'est plus un nouveau-né. Il dépend de nos

services, tu le sais très bien. Et je veux que tu l'opères parce que j'ai confiance en toi. Il faut le sauver. S'il te plaît…

— Non. N'insiste pas. Je refuse de perdre un autre bébé.

Incapable de se maîtriser, elle fondit en larmes.

L'arrêt cardiaque de Gervaso l'avait bouleversée. Elle considérait maintenant cet enfant comme le sien, et si Alejandro ne l'adoptait pas, elle était décidée à le faire. Donc, elle ne pouvait pas pratiquer l'intervention.

— De quoi parles-tu ? demanda Alejandro, l'air égaré.

— Je parle de notre bébé. Celui que j'ai perdu.

— Je sais, mais…

— Si Gervaso meurt, ce sera ma faute, cette fois.

— Parce que c'était la faute de qui, la dernière fois ?

— La tienne ! explosa-t-elle. Si tu savais comme je t'en ai voulu ! Tu aurais dû être là…

Alejandro la fixa, estomaqué.

— Je n'y suis pour rien, Kiri. Si je l'avais su, j'aurais été présent.

— Ah oui ? Pourtant, tu ne veux pas de gosses. Tu as été très clair.

Elle avait conscience de se montrer injuste, mais c'était plus fort qu'elle. Il fallait que son chagrin sorte. Elle l'avait contenu trop longtemps.

— Tu ne sauras jamais à quel point j'ai souffert ! hurla-t-elle. Tu n'en as aucune idée. J'ai porté ce fardeau seule pendant cinq ans !

— Maintenant, je pourrai le porter avec toi, répondit Alejandro d'un ton tendu. Mais j'ai l'impression que tu as peur. Tu es une trouillarde. Tu ne veux pas aider ce bébé mourant. Cette fausse couche n'était pas plus ta faute que la mienne, Kiri, et tu le sais. Mais si tu refuses d'opérer Gervaso, tu auras sa mort sur la conscience.

Elle le gifla de toutes ses forces.

Il venait de lui lancer la vérité au visage, et ça faisait

mal. Or, elle avait assez souffert, il n'en avait pas besoin d'en rajouter.

Il se frotta la joue, une lueur orageuse dans le regard. Mais avant qu'il ne réagisse, elle lui planta un index en pleine poitrine, ivre de colère.

— Je ne suis pas la seule à avoir peur ! déclara-t-elle. Tu vis dans une bulle depuis la mort de tes parents. Tu aimerais ressembler à ton père, mais il n'était sûrement pas comme toi. Lui, il a eu du courage. Il est parti aux Etats-Unis avec sa famille pour prendre un nouveau départ. Il a tout sacrifié. Mais toi, tu te replies sur toi-même. Tu n'es qu'un lâche, Alejandro Valentino !

Elle s'en fut en courant pour lui cacher ses larmes.

Il ne méritait pas qu'elle pleure sur son sort. Et même si, au fond, il avait eu raison de la traiter de trouillarde, ça ne changeait rien. Il ne pouvait pas l'aider.

Tout dans cette histoire la plongeait dans des abîmes d'angoisse. Ses sentiments pour Alejandro, son amour pour le petit Gervaso. Elle était prête à prendre ce que la vie lui offrirait… Au risque de se retrouver sans rien, car Alejandro ne savait même pas ce qu'il voulait. Si elle s'accrochait à lui, elle se ferait du mal. C'était déjà le cas.

La sonnerie de son portable interrompit ces sombres réflexions.

Elle inspira à fond pour se ressaisir puis décrocha.

— Dr Bhardwaj, j'écoute.

— Bonjour, ici le service central du don d'organes. Etes-vous le chirurgien de Gervaso Valentino ?

— Je… Oui.

— Nous avons un cœur pour lui au County. Il sera prêt dans deux heures. Pouvez-vous venir le chercher ?

Ses mains se mirent à trembler. Elle faillit lâcher le téléphone, bouleversée.

Des parents étaient en deuil, quelque part dans cette ville.

Mais Gervaso avait maintenant une toute petite chance. Elle devait surmonter sa peur. Elle était chirurgienne avant tout.

— Je… Oui. Je serai là dans une heure. Merci.

Elle raccrocha et serra les poings jusqu'à en avoir mal.

Elle pouvait le faire.

Elle *devait* le faire.

# 11.

Alejandro regardait fixement le bout du couloir.

Sa joue le brûlait encore à l'endroit où Kiri l'avait frappé, mais il avait eu ce qu'il méritait. Il lui avait dit des choses horribles, à elle qui avait déjà tellement souffert ! Il aurait pu se gifler aussi, pour la peine…

D'habitude, il se contrôlait mieux que ça. Mais là, il était bouleversé. Il n'était pas parvenu à maîtriser le flux d'émotions qui le balayait depuis quelques jours.

A pas lents, il retourna derrière la vitre de la salle de réanimation, où deux infirmières gantées et masquées s'occupaient de Gervaso.

La vue du bout de chou intubé lui déclencha un haut-le-cœur.

Il avait perdu un bébé, naguère. Si celui-ci n'était pas opéré très vite, il en perdrait un deuxième. Comment surmonterait-il cette épreuve ? En serait-il capable ?

Ses frères avaient géré, eux. Kiri également. La pauvre n'avait pas eu le choix, cinq ans plus tôt. Elle était seule…

Les larmes roulèrent sur ses joues sans qu'il puisse les retenir.

Il n'avait plus jamais pleuré depuis l'âge de quinze ans, quand Santiago avait quitté la maison pour s'engager dans l'armée. Ce soir-là, seul dans sa chambre, il avait regardé le lit vide de son frère en se jurant de ne pas laisser ses émotions gouverner sa vie. Il s'était promis de devenir un adulte fort et responsable.

Il croyait avoir réussi…

En faisant entrer Kiri et Gervaso dans son existence, il

avait bouleversé cet équilibre fragile. Il ne le regrettait pas, mais à peine venait-il de se créer un semblant de famille qu'il risquait déjà de le perdre. Cette idée le rendait malade…

Il tourna la tête en entendant quelqu'un approcher.

C'était Kiri.

Il balaya ses larmes d'un revers de main.

Lorsqu'elle parvint à sa hauteur, il vit qu'elle portait la combinaison blanche de l'hôpital. Elle tenait un container réfrigérant à la main. Ses yeux étaient rougis, mais elle marchait la tête haute.

— Il y a un cœur pour Gervaso au County, dit-elle d'un ton glacial. J'y vais.

— Kiri, écoute… Laisse tomber si c'est trop dur.

— Après tout ce qu'il a subi, Gervaso mérite qu'on lui donne sa chance. Je sais qu'il n'y a personne d'autre. Je le fais pour lui, pas pour toi.

— Je suis désolé, chuchota-t-il.

— Moi aussi, mais ça ira. Il va guérir. Ensuite, il pourra être adopté par une vraie famille, puisque tu ne veux pas de lui.

Cette remarque le cingla.

Visiblement, il l'avait perdue.

Si elle savait… Il aurait tant voulu lui dire… Ce n'était pas le moment, hélas ! elle aurait refusé de l'écouter.

— Merci, murmura-t-il.

— Une fois, tu m'as demandé de lui donner un deuxième prénom. J'ai choisi Aatmaj. C'est le prénom de mon père. Ça veut dire « fils ». Je crois que c'est de circonstance.

Il opina, bouleversé.

— Oui, tout à fait.

Sur un dernier signe de tête, elle tourna les talons.

Il ne pouvait pas la laisser partir comme ça. Il fallait qu'elle comprenne…

Il courut derrière elle, la rattrapa au moment où elle sortait sur le parking des ambulances. Sans rien dire, il lui prit le bras, l'attira à lui et l'embrassa sur les lèvres.

Il s'attendait à recevoir une nouvelle gifle, mais — était-ce l'effet de surprise ? — elle lui rendit son baiser.

Elle avait dû sentir à quel point il avait besoin d'être rassuré.

— Merci, dit-il à nouveau.

Les yeux de Kiri brillaient de larmes contenues. Elle le fixa intensément.

— De rien, répondit-elle. Mais ne recommence jamais. Je n'ai ni envie ni besoin que tu m'embrasses.

Bien sûr. Il aurait dû s'en douter. Sauf qu'il ne lui avait pas couru après pour la remercier. Il avait voulu lui avouer ses sentiments. Et, comme un imbécile, il en avait été incapable.

Il resta planté sur le trottoir à la regarder monter dans l'ambulance. Quand la voiture se fut éloignée, il tourna les talons. Il erra un moment sans but et se retrouva par hasard devant la chapelle de l'hôpital.

A la différence de ses parents, il ne s'était jamais considéré comme un croyant. Ses frères ne l'avaient pas obligé à aller à la messe. Des religieuses dispensaient des cours de catéchisme après l'école, mais il n'avait pas accroché. Après ce qu'il avait vécu, il trouvait difficile d'avoir la foi.

Etait-ce trop tard ?

Il hésita, poussa la porte, puis entra.

L'endroit était calme, frais, reposant. Juste ce qu'il lui fallait.

Même s'il n'en avait pas l'habitude, il alluma un cierge et leva les yeux vers la voûte.

Il voulait prier pour Gervaso, pour Kiri la courageuse, et, même s'il ne le méritait pas, pour lui-même.

Cette histoire ne pouvait pas finir avant d'avoir commencé. C'était impossible.

Pris d'une faiblesse inattendue, il s'assit sur un banc et inspira profondément.

Il n'avait jamais eu de vertige ni de malaise, jusqu'à présent. Que lui arrivait-il ? Le trop-plein d'émotions, sans doute.

Son téléphone vibra au moment où il allait se relever.

L'alerte concernait Casey, la fillette accidentée.

Elle aussi ? Non, non, non. Cette journée était un cauchemar…

Il quitta la chapelle et se dépêcha de monter en soins intensifs.

L'interne de garde lui résuma la situation en une phrase : l'unique rein de Casey avait cessé de fonctionner, et la poche d'urine était teintée de sang.

— Elle a de la fièvre depuis une demi-heure. Elle se plaint d'avoir mal, expliqua l'interne.

— Le shunt a dû bouger et provoquer une déchirure de l'urètre. Faites signer un consentement parental. Appelez l'anesthésiste. Je dois la réopérer.

— Tout de suite, docteur Valentino.

Ayant donné ses directives, il courut se changer au vestiaire.

Pour l'instant, il devait penser à Casey, et rien qu'à elle. Malgré son angoisse pour Gervaso, un autre enfant avait besoin de lui. Il n'avait pas le choix, il devait être à la hauteur.

Kiri faisait les cent pas dans l'antichambre du bloc.

Le cœur est toujours prélevé en dernier lors d'un don d'organes. Ses collègues étaient en train d'opérer. D'ici quelques minutes, elle serait fixée.

Quelle épreuve ! Quelle tristesse ! Elle avait beau savoir que le bébé donneur portait une anomalie chromosomique et qu'il était en état de mort cérébrale, cela ne changeait rien. C'était toujours aussi dur.

Elle chuchota une prière hindoue que sa grand-mère lui avait apprise autrefois. Elle voulait avoir une pensée pour cet enfant et pour ses parents.

— Docteur Bhardwaj ?

Le chirurgien venait de la rejoindre avec le conteneur qu'elle avait apporté.

— Tout s'est déroulé sans problème, dit-il sobrement.

— Merci… beaucoup.

Elle se hâta d'appeler le Dr Robinson.

— Kyle ? Préparez Gervaso pour sa transplantation, dit-elle d'une voix méconnaissable. Je serai là dans trente minutes.

— Il sera prêt. Comptez sur moi, Kiri.

Elle rejoignit le parking et monta dans l'ambulance comme un automate.

Le moment de vérité approchait.

Aujourd'hui, Alejandro ne pouvant pas intervenir, elle prendait l'opération en charge. Le Dr Robinson l'assisterait. Il n'avait jamais effectué de transplantation sur un patient si jeune, mais elle-même en avait déjà pratiqué plusieurs avec le Pr Vaughan. En cas d'échec, elle ne se le pardonnerait pas. Elle se sentait capable techniquement de réussir.

A condition de garder la tête froide.

La priorité était de verrouiller ses émotions. Elle devait oublier qu'elle était concernée personnellement. Elle ne voulait plus rien savoir, plus rien sentir. Elle savait juste qu'elle allait opérer Gervaso.

Elle y arriverait. Tout irait bien.

Le trajet de retour jusqu'au Buena Vista se déroula sans encombre. A l'arrivée, elle gagna directement le bloc, où Kyle Robinson et son équipe s'affairaient autour de Gervaso.

Elle confia le cœur à une infirmière pour que celle-ci le place dans un liquide de conservation, puis elle partit se changer en vitesse.

Le temps pressait. Son collègue avait déjà mis Gervaso sous assistance respiratoire, il fallait se dépêcher.

Quand elle entra en salle d'opération, elle faillit pousser un gémissement en voyant le nourrisson allongé sur la table.

— *C'était un garçon, je suis désolée.*

— *Donnez-le-moi. J'aimerais le tenir un peu…*

— *Bien sûr.*

— *Mon bébé…*

Gervaso était vivant, lui. Et il avait besoin d'elle.

Elle s'efforça de balayer ses souvenirs tandis qu'une infirmière l'équipait d'une lampe frontale, tandis qu'une autre ajustait des loupes sur ses lunettes.

Les vaisseaux d'un nouveau-né sont minuscules. Il était primordial qu'elle les distingue parfaitement. La réussite de l'opération en dépendait.

Dès que le Dr Robinson eut enlevé le cœur défaillant, elle prit le relais.

— Je suis content que vous soyez là, dit Kyle Robinson d'une voix un peu tremblante. D'habitude, j'opère des adolescents ou des adultes. Les gosses, c'est la partie d'Alejandro.

— Et moi, je suis contente que vous m'assistiez, répondit-elle gentiment. Votre œil de cardiologue m'est indispensable. A nous deux, ça devrait le faire, ajouta-t-elle avec une assurance un peu forcée.

Le regard bleu de son collègue s'illumina par-dessus son masque.

— Bien sûr que ça va le faire ! On le sauvera, ce petit bonhomme.

Voyant son assistante approcher, elle ferma brièvement les paupières puis inspira à fond. Alors, bien concentrée, elle prit le cœur entre ses paumes avec délicatesse.

La clé de son avenir était là, dans ses mains. Mais elle ne devait pas y penser. Elle devait agir avec calme, détachement et professionnalisme.

Elle y arriverait.

Alejandro n'eut pas eu trop de mal à remettre en place le shunt rénal de Casey. Après avoir contrôlé le débit d'urine, il fit remonter la patiente en soins intensifs. Il prescrivit un nouveau traitement pour favoriser l'élimination. Enfin, il alla rassurer les parents.

Tout était rentré dans l'ordre. La fillette allait s'en tirer.

Il aurait voulu pouvoir en dire autant de Gervaso.

Pour une fois, il était de l'autre côté de la barrière. Comment faisaient les gens pour ne pas devenir fous ? Cette attente était insupportable.

Il leva les yeux vers la pendule de son bureau.

Dire qu'il n'avait pas le droit de descendre en chirurgie ! Même les vestiaires et l'antichambre du bloc lui étaient interdits…

Son regard tomba machinalement sur la dernière ordonnance qu'il avait préparée pour José Agadore.

Il n'en revenait pas que Snyder surveille tout, y compris les factures de la pharmacie. Une chose était sûre, il ne pourrait plus pratiquer aucune intervention gratuite, désormais. Et plus il y pensait, plus cette idée lui déplaisait.

Comme son père avant lui, il avait vocation à aider les autres. La *bodega* familiale avait accueilli et soutenu nombre d'immigrés de Colombie. En exerçant son métier, il était fier de perpétuer la tradition familiale. Sauf que, maintenant, on l'en empêchait.

Dans ces conditions, il n'était pas sûr de rester au Buena Vista. Il était prêt à gagner moins d'argent pour avoir le droit de soigner tout le monde.

L'inconvénient, c'est qu'il ne verrait plus Kiri. Tout était devenu compliqué. Il ne savait pas. Il ne savait plus…

Sans réfléchir, il prit son téléphone et composa un numéro.

La voix de Santi lui parut fatiguée à l'autre bout du fil.

— Salut, dit-il. Je te dérange ?

— Non, petit frère. Je suis débordé, mais tout va bien. Il y a un problème ? Tu m'appelles rarement !

— Non, rassure-toi. Je voulais juste te poser une question. Pourquoi t'es-tu marié ? Tu t'étais promis de rester célibataire, et d'un coup…

— Je suis tombé amoureux, expliqua Santi. C'est aussi simple que ça. Même si j'avais peur de perdre Saoirse, l'idée de vivre sans elle me rendait malade. Tu vois ?

Alejandro voyait très bien. Il comprenait parfaitement.

— Tu es toujours là ? demanda Santi.

— Oui… Je réfléchissais.

— Alors ça, c'est nouveau !

— Je vais adopter un bébé, lança-t-il tout à trac.

Aucune réaction. Santi resta muet.

— Ça t'en bouche un coin, mon vieux ? le taquina-t-il.

— C'est une grosse responsabilité, répondit son aîné d'un ton grave. Pourquoi as-tu pris cette décision ? Tu as toujours dit que tu voulais vivre pour le travail…

— Je sais, mais ce gamin est seul au monde. En ce moment, il est sur la table d'opération, en train de subir une transplantation cardiaque.

— Quoi ? hurla Santi. Tu as quitté le bloc en pleine intervention ?

— Du calme… Je n'ai pas eu le droit de l'opérer. Je suis déjà son tuteur légal.

Un sifflement incrédule lui parvint dans le combiné.

— Tu n'as pas perdu de temps, marmonna Santi.

En quelques phrases, Alejandro lui résuma la situation, en lui expliquant la tournure récente des événements à l'hôpital.

— J'envisage de démissionner, conclut-il. Je veux travailler dans un endroit où je pourrai réellement aider les gens, comme papa. Ici, je vais avoir du mal à suivre son exemple.

— Alejandro, pas de précipitation ! Il faut exister pour toi-même. Tu portes le cœur de papa, mais il ne faut pas te limiter à ça. Nos parents auraient voulu que nous soyons libres de nos choix et de nos décisions. Ta vie t'appartient, alors mène-la comme tu veux.

— C'est compliqué. Je suis en sursis.

— N'importe quoi !

— En tant que médecin, tu connais les statistiques.

— Peut-être, mais ton cas est particulier. Tu n'as pas été greffé pour cause de maladie. De plus, notre père était en excellente santé… Donc, oublie les statistiques et fonce !

La véhémence de Santi l'amusa.

— Comme toi ? le taquina-t-il.

— Oui, comme moi ! Il m'a fallu du temps pour comprendre, et toi, tu es pire. Tu n'es qu'une tête de mule.

— Merci !

— Mais de rien.

Il y eut une courte pause. Puis Santi reprit.

— Sérieusement, Alejandro, pense à vivre pour toi ! Cesse d'avoir peur de ton ombre.

La conversation s'acheva peu après.

Alejandro raccrocha, l'esprit confus, mais le cœur gonflé d'espoir.

Son frère avait raison. A force d'hésiter, il était en train de passer à côté de sa vie. On ne peut jamais tout prévoir, même avec une santé de fer. Peut-être ne s'était-il pas posé les bonnes questions. Ce qu'il voulait vraiment, c'était fonder une famille. Comme ses parents. Il voulait Kiri. Il voulait Gervaso.

N'y tenant plus, il se leva, quitta son bureau et se dirigea vers l'ascenseur.

Il n'avait pas le droit d'approcher le bloc opératoire, mais tant pis. Sa place était là-bas, près de ceux qu'il aimait. Personne ne l'empêcherait d'y aller.

Il ne sut jamais combien de temps il arpenta ce couloir désert.

La soirée était bien avancée lorsqu'il vit s'ouvrir la porte de la salle 2. Kiri en émergea avec l'air de chercher quelqu'un, puis elle courut vers lui.

Elle souriait !

— Oh ! *gracias a Dios*, murmura-t-il.

Elle opina.

— Gervaso va bien. Evidemment, la prochaine journée sera décisive. Il peut faire un rejet.

— Je sais. Je serai là pour lui, ne t'inquiète pas.

— Tant mieux.

— J'ai décidé de l'adopter.

Le sourire de Kiri lui fit chaud au cœur.

— Tu m'en vois ravie, répliqua-t-elle. Tu aurais dû prendre cette décision dès le début.

— Ecoute, c'est compliqué pour moi de dire ça, mais je me demande… Je voudrais savoir…

Les mots s'étranglèrent dans sa gorge. Le sol s'était mis à tourner à une vitesse vertigineuse, et il sentit soudain ses genoux se dérober.

— Alejandro !

Le hurlement de Kiri lui parvint dans un brouillard, comme les cris de sa mère, vingt ans plus tôt. Au contact du carrelage glacé contre sa joue, il sut que son heure était venue. Son cœur, qui battait la chamade un moment plus tôt, était en train de se figer.

Il entendit les voix de ses parents, quelque part, dans un monde pas si lointain.

Tout était fini.

Kiri avait essayé de retenir Alejandro, mais il était trop lourd. Il venait de s'effondrer dans le couloir.

— Non ! hurla-t-elle.

Elle se laissa tomber sur le sol puis chercha son pouls.

En vain.

— Qu'on m'apporte un chariot de réanimation ! Tout de suite !

Elle vérifia que les voies respiratoires étaient dégagées. Puis, à califourchon au-dessus de lui, elle aplatit les mains sur son torse et commença le massage cardiaque.

— Tu ne vas pas mourir là maintenant ! cria-t-elle. Tu n'as pas le droit de me faire ça ! Reviens à toi, c'est un ordre !

Elle entendit une galopade dans son dos. Ses collègues arrivaient à la rescousse. Jetant un coup d'œil par-dessus son épaule, elle découvrit leurs visages effarés. Ils venaient de comprendre qui était leur patient.

A ce moment-là, Kyle Robinson accourut, sortant du vestiaire.

— Kiri, je prends le relais, dit-il d'un ton calme. Vous êtes trop impliquée. Ecartez-vous.

Elle arrêta ses compressions et se releva, cédant la place au cardiologue. Puis, comme dans un film au ralenti, elle observa la scène qui se déroulait sous ses yeux.

L'homme de sa vie était là, inerte, en train de mourir. Elle ne pouvait pas le perdre ! Elle avait trop besoin de lui !

Aveuglée par les larmes, elle vit le Dr Robinson manier un défibrillateur portable.

— On dégage ! cria-t-il, avant d'administrer le choc.

Sans aucun effet, hélas !

— Chargez à cent ! ordonna-t-il. Allez, Valentino ! Arrête de faire ta mauvaise tête, pour une fois…

Elle ferma les yeux au moment du second choc électrique.

C'est alors qu'elle entendit un *bip* en provenance du monitoring.

Le cœur était reparti. Faiblement, mais il y avait un rythme…

— On fonce au scanner, décida Kyle. Essayons de comprendre pourquoi ce cœur s'est arrêté.

— Il a été transplanté à l'âge de dix ans ! cria-t-elle dans son dos, reprenant ses esprits.

Son collègue se retourna en souriant.

— Je sais. C'est moi, son cardiologue.

Elle resta figée sur place, comme foudroyée. Comme une idiote, elle n'avait jamais trouvé le courage d'avouer à Alejandro qu'elle l'aimait. Et maintenant…

Pourvu qu'il ne soit pas trop tard !

Avisant le téléphone d'Alejandro par terre, elle le ramassa machinalement. Dans un état second, elle laissa courir son doigt sur le clavier.

Le mobile n'était pas verrouillé. Le dernier numéro composé était celui de Santiago Valentino.

Alejandro avait une famille. Ses frères avaient le droit de savoir ce qui se passait.

Sans réfléchir, elle appuya sur la touche « rappel ».

— Encore toi ? s'exclama une voix grave à l'autre bout du fil. Tu m'aimes beaucoup, aujourd'hui !

— Ce n'est pas… Alejandro, murmura-t-elle, en essayant de contenir le tremblement de sa voix. Je suis le Dr Bhardwaj, médecin au Buena Vista…

# 12.

Alejandro ouvrit les yeux en grimaçant de douleur.

Il avait mal dans la poitrine… Et il était dans un lit d'hôpital.

La première chose qu'il vit fut le regard furieux de Santiago. Son frère était assis sur le bord du lit.

— Mais que…

— Tais-toi ! cria Santi. As-tu idée de la frayeur que tu m'as faite ?

— Que s'est-il passé ?

— Ton cœur s'est arrêté à cause d'un caillot, *idiota.*

Les *bips* du monitoring se firent plus rapides.

Santiago secoua la tête, radouci.

— Bon, ne t'énerve pas, petit frère. Tout va bien, ce n'est pas un rejet de greffon. La cicatrice a fini par s'épaissir jusqu'à provoquer ce caillot.

Si ce n'était que ça…

Alejandro se détendit.

— Ai-je été opéré ? Je suis tellement vaseux que je ne me rappelle rien.

— Non, le Dr Robinson t'a juste passé un cathéter. Tu as eu de la chance, *amigo.* Ils t'ont réinscrit sur la liste des receveurs d'organe, au cas où. Mais tu n'en auras sûrement pas besoin avant longtemps. L'incident est clos.

— Super, tant mieux… Les vieux sont-ils au courant ?

Santi eut un sourire complice.

— Oui, ils passeront un peu plus tard. Au téléphone, ils ont menacé de te tordre le cou si tu ne t'en sortais pas !

— Ha ! Ha ! Les gros malins…

— Tu nous as vraiment fait peur, marmonna Santi, reprenant son sérieux. A tous !

— Toi aussi ? Pourtant, il en faut pour t'impressionner.

— Ça dépend, répondit son frère, énigmatique, en jetant un coup d'œil sur le côté.

Alejandro tourna la tête.

Kiri dormait en boule dans le fauteuil près du lit.

Il sentit sa gorge se nouer.

— Elle est géniale, reprit Santi d'un ton doux. C'est elle qui m'a accueilli, tout à l'heure. Et toi, tu as eu beaucoup de chance aujourd'hui. Alors, ne gâche pas tout.

— Je n'en ai pas l'intention. Mais imagine un peu la vie qu'elle va mener, avec cette épée de Damoclès…

— Laisse-la décider par elle-même. Elle est médecin, et c'est une grande fille. Fonce, espèce de crétin !

Kiri s'étira en bâillant.

— Il est réveillé ? murmura-t-elle.

— Absolument, répondit Santi d'un ton gai. Et moi, je vais rentrer à la maison voir ma petite femme. Tiens-toi tranquille, petit !

Sur un dernier regard menaçant, Santiago quitta la chambre.

Kiri prit sa place au pied du lit.

— Alejandro… J'ai eu tellement peur.

— Je suis désolé.

— Surtout, ne recommence jamais !

— Je ne peux rien te promettre, hélas ! Mon cœur…

— Ton cœur va bien, l'interrompit-elle. Tu es loin d'être une priorité sur la liste des receveurs d'organe.

Comme il la considérait, dubitatif, elle se pencha en avant.

— En tant que chirurgien, je suis parfaitement capable d'évaluer la situation, reprit-elle. Ton cœur est fragile, certes, mais d'une certaine manière, tous les cœurs le sont. Ne te sers pas de ce prétexte pour me repousser. Il va falloir trouver mieux !

Emu, il lui sourit tendrement.

— Bien… Voilà qui répond à la question que j'allais te poser avant de tourner de l'œil.

— Quelle question ?

— Je voulais te demander de… D'adopter Gervaso avec moi. J'aimerais qu'on fonde une famille, tous les deux.

Il vit son regard s'embuer.

— Je ne sais pas quoi dire, chuchota-t-elle. Je ne m'y attendais pas.

Elle était vraiment parfaite, adorable. Dire qu'il avait failli la perdre !

— Alors, dis oui. Et s'il te plaît, épouse-moi !

Cette fois, elle le dévisagea comme s'il avait perdu la raison. Puis elle secoua la tête d'un air navré.

— Alejandro, tu ne peux pas me demander en mariage comme ça, de but en blanc. Je sais que tu as failli mourir. Je sais aussi que tu as besoin d'accélérer les choses, pour Gervaso… Mais ce sont de mauvaises raisons.

Lentement, il se redressa et lui prit la main.

— Je ne le fais pas pour Gervaso, assura-t-il. C'est une demande purement égoïste. J'ai besoin de toi, Kiri. Tu vis en moi, avec moi, depuis cinq ans. Alors, quoi que l'avenir nous réserve, je suis prêt à courir le risque. Tout, plutôt qu'on soit séparés. Je ne peux pas vivre sans toi. Accepte, je t'en prie.

— Et… Si Gervaso ne s'en sort pas ?

— On se soutiendra, et on restera ensemble. Je ne suis pas adepte des grandes déclarations, mais ça, je peux te le promettre. Parce que je t'aime, *mi tesoro.*

Elle s'agrippa à sa main, les larmes ruisselant sur ses joues.

— Je… t'aime aussi, balbutia-t-elle. Je t'ai toujours aimé. Mais quand je t'ai revu, j'ai pris peur. J'avais tellement souffert, après avoir perdu notre bébé. Je voulais me protéger… C'était mission impossible, conclut-elle avec un rire doux. Je t'aime, Alejandro.

Elle se pencha vers lui, et ils échangèrent un baiser

d'une infinie tendresse, gage de la nouvelle vie qui s'ouvrait devant eux.

— Comment va notre Gervaso ? demanda-t-il lorsqu'ils reprirent leur souffle.

— Pas trop mal. Il est résistant, répondit Kiri d'une voix émue.

Il se rejeta en arrière sur les oreillers et ferma brièvement les paupières, soulagé.

— Je crois qu'il va s'en sortir, dit-il.

— Moi aussi. On sera là pour lui.

— Tous les deux… Si tu savais comme je suis désolé de ne pas avoir été là, il y a cinq ans. Jamais tu n'aurais dû être seule. Je voudrais tellement…

Il s'interrompit et ravala le sanglot qui lui montait aux lèvres.

Kiri se pencha de nouveau et l'embrassa.

— Le passé est le passé, chuchota-t-elle. On est ensemble, maintenant. Pour la vie.

Alejandro avait quitté l'hôpital depuis une semaine quand Kiri le déclara en assez bonne forme pour se marier.

Pendant ces huit jours, elle l'avait surveillé de près. Elle avait également passé un maximum de temps au chevet de Gervaso. Pour l'instant, le bébé supportait bien la greffe et allait de mieux en mieux. C'était un vrai battant, comme son futur papa.

Elle était assise près de la couveuse lorsque Alejandro la rejoignit. Son air radieux, son sourire complice lui firent l'effet d'un rayon de soleil.

— Alors, *tesoro*, tu es prête ? On a notre licence de mariage depuis cinq jours ! Gervaso est en pleine forme, et de toute façon, en cas de problème, Kyle est de garde, et Samantha aussi. On peut prendre deux heures pour aller se marier.

— Vous marier ? s'écria Samantha, qui avait entendu. Mais c'est génial ! J'ignorais que vous sortiez ensemble.

Il se mit à rire.

— On se connaît et on s'aime depuis longtemps, expliqua-t-il. C'est juste qu'on ne s'en était pas non plus rendu compte.

— Il est têtu comme une mule, plaisanta Kiri.

— Ça, c'est sûr, approuva l'infirmière.

— N'importe quoi, protesta Alejandro. Vous devriez savoir que j'ai beaucoup de bon sens. D'ailleurs, j'ai suggéré d'avancer la date du mariage pour que nous puissions adopter Gervaso plus facilement.

Samantha battit des mains, l'air ravi.

— Oh ! la la ! Je suis tellement contente pour vous deux, et pour lui ! Qui aurait pu imaginer qu'il s'en sortirait si bien, après ce démarrage catastrophique ?

Kiri échangea un regard ému avec Alejandro. Puis, après avoir confié le petit bout aux bons soins de Samantha, elle se laissa entraîner hors du service de réanimation néonatale.

— As-tu trouvé des témoins ? demanda-t-elle, un peu inquiète. Moi, je ne connais personne à Miami.

— Relax ! C'est réglé. Mes deux lascars ne savent pas encore qu'ils vont être témoins, mais ils seront là.

— Qui donc ?

— Les jumeaux, Dante et Rafe.

— Génial, je vais faire la connaissance des « vieux » ! J'ai hâte de voir à quoi ils ressemblent, ces deux-là… Mais si tu ne leur as pas parlé du mariage, que leur as-tu dit ?

— Je leur ai donné rendez-vous au tribunal. Je leur ai fait croire qu'on m'avait convoqué pour outrage aux bonnes mœurs. Je leur ai expliqué comment j'avais remboursé mes prêts étudiant, et je leur ai dit qu'on m'avait dénoncé. Ils étaient furax. D'abord le caillot, et ensuite ça ! Ils ont toujours eu la hantise que je devienne un voyou.

Elle éclata de rire.

— Oh non ! Tu es infernal !

— Je sais. J'adore les faire tourner en bourrique.

Ils prirent la voiture de Kiri pour se rendre au tribunal. A cette heure-ci, la circulation était fluide. Ils purent se garer tout près du bâtiment.

En entrant, elle repéra tout de suite les deux grands bruns à l'air furieux qui arpentaient le hall.

Comme Santi dont elle avait fait la connaissance à l'hôpital, ils étaient très beaux. Ils étaient sublimes, tous les quatre ! Qu'ils puissent se traiter d'affreux les uns les autres dépassait l'entendement.

Un des jumeaux les repéra. Elle le vit serrer les poings puis foncer dans leur direction, talonné par son double.

— Alejandro Gervaso Valentino ! Explique-toi, et vite !

Tous deux semblaient prêts à massacrer leur benjamin sur place !

— Toi, chuchota-t-elle, tu vas avoir des problèmes.

— Ah, tu crois ?... Dante, ajouta Alejandro en pivotant vers son aîné, c'est *docteur* Valentino si cela ne te dérange pas.

Kiri lui pressa le bras pour le faire taire.

— Tu as de la chance de porter le cœur de papa, gronda Rafe. Sinon, je t'aurais déjà étranglé. « Outrage aux bonnes mœurs » ? Pour un médecin, tu te poses là ! Qu'est-ce qu'il t'est passé par la tête ?

— Du calme, les vieux. C'était une ruse.

— Quoi ? s'exclamèrent les jumeaux.

— Je me marie aujourd'hui. J'avais besoin de deux témoins.

— Quoi ? répétèrent-ils en chœur.

— Je vous présente ma fiancée, le Dr Kiri Bhardwaj.

Kiri se sentit soudain mal à l'aise. Mais, en une fraction de seconde, l'expression des frères changea. Ils la gratifièrent d'un sourire aussi étincelant que celui d'Alejandro.

Rafe lui prit la main et l'embrassa.

— Enchanté ! dit-il. Santiago nous a parlé de vous, mais on ne l'a pas cru. On pensait que le petit était incasable.

Elle s'esclaffa.

— Pourtant, c'est bien vrai !

— Vous allez épouser cet affreux ? commenta Dante. Vous n'avez pas choisi le plus beau de nous quatre. Vous ne voulez pas prendre un peu de temps pour réfléchir ?

Ce fut au tour d'Alejandro d'avoir l'air furieux.

Elle rit de plus belle.

— Je l'aime, répondit-elle. C'est plus fort que moi.

— Sérieusement, que se passe-t-il ? questionna Rafe.

— Comme on te l'a dit, on s'aime. On va se marier, répéta Alejandro. Et on adopte un bébé.

— Un bébé ?

Elle se demanda si les jumeaux disaient toujours les mêmes choses au même moment. C'était incroyable !

Alejandro résuma les circonstances de leur première rencontre. Il enchaîna avec les événements récents, évoqua l'opération de Gervaso et leur décision d'adopter le bébé.

— Donc, j'avais besoin de deux témoins, conclut-il. Sachant que vous ne me croiriez jamais, j'ai dû inventer un mensonge pour vous faire venir.

— Félicitations ! dit Rafe. Je vous souhaite tout le bonheur du monde.

— Oui, félicitations ! renchérit Dante. Papa et maman seraient très fiers et très heureux pour vous.

Les trois frères s'étreignirent sous le regard ému de Kiri.

Entrer dans cette famille lui procurait une joie sans mélange. Elle était sûre d'être aimée, soutenue, entourée.

— Nous allons être en retard, dit-elle au bout d'un moment.

— Alors, dépêchons-nous, décida Alejandro.

Il lui prit la main, et ils sortirent tous les quatre pour gagner la mairie voisine.

Ce fut une cérémonie simple, ponctuée d'un baiser porteur de mille promesses.

— Merci, chuchota Alejandro. Grâce à toi, je vais fonder la famille de mes rêves.

— Merci de m'avoir redonné le goût de vivre, répliqua-elle doucement. Nous sommes repartis sur le bon chemin.

— Et on ne le quittera plus, *mi tesoro*. Maintenant, allons vite porter notre certificat de mariage au bureau des adoptions.

Ce qu'ils firent sur-le-champ, accompagnés par les jumeaux. Puis ils se rendirent tous à l'hôpital, où Dante et Rafe, très émus, firent connaissance avec leur futur neveu.

Après le départ de ceux-ci, Kiri et Alejandro s'autorisèrent une courte pause dans le bureau des médecins.

Ivre de bonheur, Kiri se blottit dans les bras de son époux.

— Comment vas-tu te faire appeler ? demanda Alejandro, malicieux. Dr Bhardwaj ou Dr Valentino ?

— Je crois qu'il y a assez de Drs Valentino pour trois générations, répondit-elle en riant.

— A mon avis, il n'y en aura jamais assez. Va savoir… On peut toujours avoir une bonne surprise.

— Puisses-tu dire vrai !

Pour l'heure, elle était comblée. Mais avec Alejandro, tout était possible. Maintenant, elle croyait aux miracles.

# Epilogue

*Quinze mois plus tard*

Kiri longeait la promenade, amusée de voir Alejandro courir derrière Gervaso sur la plage.

Contre toute attente, et malgré sa naissance prématurée, leur petit garçon était précoce. Il avait commencé à marcher quelques jours avant son premier anniversaire. La greffe ne lui avait laissé aucune séquelle, et il était dans une forme éclatante… tout comme son papa.

Alejandro n'avait pas eu de rechute depuis son malaise cardiaque. Il prenait soin de lui, passait des check-up réguliers avec le Dr Robinson. Le danger n'était évidemment pas écarté, mais rien n'aurait justifié qu'elle s'inquiète outre mesure. Elle profitait de chaque jour et savourait son bonheur.

Peu après leur mariage à la mairie, Alejandro et elle avaient reçu la visite de ses parents venus de New York. Ceux-ci avaient fait preuve d'un enthousiasme débordant, et pour leur faire plaisir, ils s'étaient mariés une seconde fois au cours d'une cérémonie hindoue traditionnelle.

Ensuite, Alejandro et elle s'étaient à leur tour rendus à New York pour se recueillir sur la tombe du bébé qu'ils avaient perdu. Elle avait enfin pu partager son chagrin avec lui. Puis elle l'avait accompagné lorsqu'il était allé mettre des fleurs sur la tombe de ses parents à Little Heliconia.

Désormais, ils faisaient tout ensemble. Ils se soutenaient, pour le meilleur et pour le pire.

Et, heureusement, il y avait surtout le meilleur !

— Viens là, coquin !

La voix d'Alejandro la ramena au moment présent.

Gervaso courait au bord de l'eau en riant. Depuis qu'il avait découvert la plage, sauter dans les vaguelettes était devenu son activité favorite !

Quand son père le souleva pour le faire tournoyer, elle eut un sourire ému.

Comme il était mignon, avec ses boucles brunes et ses grands yeux bleus ! La seule trace de son opération à cœur ouvert était la fine cicatrice qui lui barrait la poitrine. Pour le reste, il était comme tous les autres petits garçons de son âge. Et il avait de l'énergie à revendre…

— *Mami !* fit-il, riant aux éclats.

— J'arrive, répondit-elle.

Mais au rythme où elle avançait, elle allait mettre du temps à les rejoindre. Elle était enceinte de sept mois et, certains jours, elle avait l'impression de porter un éléphant !

Lorsque, à sa grande surprise, elle avait découvert qu'elle était enceinte, le gynécologue lui avait tout de suite posé un cerclage. Elle n'avait plus travaillé qu'à mi-temps et, depuis peu, elle était en arrêt. Ce qui ne la dérangeait pas, car la station debout commençait à la fatiguer.

Sa belle-sœur Saoirse l'avait prévenue que les bébés Valentino étaient de bonne taille. Apparemment, le sien ne ferait pas exception.

— Il faut que je m'asseye ! cria-t-elle.

Avec un soupir, elle se laissa tomber sur une des chaises qui bordaient la promenade.

Cela faisait du bien. Quant à savoir si elle pourrait se relever, c'était une autre histoire. Pour l'instant, elle avait besoin d'une pause, car ils avaient passé la journée à visiter des maisons dans le quartier.

Après leur mariage, ils s'étaient installés dans son appartement, Alejandro ayant dû vendre le sien pour payer les frais médicaux de Gervaso. Mais la presse avait eu vent de l'affaire. Snyder avait été renvoyé peu après, au motif qu'il donnait une mauvaise réputation à l'hôpital, et le conseil d'administration avait remboursé intégralement Alejandro. Puis les décideurs avaient rétabli le programme d'action sociale. Le Buena Vista était redevenu un établissement digne d'estime, où ils étaient maintenant fiers d'exercer leur métier.

Cependant, l'appartement n'avait qu'une chambre, il devenait urgent de trouver un logement plus spacieux. Et puisqu'ils avaient récupéré beaucoup d'argent, ils n'allaient pas se priver d'acquérir une jolie maison pour abriter leur famille !

Voyant Alejandro arriver, portant Gervaso sur les épaules, elle eut un sourire heureux.

— Toi, dit-il, il va falloir que tu te ménages un peu. Plus de visites avant la semaine prochaine ! D'ailleurs, on devrait chercher aussi dans d'autres quartiers.

— Ah bon ? Je croyais que tu voulais absolument t'installer au bord de la mer. Et Gervaso adore la plage aussi. Regarde-moi ça, il est trempé !

Alejandro prit un air faussement contrit.

— Je sais. Pour info, j'ai le dos tout mouillé…

Elle éclata de rire.

— Tu crois que je vais te plaindre ?

— Je n'en demande pas tant…

Il s'assit près d'elle et fit basculer Gervaso sur ses genoux.

— Alors, demanda-t-elle, curieuse, tu voudrais changer de quartier ?

— Je ne sais pas… Je me disais qu'on pourrait s'éloigner de l'océan pour avoir un peu plus de calme.

— Hum, voyons voir…

— Ah ! Toi, tu as une idée derrière la tête !

— Oui, je pensais à Vizcaya. Il y a de superbes maisons, là-bas.

— C'est vrai. Et de très bonnes écoles.

— Exactement.

Elle caressa son ventre arrondi en souriant.

— A ce train-là, on va devoir acheter un monospace, dit-elle.

Alejandro s'esclaffa.

— J'ai hâte de te voir au volant.

— Aucune chance ! En tant que père de famille, tu vas devoir laisser tomber la moto et assumer.

A ce moment-là, Gervaso se laissa glisser contre elle en posant la main sur son ventre.

— Bé… bé, articula-t-il.

— J'ai l'impression qu'il ou elle pourrait bien arriver avec huit ou quinze jours d'avance, commenta Alejandro.

A son tour, il aplatit une paume sur son ventre, et le bébé répondit par un vigoureux coup de pied.

— Cet enfant a compris de quoi on parle ! s'exclama Kiri. Ça promet.

Elle n'en revenait toujours pas d'être tombée enceinte…

Mais d'après son gynécologue, cela arrivait souvent juste après une adoption à des couples considérés jusque-là comme stériles. Peut-être avaient-ils conçu ce bébé la nuit où ils avaient fêté l'arrivée officielle de Gervaso dans la famille. Ils avaient été si heureux de recevoir les papiers, ce jour-là…

— Dire que tu refusais la paternité, observa-t-elle en souriant. Comme quoi, tout arrive.

Alejandro se pencha pour l'embrasser sur le front.

— Oui, en effet. Je ne pensais pas vivre assez longtemps pour avoir cette chance.

— On a le droit de faire mentir les statistiques. En tant que chirurgien, tu es bien placé pour le savoir.

Il secoua la tête en riant.

— Jamais je n'aurais dû aller te parler, à Las Vegas. Regarde où ça m'a mené !

— Et moi donc. « Tout ce qu'il se passe à Vegas reste à Vegas », mon œil !

— Je n'ai jamais eu le moindre regret, *tesoro*. Au contraire.

— Moi non plus, et tu le sais…

Entourant Gervaso, ils échangèrent un tendre baiser par-dessus sa tête.

Ils savaient maintenant que le plus beau restait à venir. Ensemble, ils avaient trouvé le chemin de l'espoir. Celui de la vie.

BLANCHE

HARLEQUIN

## Retrouvez prochainement, dans votre collection

# BLANCHE

### La princesse et le pédiatre, d'Annie O'Neil - N°1601

***SÉRIE : LA CLINIQUE DES ÎLES - 3/4***

Trois années sur l'île de Sainte-Victoria ont changé Amelia. Ici, elle n'est plus la princesse de Karolinska mais simplement le Dr Lia. Libérée des entraves que lui imposent le palais et son rigoureux protocole, elle exerce avec passion son métier de neurochirurgienne à la Clinique des îles. Hélas, quand à la suite d'une nuit époustouflante avec le Dr Oliver Bainbridge elle se découvre enceinte, elle doit agir en souveraine et épouser le père de son bébé !

### L'As des cœurs, de Charlotte Hawkes

***SÉRIE : LA CLINIQUE DES ÎLES - 4/4***

Talia est bouleversée de retrouver Liam Miller à Sainte-Victoria, l'île où elle a grandi. Trois ans plus tôt, elle l'a follement aimé avant de le quitter, faute de voir ses sentiments partagés. S'il a rejoint les Caraïbes aujourd'hui, ce n'est pas pour renouer avec elle mais pour soigner une patiente qui a besoin de l'As des cœurs, le meilleur chirurgien cardiaque au monde. Dans un mois, il sera reparti, loin de Talia…

### Un infirmier pour fiancé, d'Ann McIntosh - N°1602

Jamais Geneviève n'aurait dû s'inventer une vie de couple épanouie pour rassurer sa mère. Parce que cette dernière lui rend visite aux Caraïbes, la voilà contrainte de se trouver un faux fiancé – et vite ! Or elle ne voit qu'une personne susceptible de tenir ce rôle : Zach Lewin, le sublime infirmier qui l'assiste en salle d'opération. D'abord réticent, Zach accepte de jouer le jeu, mais la comédie prend un tour dangereux quand la passion s'en mêle…

### L'inconnu de Los Angeles, de Julie Danvers

Si Emily est à Los Angeles, c'est pour travailler – en tant que membre de l'équipe médicale d'un championnat de danse. Hélas, sitôt arrivée dans sa ville natale, elle est assaillie par un flot de mauvais souvenirs, qu'elle tente d'oublier dans les bras d'un bel inconnu. Mais, alors que leur nuit devait rester sans lendemain, Emily découvre avec stupeur que son amant est médecin lui aussi et qu'ils seront amenés à collaborer durant six longues semaines…

*Leur mission : sauver des vies.*
*Leur destin : trouver l'amour.*

HARLEQUIN
www.harlequin.fr

BLANCHE

## Les miracles d'une sage-femme, de Caroline Anderson - N°1603

Georgie adore son métier de sage-femme, bien qu'elle ne puisse connaître elle-même le bonheur d'être maman. Cette passion, elle la partage avec Dan, le nouvel obstétricien aussi talentueux que charmant. Jusqu'au jour où leur relation professionnelle prend un virage trop intime. Après une nuit de passion, Georgie décide d'oublier ce moment d'égarement, mais impossible : elle attend des jumeaux !

## Vétérinaires et amoureux, de Louisa Heaton

Cinq ans après la tragédie qui a brisé leur couple, Bex et Ethan se retrouvent pour soigner ensemble un cheval gravement malade. Être en présence d'Ethan rappelle à Bex les souvenirs heureux, et bientôt elle retombe amoureuse de lui. Se pourrait-il que leur mariage ait une seconde chance ? La surprise qui vient soudain éclairer leur monde pourrait en être le signe…

## Un étranger pour amant, de Tina Beckett - N°1604

***SÉRIE : LES FRÈRES VALENTINO - 3/4***

Cassie en est convaincue : pour oublier son traître de fiancé, rien de tel que de passer une nuit entre les bras d'un inconnu ! Sauf que lorsqu'elle s'aperçoit, quelques semaines plus tard, que le fabuleux amant qu'elle comptait ne jamais revoir et son nouveau collègue – le Dr Rafe Valentino – ne sont qu'une seule et même personne elle se sent blêmir. D'autant qu'elle attend un enfant de lui…

## L'épouse de Dante Valentino, d'Amalie Berlin

***SÉRIE : LES FRÈRES VALENTINO - 4/4***

L'homme le plus sexy qu'elle ait jamais vu – et qu'elle vient tout juste de rencontrer – la demande en mariage ? Sans hésiter, Lise accepte. Le défi est assez excitant pour être relevé ! De toute façon, consentir à cette union est sans danger puisque le Dr Dante Valentino ne souhaite rien d'autre qu'un mariage de convenance. Seule condition pour que cette douce folie ne soit pas une erreur monumentale : ne pas tomber amoureuse !

HARLEQUIN

*Leur mission : sauver des vies.*
*Leur destin : trouver l'amour.*

HARLEQUIN
www.harlequin.fr

BLANCHE

## Un patient si troublant, d'Allison Leigh - N°1605

Courtney est sous le choc. Le patient qu'elle a accepté de soigner à domicile n'est autre que Mason Hyde, l'homme avec qui elle a eu une aventure un an plus tôt. Pourtant, il est trop tard pour renoncer : Courtney exercera son métier d'infirmière comme elle l'a toujours fait – avec professionnalisme. Et peu importe si son cœur vibre chaque fois que Mason pose le regard sur elle…

## Ce bonheur en plus, de Jennifer Taylor

Depuis qu'il a perdu son épouse, Daniel Saunders n'a que deux préoccupations dans la vie : son travail de médecin et le bien-être de Nathan, son fils. Dans ces conditions, hors de question de retomber amoureux… Pourtant, lorsqu'il croise le regard envoûtant d'Eleanor, sa nouvelle collègue, il ne peut s'empêcher de ressentir des émotions qu'il pensait évanouies à jamais…

HARLEQUIN

*Leur mission : sauver des vies.*
*Leur destin : trouver l'amour.*

HARLEQUIN
www.harlequin.fr